모던 테일

모던 테일

서미애

민지형

전혜진

박서련

심너울

떡 하나 주면 안 잡아먹지

서미애

"떡 하나 주면 안 잡아먹지. 어흥."

"이제 떡이 없어요." 엄마가 말했어요. 하지만 여전히 배가 고픈 호랑이는 엄마를 놓아주지 않았습니다.

"팔 하나 주면 안 잡아먹지."

"팔을 주면 아이들 밥은 어떻게 해 주고 빨래는 어떻게 해?"

"그러면 잡아먹어 버릴 테다. 어흥."

"오빠, 아직 멀었어?"

거실에서 혼자 동화책을 읽던 양희가 빼꼼히 문을 열고 눈치를 살폈다. 조금 전까지 책 읽는 소리가 들렸는데, 더 이상 지루함을 참기 힘든 모양이다.

영어 숙제를 하던 상민은 그제야 고개를 들고 동생을 쳐다보았다.

"책 보고 있으라고 했잖아, 아직 한 장 더 해야 돼."

오빠의 대답을 듣자 양희는 쪼르르, 상민의 곁으로 다가와서 팔을 잡고 매달렸다.

"배고파."

상민은 고개를 들어 벽에 걸린 시계를 바라보았다. 어느새 7시가 다 되어 가고 있었다.

엄마는 보통 6시 30분이면 집에 돌아왔다. 늦을 것 같으면 미리 전화를 해서 양희가 잘 놀고 있는지 묻고, 저녁은 어떻게 챙겨 먹으라고 이야기를 해 주었다. 핸드폰을 확인했지만 엄마에게 온 전화나 문자는 없었다. 아직 일이 안 끝났나? 전화도 못 할 만큼 바쁜가?

"오빠, 저녁-"

양희가 왜 짜증을 내는지 알 것 같았다. 상민은 숙제에 집중하느라 시간이 이렇게 지나간 것도, 배가 고픈 것도 잊고 있었다. 동생이 팔에 매달려 조르고 있지만 책상을 떠나고 싶지 않았다. 얼마 남지 않은 숙제를 마저 끝내고 싶었다.

"조금만 기다려. 엄마 곧 올 거야."

"배고프다고!"

양희가 팔을 잡고 흔드는 바람에 숙제하던 공책에 볼펜 선이 길게 그어지고 종이까지 찢어졌다. 짜증이 밀려왔다.

"야, 이양희!"

상민은 자신도 모르게 목소리를 높였다. 그 소리에 놀란 양희가 머리를 흔들고 비명을 지르며 방을 뛰쳐나갔다. 아차, 싶었다.

상민은 얼른 거실로 나가 양희를 붙잡으려고 했지만 이미 늦었다.

양희는 고삐 풀린 망아지처럼 소리를 지르며 거실을

뛰어다녔다. 탁자 위에 있던 리모컨을 집어 던지고 좋아하는 인형과 소파에 놓여 있던 쿠션, 방금 전 읽던 동화책까지 손에 잡히는 대로 던졌다. 리모컨은 진열장 뒤로 넘어가 버렸고 쿠션은 엄마가 아끼는 화분을 넘어뜨렸다. 인형은 현관 쪽으로 날아갔다. 그래도 마음이 안 풀렸는지 이번에는 바닥에 널브러진 동화책을 들어 찢기 시작했다. 양희의 높고 날카로운 목소리가 신경을 자극했지만 상민은 크게 한숨을 내쉬며 마음을 가라앉혔다.

상민은 양희의 곁으로 다가가 차분한 목소리로 다독였다.

"양희야, 이거 네가 좋아하는 책이잖아, 이렇게 찢으면 어떡해?"

"몰라, 다 필요 없어!"

상민은 조심스럽게 양희에게 다가가 두 팔로 끌어안고 머리를 쓰다듬기 시작했다. 동생의 몸은 열에 들뜬 아기처럼 뜨거웠고 땀으로 축축했다. 양희가 큰 소리에 얼마나 민감하게 반응하는지 알면서 잠시 방심했다. 한동안 잠잠해서 동생의 상태를 잊고 있었다.

"미안해, 양희야. 오빠가 잘못했어."

바들바들 떨고 있는 양희는 오빠의 팔에서 벗어나려고 발버둥을 쳤다. 하지만 아홉 살의 작은 몸으로 이제 중학생이 된 오빠를 힘으로 이길 수는 없다. 동화책을 찢는 것만으로는 화가 사그라지지 않았는지 양희는 자신을 안고 있는 오빠의 팔을 덥석 깨물었다.

'아–'

상민은 살을 파고드는 고통을 느꼈지만 비명을 지를 수 없었다. 그러면 양희는 더 크게 소리를 지르며 공격적인 행동을 멈추지 않을 것이다. 상민은 비명을 참고 더 꼭 동생을 붙들었다.

"미안해, 미안해. 오빠가 잘못했어."

상담실에 다닌 지 3년이 다 되어 간다. 온 가족을 힘들게 했던 양희의 증상이 거의 사라지자 엄마는 곧 상담실을 그만 다녀도 될 것 같다는 희망 섞인 말을 했었다. 그 말을 들은 뒤로 상민 역시 이제는 다 괜찮아졌다고, 양희를 힘들게 했던 기억들도 지워졌을 거라고 안심하고 있었는지 모른다. 하지만 그건 엄마나 상민의 바람일 뿐이었던 모양이다. 아직도 양희의 마음 깊은 곳에는 어둡고 무서운 기억들이 똬리를 틀고 있다.

상민은 연신 양희의 머리를 쓰다듬어 주며 생각했다. 동생은 언제쯤 그 기억들을 머리에서 털어 낼 수 있을까?

그 끔찍한 집에서 도망쳐 나온 뒤, 겨우 살 집을 마련하고 한숨 돌리나 싶었을 때 양희는 머리가 아프다며 벽에 머리를 찧기 시작했다. 자다가 일어나 비명을 질러 대고, 어디서 큰 소리만 나도 그 자리에 얼어붙어 오줌을 쌌다. 물건을 집어 던지고 자해를 했다.

겁이 난 엄마는 양희를 데리고 병원으로 갔다. 다행히 외상은 없었지만 다른 곳이 아프다고 했다. 마음의 상처를 치료하는 상담실에서는 '트라우마'라는 단어로 양희의 상태를 설명했다. 폭력에 노출된 아이들의 영혼에 남겨지는 상처.

트라우마는 문제를 회피하기보다 그날을 떠올리고 이야기하며, 그 상황을 반복하는 과정을 통해 극복하는 것이라고 했다. 엄마에게 양희의 상처에 대한 이야기를 전해 들은 상민은 자신의 마음속에도 비슷한 놈이 있다는 것을 알았지만 말하지 않았다. 말해 봐야 엄마를 더 힘들게 할 뿐이라고 생각했다.

상담실에 다닌 지 1년이 지나는 동안 양희는 조금씩 상태가 좋아졌다. 난데없이 벽에 머리를 찧거나 비명을 질러 대는 일도 줄어들었고, 악몽을 꾸다가 깨어나는 일 없이 잠도 잘 잤다. 엄마가 곁에 있으면 큰 소리에 놀라지 않았다.

오늘은 아무래도 기분이 안 좋았던 모양이다. 학교에서 돌아오면 동화책을 읽어 주던 오빠가 오늘은 숙제가 많다며 양희더러 혼자 책을 읽으라고 했다. 평소라면 양희는 거실에서 책을 읽고 상민은 주방 식탁에 앉아 숙제를 마쳤을 것이다.

몇 권의 동화책을 꺼내 제멋대로 이야기를 바꿔 가며 읽는 시늉을 하던 양희는 심심한지 이리저리 거실을 뛰어다녔다. 숙제에 집중하고 있던 상민은 양희의 방해를 피해 방으로 들어와 다시 숙제에 열중했다. 양희 입장에서는 지루하고 심심한 데다 배도 고파 오는데 오빠가 상대를 해 주지 않으니 화가 날 만도 하다.

"미안해 양희야, 오빠 화낸 거 아니야. 잘못했어."

한참을 달랜 뒤에야 오빠의 팔을 깨물고 있던 양희가 턱의 힘을 뺐다. 팔뚝에 선명한 이빨 자국이 보였다. 양희는 오빠의 눈치를 보며 말을 꺼냈다.

"배고프단 말이야. 엄마 왜 안 와? 날이 저렇게 어두워지는데."

"그러게, 엄마가 늦으시네."

어떻게 할까, 엄마에게 전화를 걸어 볼까 하다가 배를 움켜잡는 양희를 보고, 상민은 우선 양희의 허기부터 달래 주어야겠다고 생각했다.

"많이 배고파? 뭐 먹고 싶어? 바나나? 사과? 아니면 라면 끓여 줄까?"

"라면 싫어. 김밥."

"김밥?"

"엄마가 김밥 해 준다고 했단 말이야."

상민은 그제야 전날 엄마가 장을 봤던 것을 기억해 냈다. 양희는 며칠 전부터 김밥이 먹고 싶다고 노래를 불렀다. 먹고 싶은 건 꼭 먹으려 한다. 배고파한다고 다른 먹거리를 내밀어 봐야 짜증만 낼 게 분명했다.

상민은 얼른 핸드폰을 가져와 엄마에게 전화를 걸었다. 통화 연결음인 피아노 소리를 들으며 엄마의 목소리가 들리기를 기다렸지만 엄마는 끝내 전화를 받지 않았다. 운전 중인가? 상민은 엄마에게 채팅 톡을 보내고 핸드폰을 내려놓았다.

울리던 전화가 끊어졌다.

벨 소리에 한순간 간담이 서늘해져 멈칫했던 남자는 아내의 몸과 가방을 뒤졌다. 핸드폰을 찾는 사이 전화가 끊어졌다. 혹시 누군가 벨 소리를 들었을까 싶어 주위를 두리번거렸다.

허름하고 한산한 지하 주차장은 다행히 조용하기만 했다. 몇 대의 차가 주차되어 있었지만 멀찍이 떨어져 있는 데다 벽이 가로막고 있어 설령 누가 있어도 남자의 모습은 보지 못할 것이다.

그는 다시 몸을 숙여 구겨진 아내의 몸 밑으로 손을 집어넣었다. 아내의 몸에서 버터와 바닐라 향이 느껴졌다. 냄새를 맡자 익숙한 풍경이 머릿속에 떠올랐다.

오븐에서 쿠키를 꺼내는 아내를 기다리며 까치발을 하고 식탁 주위에서 재잘거리던 아이들. 불과 몇 년 전엔 그렇게 다 함께 모여 살았다. 지금은 왜 이렇게 돼 버린 거지?

남자는 고개를 저으며 머릿속의 생각들을 털어 내고 하던 일을
계속했다. 핸드폰은 아내의 재킷 주머니에 있었다. 전화가 다시 걸려
올지 모른다. 아예 전원을 꺼 놔야겠다 싶었다.

화면을 밀자 채팅 톡이 화면에 나타났다.

"엄마 늦어요? 양희가 배고프대. 김밥 해 달라는데 어떻게 하지?"

상민이다. 아들 상민의 문자다. 채팅 앱을 닫자 바탕 화면에
아이들의 얼굴이 보였다. 상민도, 양희도 마지막 봤을 때와는 많이
달랐다. 3년 못 만난 사이 성큼 자라 있었다.

나쁜 년. 남자는 자신도 모르게 이를 갈았다.

'너 때문에 아이들도 못 보고. 그렇게 꼭꼭 숨으면 내가 못
찾아낼 줄 알아?'

그는 핸드폰을 점퍼 주머니에 쑤셔 넣고 이미 생명이 빠져나간
아내의 얼굴을 물끄러미 쳐다보다가 트렁크 문을 닫았다. 아이들이
보고 싶었다. 아내를 찾아온 것은 그 때문이다.

아내의 직장을 찾아내고 퇴근 시간에 맞춰 주차장에서
기다렸다.

배운 게 도둑질이라고, 아내는 틀림없이 다시 요리 학원을
내거나 비슷한 일을 할 거라고 생각했다. 사람을 끌어모아야
돈을 버는 사람은 숨어 살 수가 없다. 아내는 제빵 제과 학원에
자기 이름을 걸고 강사를 하고 있었다. 요즘 같은 세상에서는
검색 몇 번이면 못 찾아내는 게 없다. 아내에게 요리를 배우는
수강생이 SNS에 올린 사진과 강사의 이름 덕분에 남자는 아내를
찾아야겠다고 생각한 지 불과 몇 시간 만에 아내의 직장을 알아냈다.

며칠 동안 학원을 기웃거리며 아내의 스케줄을 파악했다.

학원에 오는 요일과 강의 시간, 언제 퇴근하는지를 확인했다. 학원이 가장 한적한 시간에 아내에게 접근하기로 했다. 괜히 소란을 일으켜 주변 사람의 방해를 받고 싶지 않았다. 그렇게 고른 날이 오늘이다.

아내의 퇴근 시간에 맞춰 주차장에서 기다렸다. 6시가 넘어도 주차장에 내려올 기미가 보이지 않아 혹시 날을 잘못 잡았나 싶었을 때 아내가 모습을 드러냈다. 남자는 벽 뒤에 숨어 자동차를 향해 걸어가는 아내를 쳐다보았다. 아내가 자동차 문을 열고 차에 타자 재빨리 달려가 운전석의 문을 활짝 열었다. 차 문을 닫으려다 놀란 아내를 조수석으로 밀어 넣으며 운전석에 올라탔다. 아내는 거세게 반항했다. 대화를 하려면 조용하게 만들 필요가 있었다.

주먹으로 얼굴을 갈겼다. 아내는 얼굴을 감싸고 고개를 숙였다. 겨우 조용해지는가 싶어 말을 하려는데 아내가 갑자기 문을 열고 도망치려 했다. 남자는 아내의 목덜미를 잡아당겨 목을 끌어안고 힘을 주었다. 아내가 손을 휘저으며 발버둥을 쳤다. 손톱이 얼굴을 할퀴고 지나갔다. 분노가 머리끝까지 치밀었다. 얘기 좀 하자는데 왜 이렇게 지랄이야, 아내의 목을 감은 팔에 더 힘을 주었다. 발버둥 치던 아내의 움직임이 차츰 사그라졌다. 정신을 차리고 아내의 얼굴에 귀를 대 보았다. 숨결이 느껴지지 않았다. 두 팔로 목을 감싼다는 게 입과 코까지 막아 버린 모양이다.

한순간 머릿속이 하얘졌다. 이런 꼴을 보려고 찾아온 게 아니다. 마음속에 담아 둔 수많은 말들을 단 한마디도 꺼내지 못하고 이렇게 끝나다니 젠장, 젠장….

어떻게 해야 하나 고민하는 동안 차츰 머리가 차가워졌다. 우선 아내의 시체를 숨겨야 한다. 아직은 날이 밝으니 이대로 차

안에 아내를 싣고 다니는 것은 위험하다. 그는 빠르게 주차장을
둘러보았다.

　사람이 없는 것을 확인하고 재빠르게 자동차 트렁크를 열어
아내를 옮겨 실었다. 트렁크의 문을 닫으려 할 때 전화가 걸려 와
머리가 쭈뼛 섰다. 핸드폰을 찾아내어 문자를 확인했다. 아들의
문자를 본 남자는 자신이 어디로 가야 할지 깨달았다.

　다시 자동차 운전석에 올라탄 남자는 룸 미러를 돌려 얼굴을
확인했다. 아내의 손톱에 긁힌 상처가 발갛게 부어 있다. 손으로
만져 보니 상처가 깊은지 쓰렸다. 흉이 생기지 않을까 걱정스러웠다.
손등에도 손톱자국들이 있었다.

　망할 년, 안 본 사이 독해졌어. 예전엔 손만 들어도 꼼짝 못 하고
잔뜩 움츠러들더니.

　남자는 막막했다. 아이들에게 갈 생각이었지만 어떻게
찾아갈지 감이 오지 않았다. 아내를 만나면 잘 어르고 달래서 집까지
함께 갈 생각이었다. 그러게, 얌전히 말을 들었으면 좋았잖아.
남자는 자신을 난감하게 만든 아내에게 화가 났다. 아이들에게
갈 방법이 떠오르지는 않았지만 이곳을 빠져나가는 게 먼저라는
생각이 들었다.

　바닥에 떨어진 차 열쇠를 주워 시동을 걸자 내비게이션이
켜졌다. 어쩌면⋯ 하고 '집'을 검색해 보니 바로 집으로 가는 경로가
떴다. 10km도 안 되는 거리였다.

　남자는 빠르게 주차장을 빠져나왔다. 어서 아이들의 얼굴이
보고 싶었다.

막상 김밥을 만들 생각을 하니 막막했다. 상민은 다시 한번 양희를 떠봤다.

"토스트는 어때? 오빠가 그건 잘하는데."

"김밥."

"고기 구워 줄까? 삼겹살, 양희 너 삼겹살 좋아하잖아?"

"김밥! 김밥 먹고 싶다고!!"

역시나 양희는 단호했다. 볼이 부풀어 오르는 걸 보니 또 다른 음식 이름을 꺼냈다가는 한바탕 시끄러워질 것 같아서 포기했다.

"알았어. 해 줄게."

이렇게 고집을 피우니 어쩔 수 없다. 재료를 준비하는 동안 엄마가 돌아오길 비는 수밖에 없다.

상민은 냉장고를 열어 재료부터 찾아서 하나둘 꺼냈다. 양희 말대로 엄마는 김밥을 할 생각이었는지 냉장고 안에 모든 김밥 재료가 들어 있었다. 김과 함께 단무지와 우엉, 맛살과 햄이 함께 묶여 있는 김밥 재료 세트를 꺼냈다. 하지만 이것만으로는 부족하다. 당근과 계란도 찾아 식탁 위에 올려놓았다.

"또 뭐가 있어야 하지?"

상민의 물음에 양희가 재료를 훑어보더니 "시금치!" 하고 소리쳤다. 재료를 다 펼쳐 놓고 나니 이것들을 손질하고 김밥 말 준비를 하는 데만도 한 시간은 걸릴 것 같다. 그래도 김밥 재료를 꺼내 놓는 순간부터, 양희의 기분은 한결 좋아 보였다.

상민은 당근을 들고 양희를 향해 흔들어 보였다.

"그럼 시작해 볼까?"

"좋아, 좋아!"

상민은 식탁 위에 있는 재료들을 훑어보며 양희가 할 만한 일을 찾았다. 당근을 썰거나 시금치를 다듬는 일은 못 할 것 같았다. 칼은 너무 위험하다. 국그릇을 꺼내 양희 앞에 내밀었다.

"여기 계란을 세 개만 깨서 잘 저어 줄래?"

양희는 크게 고개를 끄덕이며 얼른 계란을 집어 들었다.

"살살, 조심해야 돼."

"알았어, 나도 잘할 수 있어."

칼질에는 상민도 자신이 없어 우선 시금치를 다듬기 시작했다. 예상대로 양희는 계란을 깨다 껍질을 빠뜨려 손으로 계란 물을 휘젓고 난리가 났다. 그래도 요리에 열중하느라 배고픔은 잊은 모양이었다.

시금치를 다듬기는 했지만 그다음에는 어떻게 해야 하는지 몰라 결국 인터넷 검색을 시작했다. 시금치는 물을 끓여서 데치면 되고, 당근은 채를 썰어 프라이팬에 볶아야 한다. 엄마가 척척 해 줄 때는 김밥에 이렇게 공이 많이 들어가는지 몰랐다. 그저 색색의 재료를 넣고 김으로 말기만 하면 되는 간편한 음식이라고 생각했다. 상민에게는 조리 과정 하나하나가 넘어야 할 산처럼 느껴졌다.

냄비를 꺼내 물을 받아 가스 불 위에 올려놓았다.

"오빠, 이제 나 또 뭐 해?"

돌아보니 양희가 계란으로 범벅이 된 손을 꼼지락거리며 웃고 있었다. 계란 한 개는 양희의 손에 발라진 것 같았다. 상민은 얼른 키친타월을 찾아 양희의 손을 닦으며 식탁 위를 살폈다. 양희가 할 만한 게 또 뭐가 있을까?

"그럼 이걸 하나씩 떼어 줄래?"

상민은 김밥 재료 세트의 포장을 뜯어내 양희에게 맛살과 햄을 내밀었다. 맛살의 비닐을 벗기고 덩어리로 뭉쳐 있는 햄을 떼는 일을 맡겼다. 양희는 신나서 맛살의 비닐을 벗기기 시작했다.

상민은 물이 끓는 동안 당근을 썰기로 하고 도마와 칼을 꺼냈다. 당근의 껍질을 어떻게 벗겨야 하지? 식칼로 벗기나, 고민하고 있는데 양희가 싱크대 서랍에서 껍질 깎는 칼을 꺼내 주었다.

"오빠 바보야? 그것도 몰라?"

양희가 핀잔을 줬다. 엄마 껌딱지인 양희는 엄마가 요리할 때마다 곁에서 지켜보고 참견을 했다. 그 시간들이 헛된 게 아니었던 모양이다. 덕분에 상민은 편하게 당근의 껍질을 깎아 도마에 올려놓았다. 막 식칼을 들었을 때 초인종이 울렸다.

"엄마다!"

양희는 손에 들고 있던 맛살을 집어 던지고 현관으로 뛰어갔다. 상민도 식칼을 내려놓고 안도의 한숨을 쉬었다. 그런데 문득 서늘한 느낌이 머리를 스치고 지나갔다.

'꼭 확인하고 문 열어. 아무한테나 열어 주지 말고.'

며칠 전 엄마는 그렇게 말했었다. 엄마라면 벨을 누를 이유가 없다. 엄마는 늘 현관 도어 록의 번호를 누르고 들어온다.

'누가 벨 누르면 꼭 확인하고 문 열어.'

왜 갑자기 그런 말을 했을까? 그날의 기억이 아직도 머릿속에 남아 있는 건 엄마의 표정 때문이다. 걱정이 있을 때마다 나오는 표정. 눈썹 사이에 주름이 생기면 엄마의 마음속에 근심이 있다는 표시다. 엄마가 전화를 안 받는 것도, 이 시간까지 돌아오지 않는 것도 갑자기 신경이 쓰였다.

현관으로 나갔던 양희가 뒷걸음질을 치며 안으로 들어오다가
빠르게 상민의 뒤로 달려와 숨었다. 상민은 현관 쪽으로 고개를
돌렸다. 집 안으로 들어온 사람을 보니 심장이 쿵 내려앉았다.
엄마의 표정이 왜 안 좋았었는지, 왜 그런 말을 했는지 이제야
이해가 되었다.

모습을 드러낸 사람은 아빠였다. 두 번 다시 보고 싶지 않은
얼굴, 다시는 만날 일이 없을 거라고 생각했던 얼굴. 아빠가 지금
거실에 있다.

상민은 식칼을 손에 든 채 얼어붙은 얼굴로 아빠를 쳐다보았다.
집 안을 둘러보던 아빠는 상민에게 다가오며 비릿한 미소를 날렸다.
소름이 돋았다.

"아빠 안 보고 싶었냐?"

"……."

상민은 아무런 대답도 하지 못한 채 아빠를 바라보았다.

"양희 너 왜 도망쳐, 아빠 잊었어? 이리 와 봐."

상민은 자신의 등 뒤에 숨어 있는 양희가 한 걸음 더 바짝 다가와
자신에게 매달리는 것을 느꼈다. 상민도 양희처럼 어디론가 숨고
싶었다. 하지만 이 집 어디에도 양희와 안전하게 몸을 숨길 곳은
없다.

"… 여기는 웬일이세요?"

"웬일이라니, 애새끼 말하는 거하고는. 오랜만에 만난 아빠한테
그렇게밖에 말 못 해?"

"……."

아빠는 식탁 위를 한 번 쳐다보더니 한심하다는 듯 상민을

돌아보았다.

"사는 꼬라지하고는. 엄마랑 이렇게 사는 게 좋냐?"

'당신과 살 때보다 백배 천배 좋아.' 그 말이 목구멍까지 올라왔지만 상민은 입술을 꾹 깨물고 참았다. 괜히 신경을 건드려 봐야 좋을 게 없다. 지금으로선 조용히 돌려보내는 게 최선이라는 생각이 들었다. 하지만 그게 가능하기는 할까?

"어, 엄마 없어요. 나중에 오세요."

아빠의 왼쪽 눈썹이 올라갔다. 상민은 방금 자신의 말이 아빠의 신경을 건드렸다는 걸 깨달았다. 식탁을 사이에 두고 서 있던 아빠가 주방 쪽으로 걸음을 옮기며 말했다.

"이 자식, 못 본 사이에 많이 컸네? 이젠 아빠한테 명령도 해?"

"어, 엄마를 만나러 온 거 아니에요?"

상민은 등 뒤에 매달려 있는 양희를 의식하며 주춤주춤 뒤로 물러났다. 자신이 마치 고양이에게 몰이를 당하고 있는 생쥐같이 느껴졌다. 어디로 도망가야 하지? 엄마한테는 어떻게 알리지?

"오빠, 나…."

양희가 중얼거리다가 갑자기 울음을 터뜨렸다. 바닥에 뜨끈한 물기가 느껴졌다. 아래를 보니 양희가 오줌을 싸고 있다. 다리 사이로 오줌이 흘렀다. 그 모습에 다가오던 아빠도 주춤했다. 이때다 싶었다.

"괜찮아, 오빠가 갈아입을 옷 찾아 줄게."

상민은 얼른 식칼을 식탁에 내려놓고 양희를 감싸 안으며 아빠 곁을 지나쳤다. 김밥 재료 옆에 놓여 있던 핸드폰을 챙기는 것도 잊지 않았다.

떡 하나 주면 안 잡아먹지

상민은 양희와 옷방에 들어가자마자 다급하게 손잡이 버튼을 눌러 문을 잠갔다. 엉거주춤 서 있는 양희를 보면서 조금만 참으라고 말해 주고 얼른 엄마에게 전화를 걸었다.

"뭐 해, 오빠?"

"기다려, 엄마한테 전화하는 거야."

신호가 가는 소리가 들리고 어디선가 벨이 울렸다. 이상했다. 벨소리, 엄마의 전화벨 소리가 가깝게 들렸다. 엄마가 전화를 받았다.

"엄마, 엄마 어디야? 빨리 와. 아빠가 왔어."

전화를 받았는데, 엄마는 말이 없다. 이윽고 핸드폰 너머에서 들리는 소리에 상민의 목덜미가 쭈뼛 섰다. 그 목소리는 거실에서도 들렸다.

"그래. 아빠가 왔지. 문은 왜 잠갔어? 이거 안 열어?"

아빠가 밖에서 거칠게 문을 흔들었다. 금방이라도 문이 열릴 것 같았다.

왜, 왜 아빠가 엄마의 핸드폰을 가지고 있지?

상민은 혼란스러웠다. 불길한 예감이 머리를 스쳤다. 조금 전 보았던 아빠의 얼굴에는 어디에 긁힌 것 같은 상처가 길게 나 있었다.

"상민아— 문 열어."

"왜 아빠가 엄마 핸드폰을 가지고 있어요?"

"문 열어 봐. 얘기해 줄게."

"엄마 만났어요? 엄마 지금 어딨어요? 왜 아빠가 엄마 핸드폰을 가지고 있냐구요?!"

옆에 있던 양희가 상민의 손을 잡았다.

"오빠, 아빠가 엄마 핸드폰 가져갔어?"

상민은 고개를 끄덕이며 양희의 손을 꼭 잡았다. 지금 이 상황을 어떻게 설명해야 할까? 하지만 양희는 상민의 생각보다 훨씬 상황을 잘 이해하고 있었다.

"아빠가 엄마 잡아먹었어?"

"뭐?"

"〈해님 달님〉. 호랑이가 엄마 잡아먹잖아. 그리고 아이들도 잡아먹으려고 집에 왔어."

등골이 서늘했다. 절대 아니라고, 마지막까지 고개를 저으며 부정하고 싶은 일을 양희는 아무렇지 않게 물었다. 하루 종일 〈해님 달님〉을 읽더니 아직도 그 이야기에 빠져 있는 모양이다. 양희에게 상황을 이해시키려면 동화를 이용하는 게 나을지도 모른다는 생각이 들었다.

"아직 몰라. 엄마는…. 양희야. 만약에 아빠가 호랑이라면 어떻게 해야 돼? 동화책에서 아이들이 어떻게 하지?"

"도망쳐."

"그래, 도망쳐. 근데 우리 집은 5층에 있고 여기서 밖으로 달아나려면 현관문을 통해 나가는 수밖에 없어."

이 집은 빌라 맨 꼭대기 5층 집이다. 베란다 문을 열어 봐야 타고 내려갈 나무도 없고 유일한 출입구인 현관문은 거실을 거쳐야 한다. 아빠가 버티고 있는 거실을 지나 도망친다는 건 불가능한 일이다. 방문만 열어도 아빠에게 잡히고 말 것이다.

"하늘에서 동아줄이 내려올 거야."

여전히 동화책 얘기를 하는 양희를 보며 그런 건 없어,

라고 말하려던 상민은 양희가 손가락으로 가리키는 천장을
올려다보았다. 아, 맞다. 그게 있었지.

천장의 구멍을 보자 엄마가 보여 줬던 다락방 생각이 났다.
행거에 걸린 옷 뒤로 손을 집어넣고 더듬거렸다. 여기 어디 있을
텐데, 찾았다. 손에 금속성의 긴 막대가 잡혔다.

천장에는 박공지붕의 아래 공간을 이용해서 만들어 놓은
다락방이 있다. 다락방이라고 해도 올라가면 생각보다 넓고
창문도 있어서 사용하기에 따라 요긴한 곳이다. 처음 이사할 때만
해도 신기해서 몇 번 다락방에 오르내리곤 했지만 접이식 계단이
불편해져 잘 안 올라가게 되었다. 지금은 오래되고 안 쓰는 짐들을
올려놓는 공간일 뿐이다. 그러다 보니 어느새 존재를 잊고 있었다.

상민은 천장의 구멍에 굽은 막대를 걸어 당겼다. 다락방으로
올라갈 수 있는 접이식 계단이 내려왔다. 이 계단을 이용해 올라가고
계단을 감춰 놓는다면 양희를 숨기는 건 가능할 것 같았다. 3년 전
같은 일이 다시 벌어지진 않을 거야.

"양희야, 여기 올라가."

"오빠는?"

"오빠는 아빠랑 얘기하고 올게. 오빠가 부를 때까지 절대
내려오면 안 돼. 알았지?"

양희는 아무런 대답도 하지 않고 두 눈을 말똥말똥 뜬 채 오빠를
쳐다보았다.

"싫어, 혼자 있기 싫어."

다시 아빠가 문을 두드리기 시작했다. 방 안에서 더 버티다간
문이 부서질 것 같다. 시간이 없는데, 양희는 올라갈 생각을 하지

않는다.

얼른 숨어, 이러다 아빠한테 맞아 죽는단 말이야. 그 말이
입안에서 맴돌았지만 차마 꺼내지 못했다. 양희는 정말로 아빠에게
맞아 죽을 뻔했다.

3년 전 늦은 밤이었다. 자고 있는 상민과 양희를 깨운 엄마가
얼른 몸을 숨기라고 했다. 술에 취한 아빠가 소리를 질러 대며
현관문을 두드리고 있었다. 상민은 졸린 눈을 비비는 양희를 데리고
숨을 곳을 찾았다. 양희를 베란다에 있는 세탁기 뒤로 숨기고 자신은
맞은편 다용도실에 숨었다. 다용도실 문은 미닫이문이라 안에서
막대를 받치면 열리지 않는다. 이곳에 숨는다면 아빠가 찾지 못할
것이라고 생각했다. 몸을 숨겨야 할 때가 온다면 어디가 안전할지 집
안을 다 돌아다니며 살핀 끝에 찾아낸 장소였다.

그날따라 술에 취한 아빠의 행패는 쉽게 끝나지 않았다. 엄마의
비명 소리가 들렸다. 어둡고 좁은 공간에서 상민은 두 귀를 막은 채
웅크리고 있었다. 아빠의 목소리는 귀를 막은 손가락 사이로 계속
들려왔다.

"애새끼들은 어디 있어? 아빠가 왔는데 인사는 안 하고 숨어?"

물건이 깨지는 소리가 들리고 베란다 문 열리는 소리가
이어졌다. 발소리가 문 너머에서 서성거렸다. 뭔가 바닥을 끄는
소리가 들렸다.

"이 쥐새끼 같은 년, 아빠가 왔는데 여기 숨어서 뭐 하는 거야?"

아빠에게 들킨 양희가 울먹였다. 상민은 더 힘을 주어 귀를
막았다. 아무 소리도 들리지 않게 막고 싶었지만 아빠가 양희를
때리는 둔탁한 소리와 양희의 울음소리가 이어졌다. 소리만 들어도

어떤 상황인지 머리에 그려졌다. 엄마가 악을 쓰는 목소리가 베란다에서 나는 소리와 뒤엉켜 상민의 가슴에 파고들었다.

왜, 왜 양희를 세탁기 뒤에 숨겼을까? 여기에 함께 들어와 있었으면 아빠는 쇠막대로 받친 문을 절대 열지 못했을 텐데.

"양희야, 양희야-"

양희를 부르는 날카로운 엄마의 목소리가 들림과 동시에 아빠의 목소리가 잦아들었다. 그리고 한순간 거짓말처럼 조용해졌다.

얼마나 지났을까, 귀를 막고 있던 손을 떼고 문밖에 귀를 기울였지만 아무 소리도 들리지 않았다. 그래도 겁이 나 한참을 기다리다 문을 연 상민은 화분이 깨지고 넘어져 난장판이 되어 버린 베란다를 지나 거실로 나왔다. 엄마도 아빠도 보이지 않았다. 텅 빈 집 안은 무서울 정도로 조용했다. 양희가 응급실에 갔다는 사실은 나중에 알았다.

상민은 양희에게 트라우마가 생긴 것이 자기 때문이라고 생각했다. 그날 동생을 제대로 숨겼다면 동생이 아빠에게 맞아 기절하는 일은 없었을 것이다. 갑자기 머리를 쥐게 되지도, 아기처럼 아무 데나 오줌을 싸게 되지도 않았을 것이다.

그때 상민은 겁이 났다. 아빠에게 맞는 게 얼마나 아프고 무서운지 알기에 양희가 울음을 터뜨려도 문을 열 수가 없었다. 몇 번이나 문을 열고 뛰쳐나가 아빠를 말리고 양희를 도망치게 하고 싶었지만 자신이 한 일이라고는 귀를 막고 시간이 지나길 기다린 것뿐이다.

그날의 일은 상민의 마음에 무거운 돌덩이로 남았다. 양희가 발작적으로 물건을 집어 던지고, 비명을 지르고, 자신의 팔을 물어도 양희를 말리거나 밀쳐 낼 수 없었다. 자책감이라는 무거운 돌덩이는 평생 자신이 안고 가야 할 몫이라고 생각했다.

양희에게 다시 그런 일을 겪게 할 수는 없다. 상민은 얼른 계단을 올라가라고 양희를 채근하며 말했다.

"얼른 올라가. 이러다 아빠가 문 열면 큰일 나."

"그치만…"

"제발 양희야, 오빠 말 들어. 부탁이야."

오빠의 간절한 표정을 읽었는지 양희는 마지못해 계단을 오르기 시작했다.

"조용히 하고 있어. 그럼 괜찮을 거야. 알았지?"

상민은 양희가 계단을 다 올라가자 계단을 접어 올려놓고 다락방 문을 닫았다. 완전히 닫혔는지 확인한 뒤에 몸을 돌렸다. 아빠는 이제 온몸으로 문을 밀치고 있는 듯했다. 쿵쿵거리는 소리를 들으며 상민은 크게 심호흡을 했다.

지난 3년 동안 수없이 오늘을 그렸다. 언제든 아빠가 찾아올 것 같았다. 그때 나는 어떻게 해야 할까? 누구의 도움도 받을 수 없을 때 아빠를 마주하게 되면 어떡하지? 상상만으로도 두려웠다. 두려움이 가장 큰 적이었다. 아빠를 떠올리기만 해도 온몸이 오그라들었다.

"엄마, 엄마는 어떻게 아빠한테서 도망칠 수 있었어? 겁나지 않았어?"

언젠가 엄마에게 이런 질문을 한 적이 있다.

"겁났지, 두렵고. 하지만 엄마에겐 너희들이 있잖아. 너희들이 나의 용기야. 두려울 때 너희를 생각하면 엄만 용기가 생겨."

용기. 엄마의 용기는 우리들이라고 했다. 나의 용기는 무엇일까? 그 해답을 생각하는 것만으로도 두려움이 저만큼 물러났다. 이제 가장 큰 두려움이자 용기인 양희는 잘 숨겨 두었다. 상민은 마음을 다잡고 옷방의 문을 열었다.

문이 열리자 손잡이를 잡고 있던 아빠가 넘어지듯 방으로 들어왔다. 상민은 두 손을 꼭 쥐고 아빠를 바라보다가 손을 내밀었다. 아빠는 어리둥절한 표정으로 아들을 쳐다보았다.

"줘요, 엄마 핸드폰."

상민의 말에 아빠는 핸드폰을 점퍼 주머니에 집어넣었다.

"이건 엄마 거야. 엄마 오면 줄 거야."

"왜 엄마 핸드폰을 아빠가 가지고 있어요? 엄마는 어디 있어요?"

"곧 올 거야. 아빠 먼저 집에 가 있으라고 했다니까."

'거짓말.'

상민은 아빠의 거짓말을 눈치챘지만 몰아세우지 않았다. 신경을 건드려 봐야 좋을 게 없다. 지금은 엄마가 어떻게 되었는지 알아내고, 양희를 안전하게 지키는 게 먼저다.

아빠가 옷방을 두리번거리며 양희를 찾는 기색을 보이자 상민은 몸으로 아빠를 밀어 옷방 밖으로 몰아냈다.

"이 자식이-"

밖으로 밀려나던 아빠가 상민의 멱살을 잡았지만 상민은 문을 닫으며 손잡이의 잠금장치를 누르는 것을 잊지 않았다.

"양희 옷 갈아입잖아요? 뭘 보려구요?"

상민의 말에 머쓱했는지 아빠는 멱살을 잡고 있던 손을 풀고 상민의 뒤통수를 툭 쳤다.

"머리 좀 컸다고 까분다?"

이상하게 아빠에게 그 말을 듣는 순간부터 아빠에 대한 두려움이 사라지기 시작했다. 상민은 자신이 느끼는 감정이 3년 동안 수없이 아빠와의 대결을 상상하며 단련해 온 덕분인지, 아니면 양희를 지켜야 한다는 절박함에서 오는 용기 때문인지 알 수 없었다. 아빠를 쳐다본 뒤에야 비로소 깨달았다.

두려움이 사라진 건 시선 때문이었다. 3년 전만 해도 아빠와 눈을 마주하려면 고개를 들어 올려다봐야 했다. 그래서 아빠가 실제보다 더 커 보였는지 모른다. 하지만 지금은 자신과 거의 눈높이가 같다. 기억보다 왜소한 덩치였다. 옷방에서 아빠를 밀어냈을 때 느꼈던 힘도 생각보다 대단하지 않았다.

아빠는 3년의 시간을 어떻게 보냈는지 모르겠지만 상민은 지난 3년을 헛되이 보내지 않았다. 엄마에게 부탁해 복싱 학원을 다니고 매일 아침 달리기로 등교했다. 그사이 키가 크고 체격도 커졌다.

'머리 좀 컸다고 까분다.' 무심코 이 말을 한 아빠도 달라진 상민의 힘을 느낀 것은 아닐까?

상민은 짐짓 태연하게 다시 주방으로 향했다. 식칼을 들고 당근을 썰기 시작했다.

"이리 와 봐, 아빠랑 얘기 좀 하자."

"듣고 있어요. 하세요."

"그거 놓고 이리 오라고!!"

"양희가 배고프다고 했어요."

"이 새끼가….'

상민이 동작을 멈추고 아빠를 노려보았다. 손에 식칼을 든 채 그대로 거실로 나갔다. 아빠의 시선이 상민의 손으로 내려갔다.

"뭐 하는 거야?"

"오라면서요? 왜요?"

"그거 안 치워?"

"말해 봐요, 왜 엄마 핸드폰을 가지고 있어요? 엄마 지금 어디 있어요?"

"지금 겁주냐? 왜, 찌르기라고 하려고?"

"… 못할 것도 없죠."

자신의 입에서 그런 말이 튀어나올 거라고는 생각 못 했다. 머릿속으로는 수없이 그런 말을 하는 상상을 했지만 아빠의 얼굴을 똑바로 쳐다보며 하게 될 줄은 몰랐다.

아빠는 잠시 당황하는 기색을 보이더니 이내 분노로 얼굴을 붉혔다.

"이 새끼가 아빠를 개똥으로 알아."

아빠는 빠르게 상민에게 달려들어 뺨을 때리고 발길질을 했다. 호기롭게 큰소리를 치기는 했지만 아빠의 기습적인 주먹에 모든 게 모래성처럼 무너져 내렸다. 아빠의 손에 잡혀 식칼도 빼앗겼다. 아빠는 식칼을 집어 던지고 본격적으로 주먹을 날리기 시작했다.

상민은 상체를 구부리고 두 손을 들어 얼굴을 가린 채 체육관에서 배운 동작을 떠올렸다. 하나 둘 하나 둘, 호흡과 흐름이 중요하다. 상대의 주먹이 멀어지는 순간을 노려야 한다. 머릿속으로 다시 하나 둘 하나 둘 구령을 외쳤다. 하나 둘, 주먹을 뻗었다.

상민의 주먹은 아빠의 가슴을 쳤다. 갑작스러운 공격에 놀랐는지 아빠가 멈칫하는 순간을 놓치지 않고 다시 주먹을 날렸다.

이번에는 얼굴에. 하지만 주먹은 빗나갔다. 안타까웠지만 효과는
있었다.

아빠의 주먹질이 멈췄다. 거리를 두고 상민을 낯설다는 듯
노려보았다. 아빠는 상민이 만만치 않다고 느꼈는지 주위를
두리번거렸다. 조금 전 던져 버린 칼을 찾는 것 같았다.

상민의 머릿속에 경고 등이 켜졌다. 안 돼, 먼저 찾아야 해. 아까
어디로 던져 버렸지? 재빨리 집 안을 둘러보다 식칼을 발견했다.
열어 둔 거실 문 너머 베란다에 떨어진 식칼이 보였다.

상민은 얼른 베란다로 향했다. 아빠도 눈치를 채고 달려와
상민을 붙잡았다. 상민은 손에 잡힌 식칼을 베란다 밖으로 던졌다.

아빠는 한 손으로 상민의 한 팔을 등 뒤로 꺾고 다른 손으로는
목을 졸랐다. 상민의 허리에 베란다 난간이 닿았다. 아빠가 상체를
누르자 몸이 휘어 금방이라도 난간 밖으로 떨어질 것 같았다. 남은
손으로 간신히 베란다 난간을 잡고 버텼지만 힘이 달렸다.

체력을 단련할 시간이 1년만 더 있었더라면, 5cm만 더 키가
컸더라면, 조금만 더 복싱을 열심히 했더라면. 머릿속으로 온갖
생각들이 스치고 지나갔다.

"미친 새끼, 그러게 왜 까불어?"

아빠는 시뻘겋게 달아오른 얼굴로 상민의 눈을 쳐다보며
중얼거렸다.

눈물이 찔끔 났다. 도대체 이 사람은 뭘까? 상민은 거친 숨을
내쉬고 있는 남자의 얼굴을 쳐다보았다. 자식을 죽이겠다고 이렇게
안간힘을 쓰면서 씩씩거리고 있는 인간이 자신의 아빠라는 사실이
분하고 억울했다.

그래, 양희의 말이 맞아. 이 사람은 아빠가 아니고 호랑이야. 엄마를 잡아먹고, 이제 아이들을 잡아먹으려고 온 호랑이. 동화 속에서는 분명 아이들이 살아나고 호랑이가 떨어져 죽었는데⋯. 그런 생각을 하다 깨달았다.

아이들도 죽었구나. 동아줄을 타고 올라가서 해님 달님이 되었다고 하는 건 거짓말이었어. 하늘에서 내려오는 동아줄 따위는 없었어. 사람이 죽으면 별이 되었다고 말하는 것처럼, 아이들이 해가 되고 달이 되었다고 했던 거야. 나는 죽어서 뭐가 될까?

엄마도, 나도 없으면, 그럼 양희는 어떡하지? 아직도 혼자 잠들지 못하고 큰 소리만 나면 놀라 눈이 동그래지는데. 양희를 생각하니 눈물이 고였다.

목을 조르며 상체를 밀던 아빠의 손에서 갑자기 힘이 빠졌다. 상민은 틈을 놓치지 않고 몸을 비틀어 아빠의 손에서 벗어났다. 언제 나왔는지 양희가 아빠의 팔을 잡고 깨물고 있는 게 보였다. 위협적이지는 못해도 잠깐 주의를 분산시키기에는 충분했다.

상민을 놓친 아빠가 양희의 머리채를 잡았다. 상민은 양희의 머리를 잡은 아빠의 손을 붙잡아 있는 힘을 다해 손가락을 뒤로 꺾었다. 체육관에서 배운 호신술 중 하나였다. 이렇게 써먹게 될 줄은 몰랐다. 아빠는 소리를 지르며 손가락을 감싸 쥐었다. 때를 놓치지 않고 상민은 얼른 아빠의 다리를 잡았다.

"양희야, 물러서!"

하지만 양희는 뒤로 물러서지 않았다. 오빠를 따라 양희도 아빠의 다른 쪽 다리를 잡았다. 오빠가 무엇을 하려는지 정확히 알고 있었다. 둘은 약속이라도 한 듯 그대로 아빠를 들어 베란다 밖으로

떨어뜨렸다. 비명 소리가 들려오는 것 같아 상민은 얼른 양희의 귀를
막았다.

　한참을 그대로 서 있던 상민은 무릎을 굽혀 양희와 눈높이를
맞추었다.

　"왜 내려왔어? 꼼짝 말고 있으라니까."

　"엄마가 맨날 그랬잖아. 힘든 일 있으면 서로 도와주라고."

　"엄마가?"

　상민은 가슴이 저렸다. 자신도 하지 못한 일을 양희는 거침없이,
두려움 없이 해냈다. 무엇이 양희를 이렇게 강하게 만들었을까?
상민은 눈물이 날 것 같아 얼른 양희를 안았다.

　"고마워. 고마워, 양희야."

　"오빠."

　양희가 뒤로 물러나며 상민을 쳐다보았다.

　"왜?"

　"호랑이는 어떻게 됐을까?"

　양희는 베란다 밖이 궁금한 것 같았다. 하지만 고개를 빼고
아래를 보게 할 수는 없었다. 상민은 양희를 데리고 거실로
들어왔다. 그때 누군가 현관 도어 록의 번호 키를 누르는 소리가
들렸다. 문이 열리는 소리에 놀란 상민은 양희를 뒤로 숨기고 현관
쪽을 쳐다보았다.

　문을 열고 들어온 사람은 엄마였다. 등 뒤에 있던 양희가 엄마를
알아보고 얼른 달려갔다.

　"엄마-"

　상민은 죽은 줄 알았던 엄마의 얼굴을 보자 긴장이 풀려 그

자리에 주저앉았다. 참았던 울음이 터져 나왔다. 엄마가 다가와
상민을 안아 주었다.

"엄마, 얼굴에 피."

"괜찮아, 닦으면 돼. 너희들은 괜찮아? 어디 다친 데는 없구?"

상민은 울먹이며 고개를 끄덕였다. 상민의 얼굴과 몸에 난
상처를 본 엄마가 상민의 머리를 쓰다듬어 주었다. 말하지 않아도
무슨 일이 있었는지 다 안다는 표정이었다.

"엄마, 아빠는⋯."

"알아. 걱정 마, 곧 경찰이 올 거야."

엄마 말대로 10분도 되지 않아 경찰이 도착했다. 상민은 집
안에서 있었던 일을 엄마에게 이야기했고 엄마와 경찰이 하는
이야기를 들었다.

기절한 채 트렁크에 갇혀 있던 엄마는 정신을 차린 뒤 트렁크를
열었고 집에 도착했다는 것을 깨달았다. 운전석이 빈 것을 보고
아빠가 집으로 올라갔다고 직감한 엄마는 바로 지나가는 사람에게
부탁해 경찰에 신고를 한 뒤 빌라로 들어서다 누군가 추락하는
소리를 들었다.

뒤돌아 누군지 확인하고 싶었지만 떨려서 확인할 수가
없었다고 했다. 대신 엄마는 미친 듯이 5층을 뛰어 올라와 현관문을
열고 집 안으로 들어와 아이들이 무사한지 확인했다.

"너희 둘이 있어서 엄마는 얼마나 감사했는지 몰라."

경찰이 돌아가고 엉망이 된 집을 조금씩 치우며 엄마가 말했다.

"고마워, 상민아. 동생 잘 지켜 줘서."

상민은 고개를 저었다. 오히려 양희 덕분에 자신이 살았다. 엄마는 집 안에서 있었던 일을 다 듣고도 상민을 칭찬했다. 민망하고 쑥스러웠다.

"엄마는 알아. 네가 얼마나 최선을 다해 동생을 지키려 했는지."

엄마의 말에 상민은 마음속에 자리한 무거운 돌덩이가 조금은 가벼워진 것 같다고 느꼈다.

거실 한쪽에서 뭔가 꼼지락거리던 양희가 동화책을 들고 두 사람에게 다가왔다.

"엄마, 봐 봐."

양희가 몇 시간 전에 읽었던 〈해님 달님〉 동화책을 펼쳐 보였다. 동화책의 마지막 장에는 떡을 팔러 갔던 엄마가 해님 달님 옆에 나란히 있는 모습이 보였다.

동화책을 읽을 때도 마음대로 이야기를 꾸미더니 결말은 아예 종이를 오려 붙여 완전히 바꾸어 버렸다. 하지만 상민은 양희가 낸 결말이 훨씬 마음에 들었다.

"멋지다. 우리 양희, 작가 해도 되겠는걸?"

엄마가 두 팔을 벌려 양희와 상민을 향해 흔들었다. 상민도 팔을 벌려 엄마와 양희를 꼭 껴안았다. 잠시 엄마와 오빠에게 안겨 있던 양희가 말했다.

"엄마, 김밥."

신데렐라 프로젝트

민지형

"학점도 이만하면 괜찮으시고… 여대 나오신 게 아마 플러스 될 거예요. 사회에선 여전히 여대 출신 선호하거든요."

"어머, 그래요? 진짜 다행이다…!"

성훈의 말 한마디에 여자가 활짝 웃었다. 성훈 역시 마주 웃으며 눈으로 손에 들린 여자의 이력서를 몇 번 더 스캔했다.

'근데 주 전공이 영문학…. 기왕 복수 전공 하실 거면 경영 말고 차라리 경제가 더 좋았을 텐데…. 교원 자격증이 있으시면 몰라도… 솔직히 영문학 전공은 좀 애매하긴 하네요….'

그렇게 생각하면서도 굳이 입 밖으로 내지 않는 이유는, 이 숙녀분이 성훈의 불알친구 진웅이의 지도 교수 따님이기 때문이다.

"제 생각에는… 올해 저희 그룹 공채에 맞게 이런 부분들을 잘 살려서 이력서 정리하시고 자기소개서 쓰시면… 좀 어필이 되실 것 같아요."

주말에는 놀랍도록 한산한 여의도의 한 카페.

대기업 공채 시즌이 다가오면 성훈은 평일뿐만 아니라 주말까지 바빠진다.

대한민국 넘버원, 굴지의 대기업 인사 본부 팀장이라는 위치에 있다 보니 주변에서 취업 상담을 부탁하는 친구, 친척, 지인들의 연락이 쏟아지는 것이다.

"제가 일정이 정말 바쁘긴 한데요…."라며 답장의 서두를 열지만, 인간사 알 수 없으니 언제 또 부탁할 입장이 될지 모르는 거니까… 소화할 수 있는 만큼의 약속에는 최대한 나가려고 애쓰고 있다.

성훈 자신도 취준생 시절을 겪었으니까 잘 안다. 그분들의 입장에선 내 말 한 마디 한 마디가 얼마나 귀중하겠는가. 가능하면 돕고, 항상 베풀면서 살아야지.

"그리고 무엇보다… 희진 씨 인상이 너무 좋으셔요."

"아, 정말요?"

"네, 사진보다 실물이 훨씬 좋으세요. 면접 가시면 더 유리하겠어요."

"감사합니다…. 팀장님도, 인상 좋으세요."

머리를 뒤로 넘기며 수줍게 말하는 희진의 모습에 성훈 역시 쑥스러운 듯 고개를 숙였다.

공채가 가까워질수록 일이 많아지고 피곤해지는 건 사실이지만, 이런 자리들이 조금은 활력이 되기도 한다는 게 솔직한

심정이었다.

"저, 식사… 같이 하고 들어가실래요?"

"아, 네 좋아요…!"

객관적으로 보아도 평소 인기가 없는 편은 아니지만, 이런
자리일수록 난이도가 반의반으로 줄어든다. 농담도 훨씬 잘 먹히고,
호감도 쉽게 산다. 당연히 대기업 팀장이라는 배경이 한몫 단단히
했으리라는 걸, 굳이 부정할 만큼 순진한 나이는 지났다. 그러니까
이런 일이 이토록 쉽다는 것에 이제는 죄책감을 갖지 않으려고
노력한다.

그런 생각을 하자마자, 성훈의 귓가에 회사 동기들의 장난스런
목소리가 들리는 듯했다.

"죄책감? 죄책가암?! 누이 좋고 매부 좋고 누가 봐도 완전
윈윈이지, 저거 또 지 혼자 씹선비질이네."

몇 년 전까지만 해도, 성훈은 여자를 만날 때 회사 이름을
내세우는 것이 부끄러워 숨기곤 했다. 고작 그런 간판으로 자신을
어필할 만큼 초라해지고 싶지 않다는 게 이유였지만, 더 솔직히
말하면 고작 그런 걸로 꼬셔지는 사람에게 큰 기대를 걸기도 싫었기
때문이었다.

그러나 굳이 그렇게까지 하는 게 솔직히 더 재수 없는 태도라는
것이 여자들의 반응이었다. 회사 역시 네가 가진 자원 중의
하나인데, 활용을 안 하는 건 미련한 처사라는 것이 동기, 친구들의
중론이기도 했다. 아마 그즈음부터 '씹선비'라고 불리기 시작한

것도 같았다.

　그래서 성훈은 이제 조금 더 자연스러워지려고 노력하는
중이었다.

　"그럼, 준비 잘 하시구요. 궁금한 거 있으면 언제든 연락 주세요."

　"네. 오늘 고맙습니다, 오빠."

　"궁금한 거 없어도, 연락하셔도 되구요."

　"풉. 꼭 연락드릴게요."

　"아 참, 제 명함 안 드렸죠?"

　'대성식품 인사 본부 채용 팀 팀장 한성훈'.

　이렇게 자기 손으로 명함을 건네는 세리머니를 하는 것마저도
성훈에겐 나름 장족의 발전이었다. 어차피 처음부터 직책을 걸고
나온 자리였으니까 당연한 일이긴 했지만, '저 이런 사람입니다.'
하고 뻐기는 것 같아 여전히 쑥스러웠다.

　희진이 잠시 명함을 들여다보더니, 묘하게 더 환해진 얼굴로
손을 흔들며 멀어져 갔다. 성훈도 마주 손을 흔들고 돌아섰다.
자리는 내내 화기애애하게 즐거웠고, 서로 어렴풋한 호감만 간직한
채로 다음을 기약하는 기분도 나쁘지 않았다.

　그러나 성훈의 마음 한편에는, 마지막에 조금 더 환해지던
희진의 얼굴이 깊게 남았다.

　역시 누군가에게 수단이 되기는 싫다. 이젠 그리 대단한 것이
아니라고 하더라도 여전히 대기업 정직원이 되는 것이 작은 신분
상승의 기회라고 한다면, 그의 와이프가 되는 것은 언제나 더 쉬운

차선책이니까. 남자는 능력, 여자는 외모. 암묵적으로 합의된, 일종의 물물교환. 그런 거, 너무 좀 그렇지 않나? 아무리 주변에서 욕을 먹어도 성훈은 성훈이었다. 이런 세상에서 여태 진짜 순수한 사랑을 꿈꾸는 대책 없는 로맨티시스트.

그 점이 아직 결혼은커녕 연애도 못 하게 만드는 결정적 이유인지도 모른다. 하지만 기다림이 길어질수록 결실은 더 달콤해지지 않을까? 옛말처럼, 고생 끝에 낙이 오는 법이니까. 한 주가 멀다 하고 여자를 바꾸며 놀아 젖히는 동기 친구들을 볼 때마다 성훈은 그런 생각을 하며 내면의 번뇌를 잠재우곤 했다.

*

"네? 갑자기요?"

다음 날, 회사에 갔더니 뜻밖의 이야기가 기다리고 있었다. 의례적인 내용만 주고받는 주간 회의에 부장이 얼굴을 비춘 것부터 이상하다 싶었더니, 갑자기 이번 공채 최종심 절차로 한 달의 인턴 기간을 추가하게 됐다는 거다.

"그래, 거 회장님이 요즘 하는 드라마 보고 감명 좀 받으신 모양인데…."

부장 역시 골치가 아픈 듯 미간을 찌푸리며 말했다. 예체능 분야에서 외길 인생을 걸어오던 젊은이가 갑자기 대기업 인턴으로 조건부 입사하게 되면서 회사에 신선한 바람을 불러온다는 화제의 드라마가 성훈을 비롯한 직원들의 뇌리를 스쳤다.

"아니, 아무리 그래도 그렇지…."

부장님은 잠깐 미간만 찌푸리시면 그만이지만 실제로 그 일을 맡아서 다 해치워야 하는 사람은 저랑 팀원들이지 말입니다….

"그래도 어쩔 수 있나? 위에서 까라면 까야지."

목소리를 낮게 깔고 을러대는 부장의 한마디에, 성훈은 바로 꼬리를 내렸다.

"넵, 알겠습니다."

네, 그럼 까야죠, 어쩌겠습니까. 이렇게 갑작스럽고 일방적인 통지라니, 참으로 회사 생활다웠다. 부장은 성훈의 복종 의사를 확인한 뒤 거침없이 이야기를 이어 나갔다.

"인턴 활동 심사는 2차 면접 통과자들 대상으로 하는 거니까 그 앞까진 어차피 똑같고. 인턴 평가 내용은 마지막 프레젠테이션이랑 상급자 평가…. 인원 상관없이 기준점 이상 도달하는 사람은 최종 합격인 것으로. 무슨 뜻인지 알지? 다 같이 열심히 하면 전원 합격도 가능하다는 거고…."

"바꿔 얘기하면, 합격자가 아예 없을 수도 있단 거네요."

"그렇지, 역시 한 팀장. 이해가 빨라. 2차 합격자들한테 그 내용 안내로 넣어 주고… 각 부 부장들한테 미리 고지도 넣어 놓고."

"네. 근데 한 달이나 인턴들 왔다 갔다 하면 부장님들 되게 싫어하실 텐데…."

"그래 봤자 뭐 어쩔 거야. 부장급들 컴플레인 들어오면 바로 나한테 보내."

"넵!"

"어휴. 이번 공채, 한 달은 더 길어지게 생겼네. 수고하라구."

잠깐 믿음직스러운 말을 하나 싶더니, 부장은 부장답게 폭탄만 던지고 유유히 사라져 버렸다.

그 후론 다시 의례적인 주간 회의로 돌아왔고, 시간만 대충 채운 뒤 다른 팀 사람들은 서둘러 자리를 떴다. 곧 회의실에는 성훈과 그의 팀원들만 남았다.

팀원들이야말로 불편해진 성훈의 심기는 물론 폭발적으로 늘어나게 될 업무까지 감당해야 하는 가장 가련한 이들이었다. 팀원들이 자신의 눈치를 살피는 것이 느껴졌다. 바로 말문을 떼는 대신 신중히 할 말을 고르면서, 성훈은 무의식중에 그 순간을 즐겼다.

*

한 번도 해 보지 않은 한 달간의 인턴 평가가 부담이 되긴 했지만, 그건 그때 일이고. 우선은 매번 해 오던 대로, 성훈의 팀은 몇 차례에 걸친 복잡하고 어려운 평가 과정 끝에 인턴 합격자들을 최종적으로 추려 냈다. 이제 곧 이 명단을 발표하면 다음 주부터 인턴들의 출근이 시작될 것이다.

명단을 보며 성훈이 제일 먼저 확인한 것은 '희진 씨'의 합격 여부였다. 그쪽에서 계속 적극적인 연락을 해 와서 만남을 이어 가고 있었던 것이다. 연락이 적극적이었던 만큼 질문도 적극적이어서, 선을 지키는 조언을 해 주느라 성훈은 내심 애를 먹었다. 그의 화려한 외모와 살가움은 좋았지만 그런 식의 기브 앤 테이크는 '썸선비'인 성훈의 마음 한편을 역시나 불편하게 했다.

사실 마지막 면접까지 온 것도 운이 좋았다 싶었는데, 역시나 희진의 이름은 최종 명단에 없었다. 묘하게도 제일 먼저 든 생각은 홀가분하다는 것이었다. '나도 쓰레기 다 된 건가' 싶은 자괴감이 드는 한편, 어쩔 수 없는 일이라는 생각이 따라왔다. 합격을 한다 한들, 그 경우에 더 곤란해지는 건 사실 그쪽 아닌가? 어차피 오래가기 어려운 사이였다. 역시 이런 관계는 내 체질에 안 맞아. 안 그래도 슬슬 정리할 때가 됐다 싶던 차였다.

"딱 여자 여섯, 남자 여섯이네요. 일부러 맞춘 것도 아닌데."

"그러게, 아름답네. 보기 좋다."

"아, 인턴들 다들 간절할 텐데 한 달간 별 트러블 없이 잘 지낼 수 있을까?"

몇 주 동안 매일같이 야근을 했던 팀원들이 뿌듯한지 명단을 들여다보며 한 마디씩 했다. 이력과 개인 정보는 모두 블라인드 처리된, 이름과 증명사진만 붙어 있는 간단한 명단이었다. 성훈은 자기 손에 들린 종이를 무심한 표정으로 들여다보다가 적당한 시점에 코멘트를 했다.

"뭐, 상대평가가 아니라는 걸 계속 강조해 주고… 트러블이 될 수 있는 행동은 무조건 마이너스라는 것도 계속 암시해야지."

"하하, 네. 다들 그 정도 눈치는 있겠죠? 근데 진짜 인턴들 다 붙어도 대박이겠다."

"그렇다고 다 떨어져도 그것도 참 그렇고…."

"어떤 사람들일지 궁금하네요. 저희 본부 인턴도 한 명 있어요."

으이구. 궁금할 것도 많다, 아직은 동료도 뭣도 아닌데. 속으로 생각하면서 성훈은 잠시 쉬자는 뜻으로 손을 휘휘 저은 뒤 혼자 담배를 피우러 나왔다.

주머니에서 담배를 꺼내 불을 붙이려는 순간, 성훈은 무심결에 인턴 명단을 그대로 들고 나왔다는 걸 깨달았다. 아, 귀찮게 이건 왜 가져왔대. 어쩔 수 없이 팔꿈치 사이에 종이를 끼우고 불편하게 불을 붙이는데, 갑자기 뒤에서 누가 홱 그 종이를 채 갔다.

"아이 씨, 누구…"

성훈이 볼멘소리를 하며 뒤로 돌자, 마케팅부 1, 2팀장인 준태와 현성, 그리고 개발부 팀장인 권욱이 웃고 있었다. 모두 성훈의 입사 동기들이었다. 표정들이 장난스러워서 성훈도 웃으며 받아쳤다.

"아 내놔, 그거 나름 기밀이야. 공지 뜨기 전에 새어 나가면 나 시말서 써야 된다고…."

그러나 명단을 손에 든 준태는 다시 넘겨주긴커녕, 뒤로 돌아 나머지 녀석들과 의뭉스럽게 머리를 맞대고 종이를 펼쳤다. 그제야 성훈은 피우던 담배를 끄고 다가가 그들의 등짝을 때리며 끌어당겼다.

"아 이것들이 진짜? 왜. 누구 아는 사람 지원했어? 그냥 나한테 물어봐, 차라리!!"

그러자 가장 등짝이 넓은 권욱이 스윽 몸을 비켜 성훈을 가운데에 끼워 주었다. 영문을 모르는 성훈이 다시 명단을 향해 손을 뻗으려 하자 준태가 홱 피하면서 낮은 목소리로 속삭였다.

"야. 이거 진짜 기밀인데… 본사 전무급 딸이 이번 인턴에 합격자라는 소문이 있어."

"뭐…?"

"대박 아니냐? 6분의 1밖에 안 되는 확률이야!"

그렇게 말하면서 준태가 다시 명단을 펼쳤다. 이번에는 성훈도 손을 뻗어 가로채지 못했다. 네 남자의 시선이 여섯 여자의 얼굴로 꽂혔다.

"근데 얼굴만 봐선 잘 모르겠다…."

그도 그럴 듯이, 인턴 합격자 열두 명 전원이 하나같이 모범적인 신입 사원의 예시처럼 보일 정도로 완벽하게 다듬어져 있었기 때문에 사실 거의 비슷해 보였다. 하긴 최종까지 온 사람들이면 그럴 수밖에 없는 게 당연하기도 했고.

"나이는?"

"나이로 어떻게 알아, 지금 여기 합격자들 다 또래인데."

"아 씨. 확실한 정보 맞아?"

"아, 우리 부장님 피셜이라니까."

현성이 목소리를 높였다.

"아, 야. 우리 너무 수상해 보이니까 일단…"

팀장급의 다 큰 남자 넷이서 한참 동안 머리를 맞대고 모여 있었다는 것을 뒤늦게 깨닫고 성훈이 다급히 친구들의 어깨를 두드렸다. 그러자 다들 훌륭한 사회생활 10년 차답게 아무 일도 없었다는 듯이 어색하지 않게 흩어져 엘리베이터를 타고 각자의 자리로 돌아갔다.

그리고 대화는 휴대폰 메신저의 단톡방을 통해 계속되었다.

현성: 그 딸이랑 정분나서 결혼이라도 하게 되면 대박 아님? 우리 같은 흙수저 평사원이 임원 되려면 그 길밖에 없는 거 아니냐고….

신데렐라 프로젝트

준태: 에휴 난 현실적으로 생각할래. 사위까진 못 되더라도 전무님 쪽으로 대박 칭찬 들어가서 파격 승진이나 했으면 좋겠다….

현성: 빙신아 그게 참 현실적이다….

권욱: 원래 힘들 때 잘해 주면 그게 그렇게 고맙고 기억에 남는다매. 근데 금수저들 인생에 언제 힘든 시기가 있겠냐…. 이번이 유일한 찬스다…! 졸라 꼬셔 보자!

현성: 아 뭐야. 이권욱 너 여친 있잖아.

권욱: 지금 여친이 문제냐??? 와이프가 있어도 사내라면 도전해야지!!

준태: ㅋㅋㅋㅋ 인정. 아, 나 진짜 꼭 간택받고 싶다.

권욱: 그치 간택 맞지. 하 이거 완전 역신데렐라네.

현성: 왜 역이야? 이제 남녀평등 시대인 거 몰라? 남자도 신데렐라 될 수 있어!

준태: 야 너두? 야 나두!

권욱: ㅋㅋㅋㅋㅋㅋㅋㅋㅋㅋㅋㅋ 미친

준태: 야 한성훈, 너 쪼끔이라도 뭐 듣는 소리 있음 우리한테 바로 알려 줘 알겠지?

현성: 그래 치사하게 혼자만 알지 말고!

성훈: ㅇㅋㅇㅋ

성훈은 빠르게 올라가는 대화를 멍하니 보고만 있다가 자기 이름이 나온 것을 보고서 뒤늦게 겨우 대답했다.

거참, 전무님 따님한테 잘 보여서 나쁠 건 없겠지만 아무리 그래도 남자 신데렐라라니, 하여튼 이 자식들 생각하는 거하곤.

하긴, 이런 역발상의 기브 앤 테이크도 있을 수 있구나 싶었다. 요즘 워낙 회사원 수명도 짧고 경쟁력 갖기도 어려우니까, 한편으로 이해는 되지만… 성훈 입장에서는 역시 별로 내키지는 않는 게 사실이었다.

솔직히 그런 집안에 장가가면 평생 얼마나 시달리겠는가? 집에서라도 눈치 안 보고 좀 편하게 지내고 싶지 않나? 그냥 평범하게, 조건 같은 거 상관없이 진심으로 끌리는 사람이랑 오순도순 사는 거, 그게 진짜 행복이지 말이야.

하지만 성훈의 생각이야 어떻든, 친구 녀석들은 그 '따님'이 누군지 알 때까지 자신을 들들 볶을 참인 것 같으니 일단은 이번 인턴들을 좀 열심히 관찰할 필요는 있을 것 같았다.

"팀장님!"

그때 갑자기 파티션 위로 김 대리의 얼굴이 쑥 올라왔다.

"아유 깜짝이야!"

성훈은 재빨리 휴대폰을 감추면서, 동시에 저도 모르게 인턴 명단까지 책상 아래로 감추었다.

"죄, 죄송합니다. 저, 그 인턴 대상자 발표 이제 하려고요."

"그, 그래. 해."

"한 번 안 보셔도 돼요?"

"아, 그냥 올려!"

"… 넵!"

맥락 없이 짜증을 내고서 혼자 민망해진 성훈은, 잠시 뒤 김 대리가 올린 공지문과 자신에게 전달한 이메일을 확인하고서 사내 메신저로 "잘했어!"라고 격려해 주는 센스를 잊지 않았다.

그리고 퇴근 후, 집에 돌아온 성훈은 나름 10년의 채용 팀 경력을
살려서 관상만으로 전무님의 딸을 찾아보겠답시고 자기 전까지 몇
번이나 명단을 들여다봤다.

그 때문인지 성훈은 그날 밤 꿈을 꾸었다.

인턴들이 회사에 왔고, 그중에 가장 얼굴이 예쁜 여성이 성훈의
팀에 배치되었다. 친구들과 달리 성훈은 모두를 공정하게 대했지만
그쪽에서 먼저 유독 성훈에게 살갑게 대하며 적극적으로 다가왔다.
조심스럽게 서로의 마음을 확인하고서 자연스럽게 교제를 하게
됐는데, 최종 합격이 결정되고 나서야 성훈은 그가 전무님의 딸임을
알게 되었다. 두 사람의 결혼식은 성대했고 모두의 부러움과 축복이
쏟아졌다.

다음 날 아침, 꿈에서 깨고 나니 성훈은 머쓱한 기분이 들었다.

거참, 유치하게 내가 왜 이런 꿈을 꿨대. 도저히 이해가 되질
않았다.

*

드디어 인턴들의 출근 날이 다가왔다.

아니나 다를까, 준태가 기밀이라고 을러댔던 내용이 이미
암암리에 사내에 다 퍼진 듯했다. 안 그래도 처음으로 인턴을 받는데
그 소문까지 더해지면서 모든 사원의 관심이 인턴들에게로 쏠렸다.
각 부서 팀장급에게 인턴 평가 방식을 공유하려고 만나면 다들 친한
척 그 소문에 대해 물었다.

그러면 성훈은 사람 좋게 웃으며 "아유. 저흰 아무것도 몰라요.

그냥 소문 아닐까요?"라고 둘러대곤 했는데, 그럴 때마다 사람들은 궁금증에 더 애를 태웠고 성훈은 사실상 아무것도 모르면서도 쉽게 상대적 우위를 점할 수 있었다.

"하아아암-"

출근 시간 30분 전에 회사 로비의 카페에서 인턴들을 만나기로 했기 때문에 성훈은 한 시간 일찍 일어나 출근해야 했다.

몸은 좀 피곤하긴 했지만 성훈은 자신이 이 일에 깊이 관여하고 있다는 것이 마음에 들었다. 전날 밤까지 동기 팀장들끼리 모인 단톡방에서 한참이나 인턴들 얘기가 오고 갔을 만큼 단연 이 일이 화제의 중심이었기 때문이다. 비록 성훈 자신에게는 전무님 딸에게 장가가고 싶다는 속물적인 마음이 없지만, 그가 누군지 알아 두면 유용한 정보가 되겠다는 논리적인 판단이 섰기 때문에 소문 속의 금수저 인턴의 정체를 밝히는 데는 적극적인 관심을 둘 생각이었다.

출근 시간이 되려면 멀었기에 로비는 아직 한산했다. 성훈은 팔을 뒤로 돌려 기지개를 켜면서 무방비 상태의 얼굴로 카페에 들어섰다. 우선 커피 한잔 마신 다음에 텐션을 높이고 인턴들을 맞이할 참이었다.

그런데 그 이른 시각에 벌써 카페에 와서 앉아 있는 여자가 있었다.

성훈은 커피를 주문하려고 카운터에 다가가면서 무의식중에 그쪽을 보았고, 순간 그와 눈이 마주쳤다. 처음 보는 얼굴, 이 아니었다. 그렇게 닳도록 들여다본 인턴 명단에 있던 비슷비슷한 얼굴 중 하나인 것이 확실했다. 성훈은 자기도 모르게 몸을 움찔했다.

여자가 자리에서 일어나 이쪽으로 다가왔다. 단발머리에
화장이 짙지 않아 깔끔하고 청순한 인상이었다. 의외로 치마 정장이
아닌 똑 떨어지는 바지 정장을 입고 있었는데, 옷 태를 보니 제법
늘씬한 듯했다.

"혹시 인사부 한 팀장님…?"

"네, 인턴 대상자 맞으시죠? 일찍 오셨네요. 커피, 한 잔 사
드릴까요?"

카운터 근처에 선 참이었기 때문에 성훈이 상냥하게 물었다.

"아뇨. 괜찮습니다."

그러나 그는 단호한 투로 성훈의 친절을 거절했다. 성훈이
의례적인 웃음을 만면에 띄웠음에도 불구하고, 그는 내내 조금도
웃고 있지 않았다. 성훈에겐 조금 의아한 일이었지만 일단은 계속
웃으면서 말했다.

"어, 괜찮아요, 어차피 회사 법인 카드라…"

"아…. 그럼 다른 인턴분들 오시면 그때 마시겠습니다."

"그, 그래요 그럼."

성훈은 우선 자신의 커피를 먼저 주문했다.

그러는 동안 여자는 속을 알 수 없는 무표정으로 의자에
조용하게 앉아 회사 로비를 바라보고 있었다. 성훈은 저도 모르게
여자의 구두와 가방, 옷가지들을 관찰했다. 모두 길에서 흔히 볼 수
있는 중저가의 실용적인 브랜드 제품이었다. 수수한 인상에, 패션
센스도 그저 그렇고. 금수저 후보일 가능성은 아무래도 별로 없어
보였다. 이런 말이 좀 그렇지만, 뭐 사실이니까.

게다가 제스처도 너무 딱딱했다. 긴장한 것일 수는 있겠지만, 쉽게 호감을 살 수 있는 태도는 아니었다. 인턴 첫 출근 날 이렇게 일찍 온 것만 봐도, 굉장히 성실하고 열의가 있는 사람이라는 점은 충분히 알 수 있었다. 하지만 요령은 좀 없는 것 같네. 과하게 원칙적이려는 태도. 세련되지 않아. 그런 면모 역시 성훈의 관점에서는 마이너스 요인이었다.

혹시, 들킬까 봐 일부러 쌀쌀맞게 구는 건가? 그 가능성도 잠시 생각했지만, 이내 성훈은 고개를 가로저었다. 에이, 그건 너무 하수지. 진짜로 정체를 숨기려는 사람의 태도는 아니다. 게다가 나중에 본인의 정체가 드러나면, 분명 전무님 평판에도 영향을 미칠 텐데. 그리고 요즘 금수저들, 얼마나 정서적으로 여유롭고 살가운데.

잠시 뒤, 자신의 커피를 받아 든 성훈은 천천히 여자의 곁으로 다가갔다.

"저보다 일찍 오신 분이 계실 거라고는 미처 생각 못 했네요. 성함이?"

"아, 신리라입니다."

성훈은 안주머니에서 명단을 꺼내 체크하는 동시에 리라의 발령 부서를 스윽 눈으로 확인했다.

'인사 본부'.

왜 슬픈 예감은 틀리는 법이 없는 건지…. 역시나 성훈의 짐작이 맞았다. 이름이 특이해서 기억에 남았던 것이다. 몇 번이나 명단을 들여다보면서 우리 부서로 온다는 신리라, 이 친구는 누구일지 궁금해했는데 딱 한 명 있는 우리 부서 인턴이 하필이면 이 친구라니.

같은 팀에서 자연스럽게 친해질 수 있는 관계라 은근히 기대를 했는데, 여러 가지 차원에서 솔직히 별로 달갑지는 않았다. 하지만 내가 그렇지 뭐, 원래 짝꿍 운 같은 것도 영 없는 편이었다. 에이 차라리 잘됐어. 너무 상하 관계가 뚜렷하면 오히려 가까워지기 어려운 감이 있으니까. 이 친구한테는 일이나 잘·가르치면서 원칙대로, 엄격하게 대해 줘야겠다. 언제나 주어진 상황에 잘 적응하는 긍정맨답게 성훈은 혼자서 마음의 정리를 한바탕 마쳤다.

그때 마침 저쪽에서 정장을 입은 남자가 한 명, 스커트를 입은 여자가 두 명, 종종걸음을 치며 카페 안으로 들어왔다.

"안녕하십니까~!"

그들의 활기찬 인사말과 만면에 띤 밝은 미소가 성훈의 마음을 안정되게 해 주었다.

"어서들 와요. 커피 한 잔씩 드실래요?"

"앗, 네!"

"감사히 마시겠습니다!"

성훈은 깍듯이 인사하는 그들에게 웃어 주며 저 바람직한 태도를 보았냐는 눈빛으로 리라가 있는 쪽을 슬쩍 보았다. 그러자 리라가 말했다.

"아, 그럼 전 따뜻한 아메리카노요."

여전히 그의 얼굴은 무표정했다. 성훈은 저도 모르게 이를 꽉 깨물었다.

*

성훈이 신입 인턴들을 데리고 회사 안을 돌았을 땐 정말 대단한 관심들이 쏟아졌다. 최소 2년 전 그룹 광고 모델이던 아이돌이 회사를 찾았을 때만큼의 열기였다. 아무래도 다들 한동안 별다른 이벤트가 없어 많이 심심했었던 모양이다.

그중에서도 역시 관심의 중심은 여자 인턴들이었다.

본사 전무님들의 이름 세 글자가 무슨 시험 족보처럼 다 퍼졌는데, 신기하게도 인턴 여섯 명 모두가 전무님 중 누군가와는 성이 겹쳤다. 결국 일찌감치 이름은 별 소용이 없어진 셈이었다.

부서를 돌며 여기저기 인사를 하는 동안, 사원들이 모두 인턴들을 볼 때 성훈은 사원들을 관찰했다. 사람 보는 눈들이 다 비슷한지, 아니면 혹시 또 성훈이 모르는 소문이 돈 건지 모르겠지만 몇몇에게 유독 시선이 쏠리는 것을 느낄 수 있었다. 눈에 띌 정도로 밝고 화사하거나, 독보적으로 스마트해 보이는 인턴들.

콕 집어 말하자면, 마케팅부에 지원한 송예은 씨와 개발부에 지원한 윤하나 씨. 이 둘이 그럴듯한 후보자의 분위기를 풍겼다. 그런 분위기를 읽은 대다수의 남자들은 두 사람을 두고서 속으로 아무도 시키지 않은 이상형 월드컵을 벌였다. 심사숙고 끝에 성훈은 여성스러운 예은이 좀 더 자기 취향이라는 결론을 내렸다.

그 와중에 예은이 가게 된 마케팅부에는 성훈의 동기이자 '간택'을 받기 위해 안달이 난 팀장이 둘이나 있었으므로, 그중에 누구네 팀으로 가게 될지 참 볼 만하겠다 싶었다. 이렇게 뜨거운 관심과 열망의 틈바구니 속에서 성훈은, 만약에 한다면 말이지만, 예은에겐 어떤 전략으로 접근하는 게 가장 효과적일까를 문득 생각하다가– 언제나 날카롭기 짝이 없는 마케팅부 최 부장과 눈이 마주쳤다.

흠흠. 어색하게 헛기침을 하며, 성훈은 계속 업무 모드였던 척을 했다.

그나저나 몇몇 분별력 없는 사원들 때문에 이 소문이 인턴들 귀에까지 들어가면 큰일 나겠는데…. 내 친구들한테도 꼭 주의를 줘야겠어. 아휴, 정말 다들 철이 없어서 말이야…. 나라도 정신을 똑바로 차려야지. 크흠.

신입 인턴들을 각 부서에 소개하고 담당 팀에 모두 인계한 뒤, 성훈은 인사 본부로 발령받은 리라를 데리고서 부서로 돌아왔다.

"안녕하세요, 신리라입니다. 많이 배우겠습니다. 잘 부탁드립니다."

리라가 과하지도 모자라지도 않게, 딱 적당한 첫 인사를 했다.

부장과 각 팀의 팀장, 팀원들이 늘어서서 박수를 쳤다. 아까 마케팅부에서 느꼈던 열기가 느껴지지 않는 것은 기분 탓일까?

인사부에는 채용 실무를 담당하는 성훈의 팀뿐만 아니라 인재 개발 팀과 복리 후생 팀도 있었다. 한 달 내내 우리 팀에게는 할 일이 너무 많으니까, 인턴은 개발 팀에서 받는 게 딱 좋겠네. 그렇게 계산을 마친 성훈이 그런 취지로 입을 떼려 하는데, 한발 빠르게 부장이 활짝 웃으며 말했다.

"리라 씨는 채용 팀에서 맡는 걸로 하지. 제일 바쁜 팀이니까 제일 배울 게 많을 거 아냐."

"… 예? 아니, 부장님…."

"그래 그래. 성훈 팀장 파이팅!"

뭐야, 미리 자기들끼리 짜고 입이라도 맞춘 건가? 아무래도 그런 티가 났다. 억울한 마음이 샘솟았지만 차마 부장을 쩌려보진 못하고, 성훈은 애꿎은 팀장들을 쩌렸다.

"잘 부탁드립니다, 팀장님."

리라가 이번에는 성훈을 향해 깍듯이 고개를 숙였다.

"아아, 네…. 어…, 일단 우리 팀으로 가죠."

성훈이 한숨을 푹 쉬며 대충 대답했다. 그러곤 리라를 안내하려는데, 순간 그가 살짝 웃는 것이 보였다.

어라? 목석 같은 줄 알았더니 웃을 줄 알긴 아네. 거참, 진작 좀 웃지, 웃으니까 이쁘구만…. 뭐 그럼, 조금은 이쁘게 봐 주려고 노력해 볼까?

"자리는 여기 쓰시면 되고요. 저희 팀원들 다 착하니까 편하게 궁금한 거 뭐든 물어보세요. 뭐, 물론 제가 제일 착하긴 하지만."

마음이 좀 누그러진 성훈은 자리를 안내해 주며 평소처럼 재치 있는 농담을 던졌다.

"아, 네."

언제 웃었냐는 듯, 어느새 리라의 얼굴은 차갑게 굳어 있었다. 성훈의 마음도 다시 굳었다.

아니 이게 진짜, 인턴 주제에 눈치를 살피게 해?

우선은 민망함에 화가 났지만, 신기한 건 은근히 오기도 생긴다는 것이었다.

남들은 전무 따님 꼬시기에 여념 없을 때 여기서 이렇게 딱딱한 인턴이랑 기 싸움 벌이며 혼자 번외편 게임이나 하게 되었다는 게 억울했지만, 그에겐 확실히 성훈을 묘하게 도발하는 뭔가가 있었다.

기왕 이렇게 된 거, 누가 이기나 두고 보자고, 신리라 씨.

어엿한 대기업 팀장님의 결심치곤 꽤나 유치한 문장을 되뇌며, 성훈은 리라의 자리가 잘 보이는 자신의 자리로 돌아갔다.

*

"신리라 씨…. 울지 말고…."

"… 네에, 죄송합니다."

"아니다, 시간 갖고… 마음 좀 진정되면 천천히 얘기해 보세요."

반전의 계기는 생각보다 빨리 찾아왔다.

성훈이 생각지도 못했던 리라의 모습을 발견한 것은, 회사 비상계단에서였다.

이별을 받아들이지 못하는 건지 미친 듯 전화를 거는 희진에게 뭐라도 한 마디 해야겠다 싶어 통화를 하려고 나간 참이었는데, 뜻밖에 리라가 쪼그려 앉아 있었다. 성훈은 어쩔 수 없이 일단 메시지로 응답하고 희진의 전화를 차단했다. '지금 고객님께서 전화를 받을 수 없습니다….'

그러곤 리라를 달래서 회의실로 자리를 옮겨 마주 앉았지만, 리라는 평소 같은 냉정함을 찾기가 어려운 듯했다. 성훈은 한숨을 쉬곤 조용히 그녀가 진정되기를 기다렸다.

어느새 신입 인턴들이 들어온 지 보름이 흘렀다.

그동안 성훈의 메신저는 조용할 틈이 없었다.

불현듯 시작된 금수저 인턴 맞추기 게임을 모두가 자기만의 방식으로 즐기고 있는 듯했다. 지루한 회사 생활을 견디게 해 주는 것은 사실 이런 소소한 이벤트구나, 하고 성훈은 새삼스럽게 실감했다.

모두의 시선을 받았던 인턴 송예은 씨는 결국 마케팅 1팀에 배정되었다. 배속 팀을 결정하는 과정에서 준태와 현성이 볼썽사납게 신경전을 벌였다 카더라, 하는 소문이 다양한 버전으로 사내에 떠돌았다. 팀장님들 귀엽네, 짜식들 남자네, 정도의 평가가 덧붙었다. 어쨌거나 1팀 팀장 준태는 그날 이후로 싱글벙글이었고, 갑자기 새 옷을 엄청 사들인 듯했다.

개발부에 배정된 윤하나 씨는 권욱이 팀장으로 있는 팀에 배정되었다. 늘 점잖은 척하는 녀석이라 강하게 의견을 피력하지는 않았겠지만 권욱은 자기가 원하는 쪽으로 여론을 은근히 끌어당기는 데 천부적인 재주가 있었으니 윤하나 씨가 어떻게 그 팀으로 가게 됐을지는 안 봐도 비디오였다. 게다가 권욱에게 여자친구가 있다는 것이 걸림돌이 아니라 오히려 디딤돌이 될 수도 있다는 아이러니한 사실을 최소한 성훈과 친구들은 다 알고 있었다. 일단 상대의 경계심을 낮출 수 있으니까 빨리 친해지기에 매우 유리했고, 그 입장에서 제법 괜찮은 전략을 펼쳐 볼 수 있는 가능성이 있었다.

그 두 사람 외의 다른 여자 인턴들 역시 마이너 취향인 사원들의 원픽 후보로 입에 오르내리고 있는 중이었는데, 신리라는 그중에서도 가장 인기가 없는 후보였다. 일단 별 존재감이 없다는 것이 문제였다. 신입 특유의 활기 같은 게 전혀 없고 이미 몇 년 회사에 다닌 사람 같은 분위기가 있어서 일반 사원들 사이에 섞이면

티도 안 났다. 게다가 일반 업무와는 조금 동떨어진 인사 본부 소속이라서 더 눈에 띄지 않았다. 아예 리라가 이 부서에 있는 줄 모르는 사람들도 있었다.

최근, 사원들끼리 밥을 먹을 때면 늘 인턴들 얘기가 화제에 오르기 마련이었다. 누가 들을까 봐 걱정되었는지 인턴들에게는 별명까지 붙었고(주로 예은 씨는 쏭, 하나 씨는 원이라 불렸다.) 오늘은 뭘 입었더라, 무슨 화장을 했더라, 무슨 가방을 들었더라, 무슨 말을 했다더라, 어느 학교를 나왔고 누구 건너 건너 후배라더라, 하는 시시콜콜한 사실들이 순식간에 퍼졌다. 반면, 성훈이 '우리 부서로 온 리라 씨' 이야기를 하면 금시초문이라는 반응이 심심치 않게 나오곤 했다.

그러면 성훈은 리라가 마뜩지 않음에도 불구하고 팔은 안으로 굽는다는 옛말을 실감하며 나름 리라를 어필했다. 그래 봤자 겨우 존재감을 가지게 될 뿐, 리라를 금수저 후보로 밀기엔 택도 없겠지만 말이다. 사실 누구보다도 그 사실을 잘 알고 있는 사람은 성훈이었다.

따지고 보면 진짜로 사원들의 관심 밖에 있는 이들은 누가 뭐래도 남자 인턴들이었는데, 심지어 그 사실조차 아무도 인지하지 못하고 있었다. 결과적으로 회사에 있는 모든 순간에 초 단위로 이루어지는 수많은 평가에서 남자 인턴들은 아주 자유로웠고, 편하게 회사 안팎을 돌아다니며 자기들끼리 여자 인턴들을 평가하고 있었다.

어쨌거나 마치 〈인턴 사원 101〉을 찍는 것마냥 큰 관심과 사랑

속에서 인턴들 모두 자기 나름대로 열심히 적응하며 회사를 다니고 있는 것으로 파악 중이었는데, 이토록 갑작스러운, 리라의, 심지어 어울리지도 않는 눈물은 인사 실무 담당자인 성훈을 당황시키기에 충분했다.

심호흡을 하며 마음을 진정시키는 리라의 모습을 보면서 성훈은 인턴들의 스케줄을 잠시 머릿속으로 짚어 보았다. 아이돌 연습생 못지않게 인턴들의 하루도 바쁘고 빡빡하게 돌아갔기 때문에 그들에게는 매일 할 일이 많았는데, 성훈의 기억이 맞다면 리라는 좀 전까지 분명 인턴 대상 교육 프로그램에 참여했을 것이다.

"누가… 괴롭혔어요?"
리라에게 충분히 시간을 갖고 진정하라고 한 주제에, 궁금증을 참지 못하고 결국 성훈이 먼저 물었다.
"아, 그런 건 아니에요…. 그런 건 아니고… 제가 적응을 잘 못하는 것 같아서요…. 그냥… 별문제 없습니다…."
리라는 그렇게 상황을 일축하고 빨리 자리를 뜨고 싶어 하는 눈치였다. 보름 만에 대충 리라의 성격을 파악한 결과, 좋게 달래서는 쉽게 입을 열 것 같지가 않아 성훈은 애써 엄격한 얼굴을 하면서 말했다.
"리라 씨가 얘기 안 하면 인턴들 다 모아 놓고 무슨 일이 있었는지 물어볼 수밖에 없어요. 그랬으면 좋겠어요?"
성훈의 그 말에 리라의 얼굴이 살짝 일그러졌다. 역시, 안 먹힐 리가 없지.
이야기를 들어 보니, 인턴들끼리 서로 친해지라고 그 옛날

학창 시절에나 했던 추억의 '마니또'를 시킨 것이 문제였다. 그 아이디어를 낸 사람이 다름 아닌 자신이었기에 조금 뜨끔했지만, 성훈은 태연한 척하며 계속 이야기를 들었다.

리라의 말에 따르면, 누가 먼저 시작했는지는 모르겠지만 어느새 너무 비싸거나 부담스러운 물건들이 오가게 되었고, 본인 역시 계속 그런 선물을 받다가 부담이 되어서 인턴들이 다 같이 있는 자리에서 그 사실을 언급했다고 한다. 조금 덜 부담스러운 선물을 주고받았으면 좋겠다고. 이런 선물을 받자니 너무 염치가 없는 것 같다고.

저런.

잠자코 듣던 성훈의 미간이 살짝 찡그려졌다.

"그랬더니 갑자기… 예은 씨가 눈물을 흘리시는 거예요. 마니또분이 잘해 주고 싶어서 선물한 걸 텐데 그렇게 부담으로만 받아들이면 준 사람이 얼마나 상처가 크겠냐고…. 그 바람에 갑자기 옆에서 하나 씨도 같이 글썽거리고…. 분위기가 완전 숙연해지면서 저만 순식간에 나쁜 사람이 되어서…."

"아유, 저런…. 리라 씨도 그런 의도로 한 말은 아니었을 텐데…."

속으로는 아무리 부담스러워도 나 같으면 그런 말은 안 했겠다, 생각했지만 성훈은 일단 리라를 위로했다.

"네에! 정말 그런 의도로 한 말이 아니었거든요."

리라가 세차게 고개를 끄덕이며 성훈의 말에 동조하더니 말을 이었다.

"솔직히 저는 그런 분위기가 만들어지는 건 좀 별로인 것 같아서요. 인턴 월급을 받긴 하겠지만 저희 아직 다

취준생이잖아요…. 감당하기 버거운 게 사실인데, 아무래도 저만 그런 생각을 했나 봐요."

"에휴. 예은 씨 아니면 하나 씨가 리라 씨 마니또였나 보네. 그 두 사람은 많이 친해졌어요?"

"네에, 두 분은 꼭 자매처럼 붙어 다니셔요."

호오. 벌써 그렇게 됐다 이거지…. 참 신기하게도 어느 집단에서든 눈에 띄는 사람들은 서로를 귀신같이 알아보고 먼저 그렇게 편을 먹는다. 이번에도 예외는 없는 모양이었다. 아마 자기들이 어떤 이유로든 주목받는다는 것도 다 알고 있을 거다. 정말 둘 중의 하나가 전무 딸이긴 한가 보다. 한 명은 공주, 한 명은 시녀. 여자들 사이엔 원래 그런 친구 관계도 많다고들 하니까.

"저, 근데 팀장님…. 제가 이런 얘기 한 거 절대, 꼭 비밀로 해 주셔야 해요. 아셨죠?"

잠시 딴생각에 잠겼던 성훈은 리라의 말에 황급히 정신을 차렸다.

"걱정 마요. 절대 안 할게요."

일단 시원하게 대답을 하고서 성훈은 저도 모르게 눈앞에 있는 리라를 새삼 찬찬히 살펴보았다. 요즘 젊은 친구들에 비해서 리라 씨는 참… 눈치도 없고 요령도 없고… 이제 그 여왕벌 둘한테 미움까지 받게 생겼으니 이를 어쩌나…. 그 자체가 일단 짠하기도 했고, 평소답지 않게 약해진 모습에 묘하게 마음이 갔다.

"이제 와서 제가… 갑자기 마니또 선물 금액 제한 같은 걸 걸어 버리면 너무 티 나겠네요. 그죠?"

"앗, 네. 그건…."

리라가 곤란한 표정을 지었다.

"그래요. 어차피 마니또 기간 며칠 안 남았으니까 조금만 참고… 제가 좀 더 분위기 섬세하게 살필게요."

"네에…. 감사합니다, 팀장님."

리라가 고개를 푹 숙이더니 자리에서 일어났다. 시계를 보니 어느새 다음 교육 시간이 다 된 듯했다. 축 처진 어깨가 안 되어 보여서 성훈은 리라의 뒷모습에 대고 말했다.

"또 힘든 거 있음 꼭 얘기해요…. 알았죠? 그렇게 숨어서 혼자 울고 있지 말고."

그러자 걸어 나가던 리라가 천천히 뒤로 돌더니 말했다.

"네, 팀장님. 제가 원래 이런 말을 잘 못하는데요…. 저… 팀장님 팀에 와서 정말 다행이에요. 감사합니다."

리라는 다시 한번 고개를 숙인 뒤, 문을 닫고 나갔다.

그리고 회의실에 혼자 남은 성훈은, 갑자기 미친 듯이 가슴이 뛰는 것을 느꼈다. 당황스러울 정도로 급작스러웠고, 놀라울 정도로 강렬했다.

오잉?

성훈은 잠시 왼쪽 가슴께를 움켜쥐며 의자에 주저앉기까지 했다.

이거 뭐지?

혹시 리라 씨…. 나 좋아하나…?

리라와의 뜻밖의 에피소드가 있었던 그날, 그 시간 이후로 성훈은 리라에 대한 생각을 떨칠 수가 없었다.

신리라.

정말 오묘하게 매력적인 존재다. 첫인상은 분명 별로 안 좋았는데. 생각해 보면 공채에 지원하는 인턴 신분으로 팀장인 날 만났으니 무조건 잘 보이는 게 이득이라고 생각할 법한데도, 리라는 다른 인턴들과 달리 딱딱한 태도를 보여서 튀긴 튀었다. 겪어 보니 알겠다. 워낙 편법을 싫어하고 깔끔한 성격이라 아부하는 것처럼 보이기가 싫었던 거다. 오늘 일만 해도 그렇다. 감정이 많이 격앙된 상태였을 텐데도 험담이 될 수 있는 얘기는 최대한 삼가고, 대놓고 도움을 구하지도 않는다. 확실히 리라에겐 요즘 사람답지 않은, 좀 선비 같은 면이 있다. 그동안 만났던 여자들하곤 다르다.

그런데 그렇게 대쪽 같은 한편, 알고 보면 마음이 여리고, 요령도 없고, 혼자 어떻게든 해 보려고 하는 모습이 더 애처롭다. 이거 정말 너무… 보호 본능을 자극하는 캐릭터네?

성훈의 가슴이 또 쿵쾅대기 시작했다.

역시 전무님 사위가 되기 위한 신데렐라 레이스는 내 체질에 안 맞는다. 차라리 내가 왕자가 되는 게 낫지!

대놓고 도움을 요구하는 누군가의 도구가 되고 싶지 않다는 생각에는 변함이 없다. 하지만 그럴 자격이 있는 사람을 직접 찾아내서 도움을 주는 것은 전혀 다른 일이다. 그동안 왜 알아보지 못했지 싶을 정도로 리라야말로 여러모로 성훈의 '애인' 자격시험을 능히 통과할 만한 사람이었던 것이다.

그렇게 곧은 마음을 가진 리라가 감사와 함께 호감을 표시했으니, 그건 내 지위나 조건과 관계없는 진짜 호감이 아니겠는가…?

드디어 내가 기다렸던 순수한 여자가 나타난 건가? 역시 사람은 착하게 살고 봐야 된다니까…!

그렇다면 나는 그토록 기다려 왔던 이 순수한 사랑의 찬스를 반드시 붙잡고야 말겠어…! 그동안 애써 억눌러 왔던 로맨스에 대한 불타는 열망이 성훈의 가슴속에서 뜨겁게 끓어올랐다.

리라가 다른 인턴들하고 잘 못 어울리더라도 내가 뒤에서 도와주고 끌어 주면서, 꼭 정직원이 될 수 있도록 만들어 줄 거다. 어느새 사회생활 10년 차인 성훈이 보기에는, 오늘 같은 일이 있었으니 앞으로 리라가 예은, 하나의 주도하에 은근한 따돌림을 당하게 될 게 불 보듯 뻔했던 것이다.

하, 사내 커플로 1년쯤 사귀다가 결혼하면 딱 좋겠는데…. 우리 부모님도 좋아하실 것 같다. 사람이 검소하고 참하잖아…. 성훈은 저도 모르게 히죽 웃었다.

"아, 리라 씨. 지금 교육 가요? 이 소프트웨어 배운다며. 이 책 한번 봐요."

바로 다음 날부터, 성훈은 지체 없이 왕자님 작전을 개시했다.

전날 밤에 방을 샅샅이 뒤져서 그에게 도움이 될 만한 책을 하나 찾아낸 것이다. 덕분에 약간 위축된 것처럼 보였던 리라의 안색이 조금 밝아지는 듯했다.

"아. 네, 팀장님…. 감사합니다."

그런데, 하필이면 강의실로 향하던 예은과 하나의 눈에 딱 걸린 게 문제였다.

"어~ 한 팀장님. 그거 뭐예요? 저한테도 좀 보여 주세요~"

"저도요~"

완벽한 메이크업과 착장으로 출근한 두 사람이 순식간에 성훈을 둘러쌌다. 리라는 황급히 자리를 떴다. 성훈은 정신을 꽉 붙잡고 태연한 척 대답했다.

"아아. 저거, 저희 작년 워크숍 때 제가 공부했던 자료예요. 별거 아니에요, 시중에서 구입하실 수 있고…. 제목 제가 메신저로 보내 드릴게요."

"그렇구나! 네, 감사합니다~ 꼭 보내 주셔야 돼요?"

"팀장님! 커피 뭐 좋아하세요?"

"아우, 괜찮아요. 저 기프티콘 많아요."

"어머, 기프티콘이라뇨. 같이 마시러 가자고 하려고 했는데? 헤헤. 그냥 알아만 둘게요~"

"알려 주세요~"

준태와 권욱이 요즘 싱글벙글하면서 다니는 이유가 다 있었구나, 성훈은 새삼 실감했다. 두 사람의 고급 애교 스킬에 정신을 차릴 수가 없었던 것이다. 적당히 둘러대고 그들을 떼어 낸 뒤에 정신을 차려 보니 이미 리라는 강의실에 들어간 뒤였다. 혼자 멀리 떨어진 자리에 고개를 푹 숙이고 앉아 있는 모습에서, 벌써 성훈의 짐작대로 다른 인턴들과 어울리기 어려워진 티가 났다.

하아, 아까 그 모습 보고 괜히 오해하면 안 되는데. 나는 네 편이라고, 신리라!

성훈의 속이 홀로 타들어 갔다.

며칠 뒤, 점심시간.

신데렐라 프로젝트

팀원들과 함께 밥을 먹고 커피를 마시러 가던 성훈의 발걸음이 멈추었다.

"어, 먼저들 가서 마셔. 나는 사무실로 바로 갈게."

"에. 갑자기요?"

"커피 사다 드릴까요?"

"아냐, 됐어. 이따 봐!"

성훈이 갑작스레 발길을 돌린 것은 분식집 창가 바 자리에 앉아 있는 리라가 눈에 띄었기 때문이었다. 게다가 혼자였다. 정말 사람 마음 짠하게 하는 데 뭐 있다니까.

성훈은 붐비는 분식집 안에 들어가서 말없이 리라의 옆에 앉았다.

휴대폰을 들여다보고 있던 리라가 깜짝 놀라며 인사했다.

"어, 팀장님….."

"왜 혼자 먹고 있어요?"

"아, 오늘 채영 씨가 약속 있다고 먼저 나가시구서… 남은 다섯이 밥 먹으러 갔는데 4인석밖에 없다고 하더라고요. 그래서….. 더 넓은 자리는 한참 기다려야 했어요. 저는 별로 배고프지도 않았고."

아이고. 듣기만 해도 서러워지는 얘기였다. 같은 인턴들끼리 왜 그렇게 서로 눈치를 봐야 하는 건지….. 성훈은 너무 안쓰러웠던 나머지, 저도 모르게 리라의 짧은 머리를 가볍게 쓰다듬었다.

"아유, 진짜 착해 빠져 가지고."

"아….."

리라의 얼굴이 살짝 굳었다. 귀엽긴, 쑥스러운 모양이었다.

그때 마침 리라가 시킨 음식이 나왔다. 겨우 라면 한 그릇이길래, 성훈은 오지랖을 부리며 김밥 한 줄을 더 시켜 줬다. 그러나 리라는 어지간히도 입맛이 없는 듯 김밥은 거의 건드리지 않았다. 아주 짧고 조용한 식사였다.

함께 거리를 걸으면서 성훈은 리라가 많이 힘든가 보다 생각했다. 어떻게 위로를 해 줘야 할까 고민하던 찰나, 앞에서 귀에 익은 목소리가 들렸다.

"어, 한 팀장님. 안녕하세요!"

또 예은과 하나, 그리고 다른 인턴들 그룹이었다.

순간 리라가 표정을 굳히더니, 대충 묵례하고서 빠른 걸음으로 먼저 걸어갔다. 성훈도 눈치껏 리라를 보내 주었다. 그러곤 아무 일도 없었다는 듯 예은과 하나에게 쾌활하게 대답했다.

"어어, 식사하고 와요?"

"네에, 식사 맛있게 하셨어요?"

살갑게 묻는 예은의 목소리에는 전혀 흔들림이 없었지만, 예은과 하나의 눈빛이 리라의 뒷모습에 꽂혔음을 성훈은 분명히 보았다. 아, 잘해 주려고 한 건데 이거 역효과 나겠네.

분명히 또 꼬리를 쳤네 어쩌네 하면서 자기들끼리 험담할 게 뻔했다. 아, 우리 리라 씨는 그런 사람 정말 아닌데. 이를 어째. 앞으론 대놓고 친한 척하거나 챙겨 주진 말아야겠네….

각종 이벤트 아이디어가 잔뜩 있었는데 좀 아쉽기도 하고, 이미 벌어진 일 때문에 리라에게 미안하기도 하고, 혹시 어설프게 소문이라도 나면 나도 입장 곤란해지는 거 아닌가 싶기도 하고. 이런저런 생각에 복잡한 마음을 안고 성훈은 쩝, 입맛을 다시며 사무실로 향했다.

　그 후로 며칠간, 성훈은 리라가 더는 곤란해지지 않도록 다른
인턴들 몰래 관심을 표현하려고 나름 애를 썼다.

　다행히 같은 팀 소속이어서 티 나지 않게 할 수 있는 일들이
있었다.

　이를테면 리라가 업무 시간이 끝난 뒤에 회사에 남아 인턴 수업
과제를 하고, 최종 PT 준비를 하는 동안 야근할 게 많다고 핑계 대며
같이 사무실을 지키기.

　그리고 리라가 퇴근할 때 자연스럽게 시간 차를 두고 내려와서,
리라가 버스를 타는 정류장 앞으로 차를 가져가 집까지 태워
주겠다고 하기.

　리라는 정말 괜찮다고 손을 내저으며 거절했지만, 성훈이 탈
때까지 기다리겠다며 버티면 뒤에서 다른 차들이 빵빵대는 통에
어쩔 수 없이 성훈의 차에 올라탈 수밖에 없었다.

　"남녀 사이에 집 주소가 노출되는 건 여성 입장에서 부담스럽단
거 저도 잘 아는데요…. 부서 들어오실 때 이력서에 나온 주소를…
어쩔 수 없이 이미 봐 버려서요. 이해하시죠? 저희 집이랑도 별로 안
멀더라고요. 바로 집 앞 말고 집 근처에 내려 드릴게요."

　"네에…."

　간만에 보는 눈 없이 단둘이 되어 성훈은 신이 난 반면, 리라는
목소리가 착 가라앉은 데다 무척 피곤해 보였다. 역시 업무도 많은데
인간관계까지 꼬여서 힘든가 보다 싶었다.

　"리라 씨, 우리 잠깐 드라이브 할까요? 요즘 너무 힘들어 보여서

걱정돼요. 한강에 가도 되고, 아니면…"

"네? 아, 아니에요…. 저 빨리 집에 가고 싶어요."

리라가 황급히 말했다. 아, 요즘 마음의 여유가 별로 없을 텐데 내 생각이 짧았네. 전략을 바꾸자. 성훈이 화제를 돌렸다.

"아 참, 최종 PT 주제는 잡았어요?"

"아…. 네, 마땅한 아이디어가 생각이 안 나서 고생했는데 다행히 얼마 전에 떠올라서요."

"너무 잘됐네요! 뭔지 물어봐도 돼요? 인사 본부 관련 내용일 거 아니에요. 저한테 상의해요!"

"네. 근데 공정성 문제도 있고…."

"에이, 괜찮은데. 차 안에선 누가 듣는 것도 아니잖아요."

"마음만 받을게요. 감사합니다, 팀장님."

"참, 리라 씨는 사람이 어쩜 그렇게… 반듯해요? 너무 기특하고 예뻐요."

"…."

정말이지 다른 인턴들 같으면 어떻게든 자신을 이용하려고 혈안이 되어 있을 텐데. 요즘 세상에 어쩜 이렇게 바르고 성실한 사람이 있을 수 있을까? 이미 리라에게 콩깍지가 씌어 버린 탓인지도 모르겠지만 성훈은 서운하기는커녕 오히려 기분이 좋기만 했다.

늘 길이 막혀서 평소엔 지루하다고 느꼈던 퇴근 시간이 리라와 함께 있으니 순식간에 흘러갔다. 성훈은 내심 아쉬워하며 약속했던 대로 리라의 집 근처 큰길에 차를 댔다.

"다 왔네요. 오늘도 고생 많았어요, 리라 씨."

"네…. 감사합니다."

신데렐라 프로젝트

리라가 여전히 지친 듯한 음색으로 안전벨트를 풀더니 천천히 차에서 내렸다. 성훈은 자신도 내려서 배웅을 해 줘야 하나 잠시 고민했다. 그런데 그 순간 리라가 결심한 듯 차 문을 붙잡고 말했다.

"팀장님, 오늘 차 태워 주신 건 감사해요. 근데… 아무래도 좀 부적절해 보일 수도 있고, 다음부턴 안 탈게요. 제 입장도 이해해 주세요. 그럼 조심히 들어가세요."

성훈이 뭐라 대답하기도 전에 탁, 소리를 내며 차 문이 닫혔다.

집으로 향하는 길에 성훈은 몇 번이나 리라의 말을 곱씹어 보았다. 리라의 곤란하다는 듯한 표정도 되새겨 보았다.

아. 리라 씨, 그렇게 안 봤는데….

좀 츤데레 기질이 있네. 좋아하면서 괜히 차갑게 굴고 쌀쌀맞게 대하는 그런 거. 솔직히 다 들여다보이지만, 모르는 척해 줘야지. 그런 모습도 꽤나 귀여운걸? 훗.

혼자 드라마 속 주인공처럼 멋진 미소를 지으며 성훈은 벅찬 마음으로 서울의 야경 속을 달렸다.

*

어느새 인턴들의 최종 합격 여부를 결정짓는 개인 PT 날짜가 일주일 앞으로 다가왔다.

그사이 리라의 마니또는 역시나 예은으로 밝혀졌고, 리라는 결국 예은에게 받은 선물 중에 가장 고가였던 두 개를 돌려주었다고 한다. 무슨 명품 브랜드 향수와 립스틱이었다. 그로 인해 가득이나

어색했던 인턴들 사이의 분위기는 더 어색해졌고 리라는 계속
겉돌고 있는 듯했다.

성훈이 그 사실을 알게 된 것은, 다름 아닌 준태와 현성
덕분이었다. 다들 대체 어떻게 알았는지는 모를 일이지만 '인턴들
사이에 그런 일이 있었다 카더라' 하는 소문이 이미 다 퍼져 있었다.

게다가 사원들 사이에서 전무님 딸은 예은인 것으로 이미
결론이 나 있었다. 이유는 제각각 다양했다. 예은이 퇴근 후에
회사로부터 한 블록 떨어진 곳에서 세단을 타고 귀가했다는 카더라,
다른 본사 간부가 회사를 방문했을 때 굳이 마케팅부에 들렀다는
카더라, 누군가는 대담하게도 직접 대놓고 물어봤더니 예은이
인정했다는 카더라를 퍼뜨리기도 했다. 그리고 성훈의 측근인 어떤
사원들, 그러니까 콕 집어 말하자면 마케팅부의 준태와 현성은 마녀
같은 자기 부서의 최 부장마저 마치 딸처럼 예은을 아낀다는 점을 그
근거로 들었다. 분명히 뭘 알고 저런다는 것이다.

그런 정보값이 더해지니, 대다수의 사원들은 리라와 예은
사이의 에피소드에 대해 당연히 리라가 너무 융통성이 없다는
의견들을 내놓았다. 예은과 제법 친해진 것 같은 준태 녀석은 일부러
성훈을 불러내기까지 해서 목소리를 높였다.

"야. 니네 팀 그 친구는 어떻게 그렇게 사람 성의를 무시할
수가 있냐? 예은 씨, 그 밝은 사람이 속상해서 아주 얼굴에 그늘이
졌더라…. 우리 부장님도 뭐 그런 친구가 다 있냐고 깜짝 놀라셨어!"

그럴 때마다 성훈은 대놓고 리라의 편을 들고 싶었지만 혹시나
리라가 곤란해질까 봐 열심히 그 마음을 눌러야만 했다.

그리고 속으로는 걱정이 됐다. 마지막 PT 평가를 팀장급 이상

사원들에게 받아야 하는데, 이런 부정적인 이미지가 분명 적지
않게 마이너스로 작용할 것 같아서였다. 최종 PT 평가 점수가 전체
결과에서 차지하는 비율이 70%나 되니, 작은 위험 요소 하나에도
방심할 수는 없었다.

게다가 취업이 걸려 있는 만큼 열두 명의 인턴 모두가 거의
만점에 가까운 회사 생활을 이어 나가고 있었다. 어떤 부장님들은
1~2년 차 사원들보다 이번 인턴들이 더 쓸 만하다는 급진적인
의견까지도 내놓았다. 이 정도면 정말 전원 합격일 수도 있겠다는
소리가 이미 나오기 시작했다. 그러니 이런 상황에서는 아주 작은
실수도 치명적일 수밖에 없는 것이다. 혹시라도 리라가 불합격하는
건 아니겠지…? 에이 설마. 그런 불안감이 성훈의 마음속에서
조심스레 피어올랐다.

며칠 뒤, 성훈의 걱정이 기우가 아니었음이 밝혀졌다.

인턴 교육과정의 과제 평가가 다 끝나고 결과지가 채용 팀으로
넘어왔다. 한편으론 놀랍고 한편으론 당연하게도 다들 만점이어서
별 감흥 없이 리스트를 쭉 보고 있었는데, '신리라' 항목에서 눈길이
탁 멈추었다. 리라 혼자서만 '마케팅 특강' 최종 과제에서 20점 깎인
것이다!

당연히 만점을 받아야 되는 곳에서 뜬금없이 너무 큰
실점이었다. 고3 수험생을 둔 엄마마냥 초조해진 성훈의 머리가
빠르게 돌아가기 시작했다.

마케팅부에는 예은이 있고, 마케팅 특강의 평가자는 예은을
딸처럼 예뻐한다는 최 부장님이었고…. 이미 리라와 예은의 사이가

묘하게 안 좋다는 소문도 퍼졌고…. 설마 그래서인가?

분명히 석연치 않은 이유가 있는 것 같은데, 너무 티를 내면서 궁금해하면 역효과가 생길 듯해서 성훈은 한참을 고민하고 또 고민했다. 그러다, 몇 번 목을 가다듬은 뒤에 결국 리라를 불러다 앉혔다.

"저… 혹시 리라 씨, 마케팅 특강에서 무슨 일 있었던 건 아니죠?"

"아, 저 그게…."

여러모로 민감할 수밖에 없는 내용이라 마지막 순간까지도 이 얘기를 꺼내야 하나 고민이 되는 것이 사실이었지만, 리라를 향한 마음과 정의감으로 불타고 있었던 성훈에겐 앞뒤 가릴 것이 없었다.

"제가… 제출 당일에 최종 과제물 페이퍼를 잃어버렸어요."

돌아온 대답은, 맥이 빠질 정도로 허무했다.

'아니, 이 사람아….'

처음에는 너무 어이가 없어서 타박의 말부터 떠올랐다.

그러나 잘 생각해 보니, 몇 주를 같이 일하면서 본 리라는 단 한 번도 지각을 하거나 사소한 실수를 한 적이 없는 사람이었다. 인턴 출근 첫날에도 담당자인 자신보다 일찍 왔던 사람이다. 원래 덤벙거리는 사람이 아닌 다음에야 그렇게 중요한 최종 과제물을 제출 당일에 잃어버릴 수 있을까…? 거기까지 생각하자 갑자기 성훈의 머릿속에 '촉'에 의한 묘한 생각이 떠올랐다.

"그 과제물, 집에다 두고 온 거예요?"

"그건 아닌 것 같은데… 회사 어디에 흘린 것 같더라고요. 어쩔 수 없죠."

신데렐라 프로젝트

"거참 이상하네…."

"뭔가 한 가지 생각에 깊게 빠지면 저도 모르게 덤벙거릴 때가 있어서…."

"흠, 최근에 다른 인턴들하고는 잘 지내고요?"

"네? 아, 네…. 잘 지내요."

"그때 그 마니또 사건 때문에 혹시 좀 지내시기 어려워진 거 아닌가 해서요."

성훈의 머릿속에 떠오른 '촉'이라는 건, 다름 아니라 리라를 미워하는 '일부' 인턴들이 리라를 곯려 주려고 그의 페이퍼를 몰래 없앤 게 아닌가 하는 거였다. 여자의 적은 여자라는데. 게다가 아무리 절대평가라고 해도 취업이라는 관문 앞에 서 있으니 평가 하나하나에 예민할 수밖에 없고…. 더군다나 모두가 다 붙는 것도 가능한 상황이기에 오히려 만약 누군가 혼자만 낙오한다면 그의 굴욕감과 상처는 더 클 것이 분명하니까.

"아…. 사원분들 사이에도 저희 일이 다 퍼졌다고 하던데 정말 그런가요?"

남의 눈치 따위는 전혀 안 보는 성격인 줄 알았는데, 의외로 리라가 그런 것을 물어 왔다. 성훈은 애써 별일 아니라는 듯 덤덤하게 대답했다.

"아 그냥, 조금요. 에휴. 다들 인턴들한테 너무 관심이 많아…."

"그렇구나…. 그래도 최근에 여자 인턴들끼리는 좀 친해졌어요. 서로 공통의 화젯거리가 있다는 걸 알게 돼서…."

리라가 순진한 얼굴로 말했다. 성훈은 속으로 코웃음을 치면서 애써 표정 관리를 했다.

"아. 근데… 리라 씨는 아직 잘 모르실 수도 있지만… 이 사내 정치라는 게 생각보다 복잡하거든요. 회사 10년 다녀 보면 알아요. 지금은 좀 친해진 것처럼 보일 수 있는데… 그럴 때 오히려 뒤통수 맞는 거거든. 그래서 말인데… 그날 페이퍼 잃어버린 거, 그 예은 씨랑 하나 씨하고도 얘기해 봤어요?"

"아, 네. 다들 안타까워했죠…. 최 부장님이 미제출로 처리하시려는 걸 예은 씨가 얘기 잘 해 줘서 다음 날 늦은 제출로 넘어갔어요."

"흐음…. 그래요. 그건 다행이네."

"네…. 앞으로 그런 일 없게 해야죠."

"그래요. 아 참, 리라 씨."

"네…?"

"그, 공통 화젯거리란 건 뭐예요? 뭐, 아이돌 그런 거? 아님 다이어트?"

"그런 건 아니고요. 뭐, 그냥."

리라가 속을 읽을 수 없는 표정으로 말하며 자리에서 일어났다. 궁금한 게 많았지만 성훈은 더 캐묻지 못했다.

어쨌든 그렇게 교육 평가가 끝나고 이제 남은 것은 최종 PT 하나뿐이었으니, 마지막 과제를 앞두고 인턴들 사이의 경쟁 분위기가 뜨거웠다. 덕분에 성훈을 찾아와 상의를 하는 인턴들이 하루가 멀다 하고 말 그대로 줄을 섰다.

자신의 업무가 곧 그것이기도 했으므로 성훈은 인내심을 가지고 열심히 조언을 해 주었다. 열두 명의 인턴 중에서 유일하게 찾아오지 않는 사람이 바로, 리라였다. 같은 사무실을 쓰니까 그 모습을 다 뻔히 볼 수밖에 없는데도 그는 눈 하나 깜짝하지 않았다.

혼자만 과제물 평가에서 감점을 받았으니까 PT는 정말 하나의 실수도 없이 완벽하게 해내야만 하는데, 그러려면 내가 꼭 도와줘야 되는데!

성훈의 마음이 초조함으로 타들어 갔지만, 리라가 부담스러워할까 봐 먼저 묻지도 못하고 내내 눈치만 봤다. 그 상태를 며칠 견디다 못해, 결국 성훈은 리라와 엘리베이터에서 단둘이 만나는 상황을 연출해야겠다고 마음먹기에 이르렀다. 그 안에서라면 남의 시선도 없을 테고 자연스럽게 둘이서만 대화를 나눌 수 있을 테니까.

"리라 씨, 이거 마케팅 1팀 팀장한테 좀 전달 부탁해요."

"네."

막상 마음을 먹고 나니 계획한 상황을 만드는 건 생각보다 쉬웠다. 상사라는 자신의 위치를 이용해서 별 대수롭지 않은 심부름을 시킨 다음, 타이밍을 맞춰 엘리베이터를 같이 타면 되는 거였다.

리라가 자리에서 일어나자, 성훈은 약간의 시간 차를 두고 리라를 따라갔다. 손에는 다른 서류 하나를 더 든 채였다. '이것도 같이 줬어야 되는데 깜빡했다'며 따라갔다가 자연스럽게 같이 엘리베이터를 타고 돌아올 속셈이었다.

성훈이 올라탄 엘리베이터가 마케팅 팀이 있는 6층에 도착했다. 성훈은 태연한 척하며 복도에 발을 들여놓았다. 그때 한쪽 구석에서 있던 예은, 하나와 눈이 마주쳤다. 순간, 두 사람이 평소답지 않게 포커페이스를 무너트리며 깜짝 놀란 표정으로 말을 멈추었다. 성훈 역시 놀라서 그쪽을 보았는데, 그녀들과 마주 서 있던 사람이 바로 리라였다. 그 장면에 다시 한번 성훈의 직감이 움직였다.

"… 무슨 얘기들 하고 있었어요?"

"아, 아니에요, 팀장님~"

"좋은 하루 보내세요~"

예은과 하나가 빠르게 자리를 떴다. 평소 같으면 어떻게든 친한 척을 하려 들었을 두 사람인데, 역시나 수상하고 의아했다.

결국 성훈은 바랐던 대로 리라와 함께 엘리베이터를 탔지만 한참 동안 말을 골라야만 했다. 여전히 리라의 표정은 읽을 수 없었고, 방금 보았던 장면까지 겹쳐지면서 성훈의 머릿속은 더 혼란스럽기만 했던 것이다.

"리라 씨. 정말 두 사람이랑… 무슨 일 있는 거 아니죠?"

"아, 네…. 그냥, 아무 일도 없어요."

너무나 수상했던 상황과 달리, 리라의 대답은 여전히 담담했다.

"PT 준비는… 잘 되어 가고요?"

"네. 걱정해 주셔서 감사합니다."

"제가 오늘 좀 봐 줄까요? 언제든 가져와요."

"아, 아니에요. 아직 준비가 미흡해서. 필요하면 말씀드릴게요."

"네…. 저기, 알겠지만 다른 인턴들도 다 나한테 와서 상의해요. 리라 씨만 봐 주는 거 아니니까 차별 그런 것도 아니고…."

성훈은 괜히 목소리를 낮추면서 조심스럽게 덧붙였다.

"나중에 말 나올 일도 없으니까…."

"네. 잘 알겠습니다."

리라는 웃음기 없는 얼굴로 묵례를 한 뒤 먼저 엘리베이터에서 내렸다. 성훈은 그 뒷모습을 보며 저도 모르게 한숨을 푹 쉬었다. 리라가 뭔가 곤란한 상황에 빠진 것 같다는 예감이 자꾸만 들었다. 그런데 먼저 솔직하게 의논을 해 올 사람도 아니고, 회사에서 오직 자신만이 상황을 눈치채고 있었다. 대체 어떻게 해야 하지? 주체할 수 없는 기사도 정신과 보호 본능 때문에 성훈은 너무나 괴로웠다.

부장이 뜬금없이 〈인턴 사원 101〉의 시작을 알리면서 건네준 로드맵 내용 중에, 성훈이 가장 부담스럽게 여겼던 업무는 1:1 면담이었다. 한 달 안에 열두 명이라는 인원과 최소 한 시간 이상씩 따로 만나 이야기를 나누기에는 시간이 빠듯할 게 뻔했기 때문이다.

아나나 다를까, 인턴들이 회사에 좀 적응한 2주 차부터 면담을 시작했는데 다들 여유롭게 대화를 나누고 싶어 했다. 그러기엔 퇴근 후가 가장 좋았기에 성훈은 퇴근 후의 시간까지도 꼼짝없이 업무의 연장으로 보내는 경우가 많았다.

[리라 씨, 오늘 면담 잊지 않았죠?]

면담은 피곤한 일이었지만 리라와의 자연스런 1:1 자리를 만들 수 있다는 점에서는 더할 나위 없는 찬스였다. 나머지 열한 명의 면담은 모두 마쳤고, 리라의 순서가 마지막이었는데 이렇게 된 데에는 당연히 성훈의 사심도 상당히 작용했다.

[네. 어디로 가면 되나요?]

[끝나고 같이 나가요.]

[아, 넵.]

리라의 짧은 메시지에서 약간의 긴장이 느껴졌지만 누가 뭐래도 면담은 일이니까, 이보다 더 떳떳할 수 없었다. 예약한 가게 사진을 다시 한번 살펴보며 성훈은 빨리 업무가 끝나기만을 기다렸다.

"짠!"

성훈이 리라를 데리고 간 곳은 회사에서 조금 떨어진, 분위기 좋은 펍이었다. 식사 겸 안주를 먹을 수 있는 곳이어서 음식 몇 가지와 가볍게 곁들일 맥주를 시켰다. 리라는 조금 당황한 눈치였다.

"면담 자리인데 술 마셔도… 되나요?"

"아, 그럼요. 의례적인 질문 몇 가지 하고 전반적으로 인턴 생활 어땠는지 들어 보는 자리인데, 좀 더 편안하게 얘기 나누면 좋잖아요."

성훈이 의미심장하게 눈을 찡긋댔다. 리라는 여전히 긴장이 풀리지 않은 듯한 얼굴로 되물었다.

"다른 인턴분들하고도… 이렇게 술 마시면서 이야기하셨나요?"

"아, 네. 그럼요. 술 못하시는 분들은 빼고."

성훈은 저도 모르게 술술 거짓말을 했다. 뭐 리라가 인턴들과 사이가 좋은 것도 아니었으니 어차피 진실을 알 도리가 없을 거라는 계산이었다.

"아아…. 네."

그 말에 조금 마음이 놓인 건지 리라가 맥주를 한 모금 마셨다.

성훈은 그녀가 앞에 있어서인지 목이 타서 평소보다 조금 빠른 페이스로 맥주잔을 비웠다.

"자, 그럼 일단 이 질문지부터 해치웁시다. 우선 첫 번째 질문….."

약 두 시간 뒤.

질문지에 따른 질의응답은 30여 분 만에 일찌감치 끝나 버렸다. 리라는 처음 받았던 맥주잔을 여전히 다 비우지 못한 반면 성훈은 벌써 다섯 잔째 마시고 있었다. 평소 맥주는 배불러서 싫다며 독주파를 자처하곤 했는데, 이 분위기에서 더 센 술을 시킬 수도 없는 노릇이라 계속 "맥주 한 잔 더."를 외쳐 댄 결과였다. 어찌 보면 면담 대상자인 리라보다 성훈이 더 긴장했음을 드러내는 방증이었다.

"저, 팀장님. 이제 일어나실까요?"

성훈의 몸이 점점 앞으로 기울어지는 것을 눈치챈 리라가 조심스럽게 말했다.

그러자 성훈이 손을 좌우로 흔들어 댔다.

"아유. 아직 안 되죠, 안 돼. 오늘처럼 이렇게 리라 씨랑 단둘이 밥 먹을 수 있는 기회가 얼마나 소중한데."

"… 취하신 것 같은데 이제 그만…"

"아 왜요오. 아 솔직히 리라 씨… 아, 아니다."

"… 네?"

리라가 당황한 얼굴로 성훈을 보았다. 성훈의 눈에는 너무나 귀여워 보이는 표정이었다. 성훈은 자기도 모르게 배시시 웃었다.

"아유, 다 알면서. 이 깍쟁이."

취기를 빌어 성훈이 평소보다 더 장난스러운 말투로 말했다.

리라가 천천히 자리에서 일어났다.

"저… 먼저 들어가 볼게요. 면담은 충분히 다 한 것 같아서…."

그리고 꾸벅 인사를 하는 순간, 성훈이 리라의 손을 낚아챘다.

"… 티, 팀장님. 이러지 마시고."

리라가 성훈의 손을 뿌리치려 했다. 그럴수록 성훈은 더 단단히 붙잡았다.

"리라 씨. 내 마음 알죠? 우리 리라 씨 정말 참 대단해…. 제가 명색이 채용 팀 팀장인데… 나한테 잘 보이려고 다들 줄 섰는데…. 아 그렇잖아요, 당연히. 합격에 도움 될 게 뻔하니까. 근데도 우리 리라 씨는 이렇게 대쪽 같아…. 너무 매력 있어요. 솔직히… 섹시해."

붙잡힌 리라의 손목에서 힘이 빠지는 것이 느껴졌다. 성훈이 계속 말을 이었다.

"저는 리라 씨 편이에요…. 내가 리라 씨 많이 좋아해요. 그 말 꼭 하고 싶었어요."

무심한 듯 말했지만, 성훈에겐 너무나 벅찬 순간이었다. 자신의 마음을 고백했으니까. 심장 박동 때문인지 아주 살짝, 술이 깨는 것도 같았다. 말을 마치고서 자연스럽게 힘을 풀자, 리라가 손을 빼냈다.

"들어가 보겠습니다."

"알았어요, 알았어…. 같이 가요."

성훈이 기어코 비척거리며 자리에서 일어났다. 리라는 내내 곁에서 곤란한 얼굴로 서 있기만 했다. 성훈은 천천히 가방과 옷가지를 모두 다 챙겨 든 뒤, 법인 카드로 계산을 마쳤다. 두 사람은 함께 술집 밖으로 나왔다.

"저, 그럼 회사에서 뵈어요."

리라가 서둘러 택시를 잡고 올라타려는데, 성훈이 턱, 그 문을 붙잡았다.

"우리 오늘… 같이 가는 거 아니었어요?"

순간 리라의 얼굴이 확 붉어지는 듯하더니 탁, 소리를 내며 문이 닫혔다.

길 위에 혼자 남겨진 성훈은 생각했다.

아, 그럴 줄 알았어…. 또 튕기네. 역시, 섹시해.

*

드디어 대망의 최종 PT가 열리는 날이 밝았다.

오전에 리허설을 하고 오후에 발표를 하는 일정이었다. 성훈의 팀원 모두가 아침 일찍부터 대강당으로 출근해서 분주하게 준비했다. 특히 회장님까지 들르신다는 소식에 다들 평소보다 더욱 긴장한 상태였다.

인턴 한 사람에게 배정된 시간은 8분 이내였다. 그러나 PT에서 다뤄야 하는 내용은 각 부서별로 꽤나 심도가 깊었기 때문에 알찬 내용을 핵심만 간단히, 임팩트 있게 전달하는 것 자체가 이미 커다란 난관이었다.

성훈이 단상 뒤에 있는 메인 컴퓨터 앞에 앉아 인턴들의 최종 PPT 파일을 하나씩 확인했다. 동영상에, 특수 효과에 다들 제법 화려했다. 따로 비용을 써서 전문가들에게 맡긴 티가 났다. 다른 인턴들의 PPT 파일을 확인하는 내내, 성훈은 계속 리라를 걱정했다. 리라는 끝까지 성훈에게 상담을 요청하지도, 발표 내용을 보여 주지도 않았던 것이다. 이렇게까지 대쪽 같을 필요가 있을까? 리라 씨의 능력은 인정하지만, 혹시나 혼자 너무 초라해 보이면 어떡하지? 우리 리라 씨 꼭 합격해야 되는데…. 이미 마음속에서는 둘 사이의 딸을 영어 유치원에까지 보낸 판이었다.

　열한 개의 PPT 파일이 차곡차곡 메인 컴퓨터에 잘 담겼고, 마지막으로 리라의 파일을 옮길 차례였다.

　성훈은 마우스에 손을 올린 채 리라가 USB를 건네주기를 기다렸다. 리라는 손에 든 작은 파우치를 뒤적거리고, 또 뒤적거리고, 또 뒤적거리다가, 갑자기 울상을 지었다! 성훈이 깜짝 놀라 물었다.

　"왜, 왜요, 리라 씨!"

　"저… 어떡하죠? USB가 없어진 것 같아요!"

　말 그대로 비상 상황이었다. 성훈의 얼굴도 덩달아 새하얗게 질렸다. 인턴 평가의 70%가 이번 발표에 달려 있다고, 이 사람아!!!

　크리스털로 된 유리 구두 장식이 매달려 있는 USB라고 했다.

　성훈은 현장 진행을 김 대리에게 맡기고 리라와 함께 사내를 헤집고 다니며 USB를 찾기 시작했다. 사무실과 회사 로비, 복도, 회의실….아무리 찾아도 없었다. 정말 큰 위기였다. 그때 성훈의 머릿속에 한 가지 '촉'이 스쳤다. 아무래도 10년 차 사회생활 만렙 회사원인 자신이 나서서 도와줄 차례인 듯했다.

　성훈은 리라 몰래 리허설이 한창인 대강당으로 들어왔다. 넉살 좋고 장난기가 많은 남자 인턴의 신제품 영업 전략 PT가

한창이었다. 나머지 인턴들은 각자 자리에 앉아 웃으며 그의 PT를
관람하는 중이었다.

성훈은 사이좋게 나란히 앉아 있는 예은과 하나의 뒷모습을
확인한 뒤, 소리 없이 움직여 인턴들의 짐이 모여 있는 곳을
기웃거렸다. 하나의 가방이 무엇인지는 기억할 수 없었지만 예은의
명품 브랜드 시그니처 백은 바로 눈에 띄었다. 다시 한번 주위를
조심스럽게 둘러본 뒤, 성훈은 예은의 가방에 천천히 손을 뻗었다.

"뭐 하세요?"

아뿔싸. 성훈은 잠시 심호흡을 했다. 몰래 확인했으면 더
좋았겠지만, 상황이 이렇게 됐으니 어쩔 수 없다.

천천히 뒤로 돌았더니, 하나가 도끼눈을 뜨고 서 있었다. 멀리서
예은 역시 이쪽으로 걸어오고 있었다. 성훈은 정신을 집중해서
최대한 엄격하고 무서운 얼굴을 만들었다.

"지금 리라 씨 USB 없어진 건 아시죠?"

"네, 그런데요?"

"이번 PT는 인턴 평가에서 가장 중요한 발표고, 인턴분들
사이에서 경쟁이 치열했던 게 사실이라. 불필요한 오해가 없도록
검사를 좀 하려고요."

"무슨 오해 말씀이세요?"

"그걸 팀장인 제가 인턴인 두 분한테 다 설명해야 합니까?"

단전에 힘을 주고 훅, 내뱉은 자기 말의 박력에 성훈은 내심
도취되었다. 두 사람의 표정이 굳었다.

이내 성훈은 두 사람의 가방 속과 주머니 속을 검사했다.

사실 여성의 소지품이라 그들의 협조를 받는 선에서만 살펴볼 수 있었기에, 그다지 시원하게 확인하지는 못했다. 그래서인지 USB는 나오지 않았다. 하, 아무래도 얘들이 제일 의심스러운데….

성훈이 불만족스러운 표정을 짓는 것이 티 났는지 예은이 뾰로통하게 말했다.

"저기요, 팀장님. 무슨 생각 하시는지 모르겠지만 보시는 것만큼 저희 사이 나쁘지 않거든요?"

순간 허를 찔린 기분이 들었지만 성훈은 당황하지 않았다.

"뭔가 오해하시나 본데 그런 거 아니고요. 다른 분들 가방도 다 확인할 겁니다. 그럼."

'흥, 사이가 나쁘지 않긴. 내가 모를 줄 알고.'라는 말은 속으로만 하면서, 성훈은 얼른 회의실을 빠져나왔다.

이렇게 잡도리를 했는데도 찾지 못했으니, 아무래도 물증을 잡아내기는 어려울 것 같았다. 어쩌면 좋지? 성훈이 깊은 고민에 빠진 채 사무실로 돌아오는데, 어느새 리라는 자기 자리에 앉아 노트북 화면에 열중하고 있었다.

"어, 리라 씨. USB 찾았어요?"

"아, 아뇨…. 근데 제가 이메일에 70%쯤 완성된 파일을 보내 뒀더라고요. 그걸 다시 채우는 게 더 빠르겠어요. 왜 최종본 백업을 안 해 놨지…. 번거롭게 해 드려 죄송해요."

역시, 리라 씨는 나보다 현명한 사람이었다. 지금 이 상황에선 범인을 찾는 것보다 제때 발표를 잘하는 게 더 중요하니까. 성훈은 재빨리 손목시계를 들여다봤다.

"아니에요, 그럼 얼른 해요. 점심시간 합하면 아직 한 세 시간 정도 남았어요. 뭐 필요한 거 있으면 언제든 얘기하시고요."

"네, 괜찮아요. 감사합니다. 리허설 살펴보러 가셔야죠."

리라의 목소리가 조금 떨리는 듯했다.

"아… 아니에요. 맘 같아선 옆에 있고 싶은데 그럼 부담되죠? 저회의실에서 할 일 하고 있을 테니까 필요한 거 있음 언제든 불러요. 점심으로 이따 샌드위치 사다 줄 테니까…."

"아… 네…. 감사합니다."

리라가 까딱 묵례를 하더니, 다시 긴장한 표정을 지으며 모니터로 시선을 돌렸다.

돌발 상황에 많이 당황했을 텐데, 그런 내색 하나도 없이 어쩜 저렇게 씩씩한지. 다른 여자들 같았으면 울거나 징징거렸을 수도 있는 일인데. 참 지혜로운 여자야. 성훈은 새삼 감탄하며 회의실로 발걸음을 옮겼다.

약 세 시간 뒤.

대강당이 사원들로 가득 찼다.

다행히 최종 PT가 시작되기 20분 전에 리라도 자신의 PPT 작업을 끝냈다. 성훈이 사다 준 샌드위치는 손도 대지 않은 채였다. 좀 먹지 그랬냐고 하니, 긴장되어서 입맛이 없다는 대답이 돌아왔다. 리라에 대한 안쓰러움이 더해지는 순간이었다. 아쉽게도 리허설 할 시간은 없었지만, 리라의 PPT 파일이 메인 컴퓨터 안으로 무사히 옮겨졌다.

맨 앞줄에는 부장들이 쭉 앉았고 가운데 한 자리는 비워져 있었는데, 바로 회장님의 자리였다. 그 자리를 보자 성훈도 덩달아

긴장이 되었다. 그 역시 오늘 사회자로서 무대에 오르기 때문이었다. 갑작스런 인턴 심사에 대해 불평하긴 했어도, 어쨌든 회장님께서 주목하는 행사라고 하니까 꼭 잘 진행해서 이번 기회에 눈도장 찍어야지. 무척 긴장이 되긴 했지만, 사실 자신 있었다. 나름 무대 체질이기도 하고.

"안녕하세요. 오늘 대성식품에서 최초로 진행되는 채용 PT의 사회를 맡은 한성훈 팀장입니다."

드디어 1시 정각이 되었고, PT가 시작되었다. 성훈은 안정적인 목소리로 행사의 포문을 열었다.

인턴들은, 최종 단계까지 치열하게 버티고 살아남은 사람들인 만큼 개인차가 있긴 했어도 대체로 훌륭하게 발표를 했다. 목소리에 조금 자신감이 없었던 경우에는 발표 내용이 훌륭했고, PPT 파일의 완성도가 상대적으로 부족했던 경우에는 아주 유머러스하게 진행을 잘했다. 그런 식으로 각자의 장단점과 개성이 잘 드러났다. PT가 이어지는 동안 맨 앞줄에 앉은 부장들과 그 뒷줄의 팀장급 직원들은 미리 받은 평가지에 열심히 체크를 하고 있었다.

그리고 평가 의무가 없는 사원들은 마치 즐겨 보던 쇼의 최종회를 보는 듯한 마음으로 그 순간을 만끽하고 있었다. 절묘하게도 마케팅부 발표가 시작되기 직전에 회장님이 등장하면서 한 번 크게 좌중이 술렁였다. 전무 딸인 예은의 발표를 듣기 위해서 시간 맞춰 온 거 아니겠냐는 거였다.

"송예은 파이팅!"

장난스러운 응원 소리가 울려 퍼졌다. 어둠 속에서도 성훈은 준태의 목소리임을 바로 알 수 있었다. 저런 철딱서니 없는 자식 같으니…. 어쨌거나 그 덕분에 화기애애한 분위기에서 모두가 웃는 가운데 예은의 발표가 시작되었다.

분식 프랜차이즈에서 이번에 새로 발매하는 쥐포 제품을 기존 효자 상품들과 어떻게 매치해서 프로모션할 것인가에 대한 내용이었다. 갑작스러운 회장님의 방문에 긴장이 더해질 법도 한데, 예은은 조금도 떨지 않고 아주 훌륭하게 발표를 잘 마쳤다. 성훈의 입장에선 아주 얄미울 정도였다. 이내 우레와 같은 박수갈채가 쏟아졌다.

이어서 하나의 PT가 시작되었다. 개발부 소속인 하나는 호박을 이용한 신제품 아이디어를 발표했다. 발표가 끝나자 권욱이 일어나 박수를 치는 실루엣이 보였다. 아유, 다들 주책이시네.

맨 앞줄에 앉은 회장님이 옆에 앉은 인사 본부 부장에게 속닥거리는 모습이 성훈에게 포착되었다.

"이번 인턴들 수준이 아주 높네. 인사부에서 고생이 많았겠어."

그 말을 엿들은 성훈의 가슴이 쿵쾅거렸다.

"자, 그럼 이제 마지막으로… 저희 인사 본부, 신리라 인턴의 발표를 들어 보시겠습니다."

어느새 발표는 막바지에 이르렀다. 응원을 담아, 성훈은 진심을 다해 리라를 소개했다.

전체적으로 분위기도 좋았고, 첫 인턴 채용이니 정말로 전원 채용도 가능할 것 같았다. 비록 과제 감점을 받긴 했지만, 리라도

발표에서 특별히 큰 실수만 하지 않는다면 등락 기준점은 훌쩍 넘길
수 있었다.

  신리라 파이팅!!! 준태처럼 차마 소리는 못 내고, 성훈은 속으로
크게 외쳤다.

  리라가 성훈과 처음 만났던 날처럼 태가 좋은 바지 정장을 입고
단발머리를 휘날리며 무대 위로 올라왔다.
  그녀의 PPT 첫 페이지에는 이런 제목이 적혀 있었다.
  '대기업의 인사 리스크 관리 시스템 구축에 대하여'
  성훈 역시 처음 보는 내용이었기에 귀를 쫑긋 세웠다. 리라가
차분한 목소리로 입을 열었다.
  "최근에 직원 개인의 잘못된 행동으로 인해 기업 이미지가
추락하고 불매운동으로 이어지는 경우들을 많이 보게 됩니다.
가맹점에 대한 갑질이나 사내 성폭력 등의 사례가 있었는데요.
실제로 해당 기업들의 매출 이익이 사건 이후 큰 폭으로 떨어졌다고
합니다. 이러한 인사 리스크는 대성그룹처럼 국민 기업으로 불리며
대중의 주목을 받는 회사에게는 더욱 중요한 문제일 수밖에
없습니다."
  오, 꽤나 흥미로운 주제를 잡았는걸? 첫 대목을 듣자마자 성훈이
그려 온 장밋빛 미래에 그린 라이트가 켜지는 것 같았다.
  "물론 기업은 수많은 개인의 합으로 이루어진 조직이기 때문에
이들을 완벽히 컨트롤하는 것은 사실상 불가능에 가깝습니다.
그렇기에 이 리스크를 다루는 실마리는 사건이 벌어진 뒤에 어떻게

수습을 할 것인가에 달려 있다고 생각합니다. 수습을 잘하기 위해서는, 조직이 준비되어 있어야 합니다. 조직 내 문화와 분위기가 충분히 성숙해져 있어야 합니다."

인턴의 생각이라고 하기엔 믿기 어려울 정도로 통찰력 있는 관점이었다. 사원들이 모두 집중해서 듣고 있는 분위기가 성훈에게도 느껴졌다.

"그러나 제가 인사 본부에 있으면서 느낀 것은, 그런 리스크에 대한 직원들의 인식이 매우 부족하다는 것이었습니다. 특히 높은 수준의 젠더 감수성이 요구되고 있는 지금, 제가 경험한 팀은 놀라울 정도로 뒤처져 있었습니다."

웅? 갑자기 무슨 소리지?

성훈이 그렇게 생각하는 찰나, 리라가 딸깍 하고 리모컨의 버튼을 눌렀다.

갑자기 음성 변조된 목소리가 재생되었다.

"남녀 사이에 집 주소가 노출되는 건 여성 입장에서 부담스럽단 거 저도 잘 아는데요…. 부서 들어오실 때 이력서에 나온 주소를… 어쩔 수 없이 이미 봐 버려서요. 이해하시죠? 저희 집이랑도 별로 안 멀더라고요. 바로 집 앞 말고 집 근처에 내려 드릴게요."

….

"리라 씨, 우리 잠깐 드라이브 할까요? 요즘 너무 힘들어 보여서 걱정돼요. 한강에 가도 되고…"

"뭔지 물어봐도 돼요? 인사 본부 관련 내용일 거 아니에요. 저한테 상의해요!"

"에이, 괜찮은데. 차 안에선 누가 듣는 것도 아니잖아요."

"참, 리라 씨는 사람이 어쩜 그렇게… 반듯해요? 너무 기특하고 예뻐요."

시팔.

분명히 변조된 목소리였다. 변조된 목소리였는데, 변조해 봤자 아무런 의미가 없는 내용이었다. 사원들이 술렁이는 소리가 들렸다. 성훈의 뒷목에 오소소 소름이 돋았다.

다시 한번 딸깍, 리라가 리모컨의 버튼을 눌렀다.

"리라 씨. 내 마음 알죠? 우리 리라 씨 정말 참 대단해…. 제가 명색이 채용 팀 팀장인데… 나한테 잘 보이려고 다들 줄 섰는데…. 아 그렇잖아요, 당연히. 합격에 도움 될 게 뻔하니까. 근데도 우리 리라 씨는 이렇게 대쪽 같아…. 너무 매력 있어요. 솔직히… 섹시해."

"저는 리라 씨 편이에요…. 내가 리라 씨 많이 좋아해요. 그 말 꼭 하고 싶었어요."

"우리 오늘… 같이 가는 거 아니었어요?"

객석의 웅성거림이 더욱 커졌다. 성훈은 그대로 다리에 힘이 풀려 쓰러질 뻔했다. 사실 어떻게 서 있는지도 알 수 없었다. 아니, 서 있는지 앉아 있는지도 알 수 없었다.

저… 저거, 미친년이었네…. 배은망덕한…. 아주 니가 불합격을 하려고 작정을 했구나…. 그래, 어디 끝까지 가 보자. 넌 내가 어떻게든 잘라 낸다….

"인사 본부에 있는 팀장급의 직원이 이런 마인드를 가지고 있는데 사내에서 문제 상황이 발생했을 때 어떻게 문제를 잘 처리할 수 있을까요? 이뿐만 아니라, 이번 인턴 평가 기간 동안 수많은 부서에서 팀장급 이상의 직원들이 인턴들에게 부적절한 접근을 했다는 제보를 이미 많이 수집했습니다."

곧바로 지옥과 같은 딸깍 소리가 이어졌다.

PT에 꼭 필요한 자료가 있다고 인턴을 불러내서 엉뚱하게 교외로 차를 몰아 가거나, 여자친구랑 요즘 사이가 나쁜데 상담 좀 해 달라며 집적거리는 내용들이 흘러나왔다.

그 내용을 듣는 모든 사원들의 머릿속에 두 남자의 얼굴이 그려졌다. 누구네 팀장과 누구네 팀장.

성훈의 머릿속에도 몇 가지 장면들이 스쳐 갔다.

여자 인턴들끼리, 서로 공통의 화젯거리를 찾아서 최근에 좀 가까워졌다던 리라의 말.

그리고 복도 구석에 모여 뭔가를 숙덕거리다 다가오는 자신을 보고 화들짝 놀라던 예은과 하나의 모습이.

완전, 완전히 헛짚었네…. 성훈은 이를 악물었다.

어떻게 끝났는지도 모르게 리라의 발표가 모두 끝났다.

꾸벅, 고개를 숙이고 리라가 무대에서 내려갔지만 차마 아무도 박수조차 치지 못하고 있었다. 맨 앞줄에 앉아 있던 회장님 역시 당황한 모양이었다. 너무 당황하셨는지, 내려오던 리라를 붙잡고 물었다.

"리라 씨. 신 전무도 이 사실 알아?"

아뿔싸.

리라가… 리라가, 소문 속의 전무님 딸이었던 거다!

그 사실이 앞쪽에서부터 빠르게 전해졌고 다시 한번 모든 사원들이 충격의 소용돌이 속에 빠졌다.

리라가 고개를 작게 끄덕이더니, 대강당 뒷문 쪽을 곁눈질했다. 본사 감사 팀 직원들 세 명이 들어오고 있었다.

상황을 대충 파악했다는 듯, 회장님이 눈을 질끈 감으며 그들을 향해 무대 쪽으로 턱짓을 했다.

그 사인을 받자마자 감사 팀 직원들은 뿔뿔이 흩어졌다. 한 명은 무대로, 둘은 객석에 앉아 있는 두 명의 팀장에게로.

세상에 태어나 이렇게 흥미로운 쇼는 처음 본다는 듯, 객석에 앉은 사원들은 숨을 죽인 채 눈을 빛냈다. 머리 회전이 빠른 몇몇은 리라가 전무님 딸이라는 첩보를 성훈이 혼자 몰래 알고 집적거리다가 저렇게 됐나 보다 하고 쑥덕거리기 시작했다. 현성은 조용히 어둠 속에서 친구들의 모습을 보며 홀로 안도의 한숨을 내쉬었다. 예은이 준태네 팀으로 간 것이 그에겐 신의 한 수였다.

그럴 리가 없어, 분명히 주소도… 도저히 전무님 따님이 살 것 같은 동네가 아니었는데…? 이건 뭔가 잘못된 거야…! 그럴 리가 없단 말이야. 저… 미친년, 내가 너… 절대 가만 안 둬!!

감사 팀 직원에게 거의 끌려 내려오다시피 하는 순간에도 성훈은 현실을 부정했다. 그러곤 끝없이 '쌍년'이라는 한 단어를 후크 송의 후렴처럼 무한 반복했다. 이건 꿈이야. 이건 꿈이라고!

"야 이 개새끼야, 넌 다 알았던 거 아냐?"

"그니까 시팔, 알았음 미리 말을 했어야지!"

"뭐, 이 새끼들아? 그랬으면 내가 이 꼴을 당해??"

감사 팀의 검은 차 안에 나란히 앉아, 도저히 끝나지 않을 것 같은 악몽 속에서 세 친구는 오래오래 서로를 향한 쌍욕을 뱉어 댔다.

그렇게, 그들 각자의 신데렐라 프로젝트가 끝이 났다. 햇볕이 좋은 늦가을의 도로를 검은 차가 아름답게 미끄러져 갔다.

옥상에서 그 모습을 보며 리라와 예은과 하나가 비로소 사이좋게 웃었다.

수경-나선 미궁 속의 여자들

전혜진

꿈을 꾸었다.

꿈이라고는 했지만, 어느 드라마에선가 본 장면 같았다. 한국의
사극 드라마에서 보았던 아흔아홉 칸 한옥 앞마당에, 한 여자가 마치
죄를 지은 사람처럼 마당에 끌려 나와 있었다.

"시부모님의 간택으로 육례를 치르지 못했다고는 하나,
저는 이 집의 며느리입니다. 어찌하여 그다지도 끔찍한 말씀을
하시옵니까. 천상에서 나고 자란 제 몸, 지금은 비록 인간 세상의
때가 묻었을지언정 빙옥과도 같은 굳은 정절로 살아왔건만 이런
더러운 모해를 듣다니 견딜 수 없습니다. 억만 번을 고쳐 죽는다
한들, 사실에 없는 일을 어찌 여쭈겠습니까."

끌려 나온 여자는, 억울한 마음을 억누르며 침착하게 대답했다.
구겨졌지만 본디는 고왔을 초록 저고리에 붉은 치마며, 곱게 틀어
올린 머리에 꽂은 초록색 옥비녀가 눈이 시리도록 선명했다. 호통을
치는 소리, 하인들의 수군거리는 목소리들 사이로, 차분한 목소리가
들려왔다.

"며느리인 숙영은 얼음같이 차고 옥처럼 맑은 성품에, 그 절개는 송죽과 같이 굳은 여인이거늘, 어찌 외간 남자를 끌어들여 음탕한 일을 하겠습니까."

저기 끌려 나온 여자가 숙영인 모양이었다. 억울한 누명을 쓴 걸까. 그래도 누군가는 편을 들어 주는 건가. 조금은 안심이 되었다. 하긴, 아무리 어려운 상황에 처해도, 드라마의 주인공들은 대개 무사히 누명을 벗는 법이다. 하지만 그때, 숙영의 편을 들던 목소리가 머뭇거리며 다시 말했다.

"하지만 세상일이란 겉으로만 봐서는 알 수 없는 것인즉, 아무래도 자세한 사정을 알아보는 편이 좋지 않겠습니까."

뭔가 일이 잘못되고 있었다. 꿈을 꾸고 있는 것뿐인데도, 심장이 아프도록 두근거리고 식은땀이 나기 시작했다. 그때, 숙영이라 불린 여자가 천천히 자리에서 일어났다.

"하늘은 이 몸을 굽어살피소서. 5월에 서리가 내리게 하고 10년을 원망할 이 한을 어찌 풀 수 있으리까."

가슴이 찢어지고 내장이 다 뒤틀리는 듯한, 고통스럽고 절절한 목소리였다. 그녀는 머리를 틀어 올린 옥비녀를 뽑아 손에 들며, 하늘을 향해 소리쳤다.

"제가 만약 불의한 일을 하였다면 이 옥비녀가 가슴에 꽂힐 것이요, 억울한 누명을 썼다면 이 옥비녀가 섬돌에 박힐 것이옵니다!"

*

수경- 나선 미궁 속의 여자들

뻥 뚫린 인천공항 고속도로 위에는 해무가 짙게 내려앉아 있었다. 수경은 차창을 조금 내렸다. 안개에 섞인 짭짤한 바다 냄새가 흘러들어 오자, 희원은 바로 눈살을 찌푸렸다.

"여기 공기 별로 안 좋아요."

"미안해요."

희원은 수경에게 양해도 구하지 않고 바로 창을 닫았다. 그리고 룸 미러로 수경을 흘끔 돌아보며 빈정거렸다.

"현중 도련님께서 특이하신 분인 것은 집안 사람들이 다들 아는 일이지만, 고르고 고른 분이 이래서야 어른들께서 뭐라고 말씀을 하실지 모르겠네요."

"… 제가 왜요?"

대꾸를 하다가, 수경은 어금니를 지그시 깨물었다.

현중은 이런 이야기는 하지 않았다. 자기는 외아들이고, 부모님께서는 작은 사업을 하시는데, 하나밖에 없는 아들이 장사를 물려받을 생각은 않고 미국으로 도망쳐 공부나 하고 있는 것을 영 탐탁지 않아 하신다는 이야기를 했을 뿐이다. 그런데 도련님이라니.

"뭐, 너무 걱정하지 마세요. 어떤 분을 데려오셨더라도 어른들 마음에는 들지 않으셨을 테니까."

"… 무슨 뜻으로 하는 말이에요, 그거."

"이런 집안에서는, 보통 부모님이 정해 주시는 결혼을 하죠. 가끔 도련님처럼 연애로 결혼을 하시는 분이 나오더라도, 결혼 준비는 어른들께서 해 주시는 것이고요."

수경은 한국에 들어와서야, 정확히는 자신을 마중 온 희원과 만나고서야 자신과 결혼한 남자가 선군그룹 회장의 무녀독남

외아들이라는 것을 알았다. 현중이 말하던, 부모님이 하시는 작은 사업이라는 게, 전 세계의 중공업과 산업용 로봇 시장을 주름잡는 다국적 기업일 줄은 꿈에도 상상하지 못했다.

　"이사장님과 회장님께서는 도련님께서 결혼하셨다는 말씀을 들으시고 며칠 동안 아무 말씀도 못 하셨습니다. 이런 중요한 일을 상의도 없이 결정하고, 혼인신고부터 하다니. 상대 여자네 집안에서는 따님을 어떻게 키운 거냐는 말씀도 하셨지요. 그런 데다 도련님께서 학업도 마치시기 전에 임신부터 하셨다고요."

　수경은 운전석에 앉은 희원을 쳐다보았다. 희원은 몸에 딱 맞는 까만 스커트에, 부드러운 광채가 흐르는 블라우스, 엷지만 우아한 화장과 잔머리 한 올 비어져 나오지 않게 틀어 올린 머리까지, 그야말로 빈틈없이 완벽한 차림을 하고 있었다. 희원이 몸에 걸친 것들은 수경이 대충 걸친, 임신으로 부른 배를 적당히 가리기 위해 입은, 대학 로고가 새겨진 후드 원피스와는 비교할 수도 없게 비싼 물건들로 보였다.

　"희원 씨라고 하셨죠."

　같이 있자니 숨만 쉬어도 기가 죽을 것 같았다. 하지만 수경은 알고 있었다. 빌 게이츠의 비서는 수트를 입고 넥타이를 매겠지만, 빌 게이츠는 편한 옷을 입고 다닐 거라는 것을. 미국 대통령처럼 아침부터 한밤중까지의 일거수일투족이 세상에 노출되는 사람이 아닌 이상, 진짜 높은 지위에 있는 사람은 다른 사람을 위해 굳이 불편한 옷을 입고 나타나지 않을 것이다. 수경은 푹신한 가죽 시트에 등을 기대며 짐짓 냉담하게 대꾸했다.

　"희원 씨가 날 싫어한다는 건 알겠어요. 하지만 내가 어떤 결혼을 했든 희원 씨가 멋대로 왈가왈부할 문제는 아닌 것 같네요."

"…."

"… 제 시어른도 아니시잖아요."

"실례했습니다."

희원은 입을 다물었다. 수경은 한숨을 쉬며 창밖을 내다보았다. 한국에 시부모님이 계시다고는 들었다. 부모님 이야기만 나오면 화제를 돌리려 했으니, 남편과 시부모님 사이가 좋지 않을 거라고는 짐작하고 있었다. 나름대로 마음의 각오라는 것은 하고 있었지만, 대책이 없을 정도로 보수적이거나, 알코올중독이나 가정 폭력 같은 문제가 있거나, 혹은 아시아계 부모님들이 흔히 그렇듯 자식의 적성 같은 것은 싹 무시하고 본인들이 원하는 진로를 고집하거나, 가업을 이으라고 하거나. 뭐 그런 문제일 줄 알았다.

"어쩐지 입국할 때 수월하더라니…."

수경은 손으로 이마를 짚으며 중얼거렸다. 멀미인지 입덧인지 모를 헛구역질이 자꾸만 올라왔다.

*

수경은 인천공항에서 그대로 산부인과가 전문 분야라는 대형 병원으로 옮겨졌다. 원래 한국 산부인과 검사는 이렇게 복잡한 것인지, 그게 아니면 수경의 상상을 초월하는 시부모님이 잡아 놓으신 프라이빗 서비스를 받고 있는 것인지는 잘 구별이 가지 않았지만, 복잡한 검사들을 잔뜩 받고 난 뒤에는 특실로 올라가 영양제 수액까지 맞았다. 그리고 잠시 후, 수수해 보이는 원피스를 입은 우아한 중년 부인이 병실로 들어섰다.

"오느라 고생이 많았어요."

딱 봐도 현중과 눈매며 입매가 똑같이 생긴 얼굴을 보고, 수경은 바로 몸을 일으켰다. 그렇지 않아도 조금 전, 검사를 받는 짬짬이 현중의 부모님에 대해 검색을 해 본 참이었다. 선군그룹 2대 회장 백선욱, 그리고 선군문화재단 이사장 정예희. 정예희 여사는 사진 속 모습보다는 인상이 부드러웠고, 현중과는 분위기가 많이 비슷했다.

"현중이는 어때요. 잘 지내고 있나?"

"지금 박사 논문 디펜스 앞두고 있습니다."

"그래…. 가까이 있으면 뭐라도 도와줄 수 있었을 텐데."

예희는 수경 곁에 다가와 앉으며 친근하게 말했다.

"내가 현중이 엄마예요. 어떻게 불러야 하나."

"이수경입니다."

"이수경 박사…. 이 박사라고 하면 너무 서먹할 것 같고. 수경이라고 불러도 될까?"

"예."

수경은 머뭇거리다가, 얼른 덧붙였다.

"예, 어머님."

어머님이라는 말에, 예희는 어색한 미소를 지었다. 어색한 것은 수경도 마찬가지였다. 하지만 남편의 어머니를 '사모님'이나 '여사님'이라고 부를 수는 없는 일이다. 처음부터 현중의 백그라운드는 수경에게 전혀 중요한 문제가 아니었고, 지금도 마찬가지다. 상대가 재벌 기업의 사모님이든 누구이든, 현중을 세상에 낳아 주신 분이니까 그에 대한 예의는 갖추겠지만, 그 이상

비굴해질 필요는 없다고 생각했다.

"쌍둥이인 것은 알고 있었니?"

"그럴 가능성이 있다고는 들었습니다. 하지만 아시다시피…
최근에는 전염병 때문에 병원에 가기가 어려워서 확실하진
않았어요."

"현중이에게 듣기로 미국에 따로 사돈댁이 계신 것도
아니라던데, 잘 들어왔다. 홀몸도 아니고, 게다가 병원도 가기 힘든
분위기라며. 누가 옆에서 돌봐 줘야지."

"저… 감사합니다."

하지만 비굴해지는 것과 감사를 표하는 것은 다른 문제다.
수경은 정중한 태도로 차분히 감사의 인사를 했다.

"요즘 한국에 입국하기 힘들다고 들었거든요. 팬데믹 때문에.
그런데 생각했던 것보다 정말 쉽게 들어왔어요. 어머님께서 보살펴
주신 것 같아서…."

"아, 그거. 우리 집안 사람이잖니. 괜히 말 나오게 할 수는 없지.
오자마자 각종 검사도 해 봤지만 결과도 깨끗하고. 게다가 임신까지
한 사람을 고생하게 할 수 있나."

예희는 꽤 다정한 태도로 '우리 집안 사람'이라 강조했지만,
수경은 어쩐지 서늘한 느낌이 든다고 생각했다. 하긴, 애지중지하던
아들이 갑자기 교포 출신에 친정 부모님도 안 계신, 한국 드라마적
표현으로는 '어디서 굴러먹다 왔는지 모를' 며느리를 데리고 왔는데
이 상황이 달가울 리 없는 것은 저쪽도 마찬가지겠지.

처음부터 누군가의 허락을 받고 한 결혼이 아니었다.
수경에게는 결혼을 허락하든 반대하든 사윗감 얼굴이라도 보아

주실 부모님이 아예 계시지 않았고, 현중은 부모님은 부모님이고 자신은 자신이라고, 다 큰 성인이 결혼하는 문제는 부모님과는 상관없다고 말했다.

생각해 보니 처음 만났을 때부터, 현중은 독립심이 강한 남자였다.

수경이 알고 있는 수많은 한국 출신 유학생들, 특히 장학금을 받고 온 것도 아닌 유학생들은, 대체로 나라 망신이나 시키지 않으면 다행인 놈들이었다. 유복한 집안 출신의 어중이떠중이들은, 공부는 설렁설렁 하는 주제에 나쁜 것부터 배우기 일쑤였다. 데이트 폭력이나 마약 사건을 일으켜 경찰에 잡혀가서는 제대로 진술하고 변명할 영어 실력도 없어서 한인 학생회에 도와 달라고 SOS를 치는 놈들을 무슨 수로 곱게 봐 줄 수 있을까. 집에서 학비를 받지만, 생활비는 직접 벌어야 하는 평범한 유학생들 중에도 한심한 놈들은 적지 않았다. 함께 공부하러 온 부인은 생활비를 벌기 위해 최저 시급이나 받을까 말까 하는 일들을 하며 몸을 축내고 휘청거리는데, 자기는 어디 가서 접시 닦는 알바 한 번 하지 않고 곱게 공부만 하는 남자 유학생들이 한둘이 아니었다. 그러면서 자기가 장학생이라고, 장학생은 장학생인데 와이프 장학금을 받고 있다며 마치 센스 있는 농담을 했다는 듯이 웃는 놈들은, 수경의 눈에는 제 배우자에게 빌붙어 고혈을 빠는 구제 불능의 기생충처럼 보였다.

하지만 현중은 달랐다. 그는 미국에 오자마자 이런저런 장학금들을 휩쓸고, 교지에 논문을 싣고, 학교 밖에서도 활발하게 연구와 관련된 활동을 했다. 학부생 수업에 조교로 들어가기도 했는데, 조금 어려울 수 있는 수학적 개념들을 무척 잘 설명해 주어

학부생들 사이에서의 평판이 좋았다. 미스터 백이야말로 교수들이
꿈꾸는 이상적인 대학원생이라는 이야기가 학교 커뮤니티에
올라올 정도였다.

한인 대학원생이 많지는 않았다 보니, 과가 달라도 서로서로
알고 지냈다. 어찌어찌하다 보니 데이트를 몇 번 하게 되었고, 곧
진지한 사이로 발전했다. 다정하고 낭만적인 연애를 한 것은 아니다.
두 사람 다 공부와 조교 생활로 정신이 없었으니까. 그래도 현중은,
수경보다는 조금 더 이 관계를 진지하게 생각했다.

"우리 결혼하자."

박사 논문을 쓰던 중 청혼을 받았다. 떡진 머리카락을 대충
묶고 뿔테 안경을 쓴 채로 프러포즈를 받을 줄은 몰랐는데. 작지만
반짝거리는 다이아몬드가 박힌 반지를 들고 무릎을 꿇은 현중을
보며, 돈도 없다면서 저런 건 어떻게 구해 왔나 싶어 수경은 혀를
찼다.

"디펜스 하면."

논문이 통과된 다음 주에 혼인신고를 했다. 이미 살림을 합친
상태였다 보니, 생활 자체는 크게 변하지 않았다. 다만 두 사람의
호적을 하나로 합친 것만으로도 서로에 대한 책임감이 깊어지는 것
같았다.

수경이 시간강사 자리를 얻어 강의를 나가는 동안, 현중은
논문에 몰두했다. 그리고 현중이 논문을 마무리할 무렵, 수경은
임신을 했다.

"한국에 먼저 가 있어."

현중이 심각한 얼굴로 말했다.

"당분간은 학교에 계속 나가면 안 돼. 우리 학교 부속병원에서도 감염자가 나왔어. 한국에 있었으면 산부인과에 벌써 몇 번을 갔을 텐데, 넌 지금 임신 초기인데도 병원에 못 가고 있잖아."

"한국에 뾰족한 수가 있는 것도 아니잖아."

"여긴 네 가족이 없지만, 한국엔 내 가족이 있어. 아주 돌아가자는 게 아니야. 아이 낳고, 전염병 상황이 좀 안정될 때까지만 가 있자. 너하고 아이의 안전을 위해서라도."

이제 와서 갑자기 현중의 가족들과 만난다니, 불안하고 걱정스러웠다. 하지만 현중이 염려하는 이유는 이해할 수 있었다. 그렇지 않아도 임산부는 평소에 먹던 약이나 음식도 조심해야 한다는데, 이런 상황에서 병에 걸렸다간 위험해질 게 뻔했다. 게다가 한국에는 의료보험이 잘 갖춰져 있으니, 여차할 때 여기에서보다는 돈 걱정은 덜 할 수 있을 것 같았다.

"논문 통과되면 나도 갈게."

"나 먼저 가서 기다리라고?"

"나도 너 논문 통과되도록 기다렸잖아. 괜찮아, 괜찮을 거야."

공항에서 눈물로 이별을 하고 한국행 비행기에 올랐다. 조금 좋은 좌석이라더니, 뜻밖에도 퍼스트 클래스였다. 승무원은 현중의 메시지를 전달해 주었다.

– 좁은 이코노미석에 오래 앉아 있으면 혈전 생긴대. 임산부는 그렇지 않아도 혈전 같은 거 생기면 위험하니까, 한국까지 편안하게 가. 일단 도착하면 다 괜찮을 거야.

현중이 손으로 급히 휘갈겨 쓴 메모를 받아 들고, 수경은 퍼스트 클래스의 푹신한 좌석에 앉아 울음을 터뜨렸다. 현중의 마음

씀이 고맙고, 대체 이건 언제 업그레이드를 했나, 돈은 또 얼마나
들었을까 싶어서 기가 막혔다.

그랬는데….

"얘야, 수경아."

딸꾹질을 하며 울고 있는데, 누군가 수경의 어깨를 가볍게
흔들었다.

"수경아, 애가 무슨 꿈을 꾸고 있어."

"아…."

수경은 눈을 떴다. 차 안이었다. 예희가, 수경의 '어머님'이,
걱정스러운 표정으로 수경을 들여다보고 있었다.

"아…. 죄송해요."

"우리 현중이는 왜. 현중이 꿈이라도 꾼 거니?"

"예…. 학위도 중요하지만, 거기 현지 상황이 꽤 안 좋았어요.
걱정이 되어서…."

대답을 하다가, 수경은 운전석 쪽에서 희원이 자신을 노려보고
있다는 것을 깨달았다.

"너무 걱정 마라. 현중이가, 내 입으로 말하긴 뭣하지만 정말
매정할 정도로 똑소리가 나고 깔끔을 떠는 애잖니. 혼자서도 잘해
나갈 거야."

예희가 수경의 이마를 쓰다듬으며 부드럽게 말했다.

"정 걱정이 된다면, 돌봐 줄 사람을 한 명 보내마."

"예? 하지만 지금 미국 들어가는 것도…"

"미국에도 우리 회사 지사가 있잖니."

수경은 고개를 끄덕였다. 예희는 수경의, 아직은 사이즈가 큰 옷을 입으면 많이 티가 나진 않는다고 해도, 개월 수에 비해 크게 부푼 배를 손끝으로 살짝 스쳤다.

"너는 우리 집안 사람답게, 우리와 함께 안전하고 건강하게 지내면 된단다. 그게 현중이를 위하는 일이야."

타인의 손이 몸에 닿는 것이 낯설었지만, 그 '우리 집안 사람'이라는 말이 아까보다는 조금 정답게 느껴졌다. 수경은 가만히 머리를 숙였다.

"예, 어머님."

*

북악을 낀 산자락을 따라 주택들이 늘어서 있었다. 조금 전까지 지나온 수많은 아파트 단지들과는 사뭇 다른 풍경이었다. 평범해 보였지만, 수경은 곧 깨달았다. 땅값 비싸다는 서울에 이만한 규모의 주택들이 늘어서 있는 것 자체가, 이곳이 매우 부유한 지역이라는 점을 방증한다는 것을.

그리고 차는, 건물은 낮고 담장은 높은, 오랫동안 터를 잡고 살았다는 증거인 듯 정원마다 나무들이 짙푸른 이 지역의 길가를 따라 천천히 비탈을 올라갔다. 그 비탈의 맨 위쪽, 이 지역 전부를 내려다보고 호령할 만한 위치에서 차고 문이 열렸다.

그곳에 자리 잡은 것은 무척이나 기묘한 건물이었다. 조선 시대부터 권력자였음을 상징하는 아흔아홉 칸 기와집에 증축과 개축을 반복하며 지어 올린 듯한 이 집은, 대저택이라기보다는 선군그룹 회장 일가의 성처럼 보였다.

"이건 돌아가신 선대 이사장님께서, 네게 물려주라고 하신 거란다."

저택에 도착하고 차를 한 잔 마시자마자, 희원이 검붉게 옻칠을 한 나무에 자개로 섬세한 박쥐 문양을 수놓은 큼직한 상자를 소중하게 들고 돌아왔다. 예희는 상자를 수경의 앞으로 밀어 놓으며 미소를 지었다.

"이사장님요?"

"현중이의 할머님이시지. 현중이가 어릴 때부터, 장차 손자며느리를 맞게 된다면 주실 거라며 이런저런 패물들을 준비해 두셨단다. 어서 열어 보렴."

수경은 조심스럽게 상자를 열었다. 여러 해 동안 아무도 열어 보지 않았던 것인지, 그 아름다운 상자의 경첩에서는 마치 오래된 지하실 문을 여는 듯한 소리가 났다.

예희의 말대로, 그 안에는 온갖 귀한 것들이 가득 들어 있었다. 금을 물린 옥가락지며 왕실의 혼례에나 썼을 것 같은 금비녀와 빗치개, 산호가 달린 대삼작노리개 같은 것들이 붉고 푸른 비단 겹보자기에 소중하게 싸여 있었다. 한복에 어울리는 물건들만 있는 것도 아니었다. 귀금속에 대해 잘 모르는 사람이 보기에도 귀해 보이는 장신구들, 마치 다이애나 왕세자비가 결혼할 때 받았던 약혼반지 같은 큼직한 보석이 박힌 반지며 목걸이 등이 발하는 빛에 눈이 부셨다.

"너무 옛날 것들도 있지? 이런 것들은 새로 세팅을 하든가 해야겠구나."

예희는 조금 민망하다는 표정을 지으며 큼직한 보석 반지를 가리켰다.

"자식이 결혼을 하는데 예물 같은 것도 준비해 주지 않았다니, 내가 현중이 엄마인데 너무 무신경했지. 이번 기회에 네게 어울릴 만한 것도 몇 가지 더 장만해야겠다. 젊디젊은 사람에게 어울릴 만한 게 많지 않아서 조금 미안하구나."

"이런 귀한 걸… 제가 받아도 되는지 모르겠어요."

"현중이의 앞날에 대해서는 우리 나름대로 생각한 바가 많았다만, 현중이는 결국 자기 뜻대로 공부하고, 자기 뜻대로 결혼했지. 너는 그런 현중이가 선택한 사람이잖니."

"하지만…"

현중과 결혼하긴 했지만, 이 집안 며느리가 되겠다고 마음먹은 것은 아니었다. 그런데 갑자기 이런 걸 받아도 되는 걸까? 평범한 결혼 선물이나 예물 한두 가지라면야 기쁘게 받았겠지만, 이건 많아도 너무 많고, 귀해도 너무 귀했다. 수경은 조심스럽게 그 물건들을 들여다보았다. 너무 탐을 내는 듯한 눈치도, 그렇다고 옛날 물건이라고 무시하는 눈치도 보이지 않으려 애쓰면서.

"… 현중 씨가 돌아오면, 그때 의논해 보고 받을게요."

수경은 조심스럽게 대답했다.

"제게 이런 귀한 것들을 물려주신 할머님께는 감사드리고 싶어요. 하지만 현중 씨도 없는데 제가 멋대로 받으면 안 될 것 같아서…."

"그러면 일단 한 가지만 먼저 골라 보렴. 언젠가는 전부 네 것이 되겠지만 말이다."

수경- 나선 미궁 속의 여자들

예희의 권유를 차마 거절하지 못하고, 수경은 잠시 상자를
뒤적여 보았다. 화사한 조명 아래, 비단 보자기에 감싸인 패물들이
서로 자신의 존재감을 뽐내듯 반짝였다. 한참 그 패물들을
들여다보다가, 수경은 가장 안쪽에 놓인 길쭉한 것을 집어 들었다.

오래된 천인지, 감겨 있는 비단 겹보자기는 검은색에 가까운
붉은색이었다. 그 안에는 투명하고 반짝이는, 가슴이 두근거릴
정도로 맑은 느낌의 초록색 옥비녀 하나가 들어 있었다.

이것을 어디서 보았더라.

어째서인지 낯이 익었다. 처음 보는 물건인데도 선뜻 집어 들
만큼.

"그러면 이것을…."

"옥비녀잖니. 넌 머리도 그렇게 길진 않은데…."

"예, 하지만 예전에 한국에서는 결혼한 여자가 비녀를 썼다는
이야기는 들었어요. 제가 미국에서 태어나 자라 한국 풍습은 잘
모르지만… 할머님께서 주신 거니까, 갖고 있으면 아이들을 지켜 줄
것 같아서요."

예희는 고개를 끄덕였다. 수경은 자신의 대답이 예희의 신경을
거스르지 않았음을 확인하고 속으로 안도했다. 희원은 수경이 풀어
놓은 패물들을 다시 원래대로 꼼꼼하게 싸서 정리하고, 상자를
닫았다.

"희원아."

"예, 이사장님."

"내 방에 가서 보면, 매듭 달린 귀주머니가 있을 거야. 얼마 전에
연꽃무늬 수놓은 것. 알지? 그걸 작은 사모님 갖다 드리렴."

작은 사모님이라는 호칭이 낯설었다. 그리고 그 호칭을 마음에 들어 하지 않는 것은, 희원도 마찬가지인 듯했다.

"이사장님, 그건 신연옥 자수장께서 만드신 건데요."

"응, 알아. 아주 마음에 쏙 들게 잘 만들었지. 그런데 왜?"

"그런 걸… 이분께요?"

"왜? 좋은 물건을 써 봐야 안목이 늘지."

예희는 대수롭지 않게 말했지만, 수경은 등에 진땀이 솟았다. 잠시 후 희원이, 자수 명장이 만들었다는 매듭 달린 귀주머니를 나무 쟁반에 받쳐 가져왔다. 예희는 수경이 고른 옥비녀를 검붉은 비단보에 싸서 귀주머니에 넣었다.

"원래 임신한 여자는 좋은 것만 보고 들어야 하는 거란다. 좋고 예쁜 것들 많이 보고, 옥비녀도 귀하다고 주머니에만 넣어 두지 말고 자주 꺼내서 보고 만지고 하려무나."

"예, 어머님."

"현중이가 돌아오고, 아이들도 무사히 태어나면, 그때는 나머지 물건들 받는 것 사양하지 말고."

수경은 눈을 내리깔았다. 동양의 시부모님들이 원하시는 겸손과 존경을 표하기 위해서가 아니었다. 희원이 죽일 듯이 노려보는 상황에서, 표정을 관리하는 게 쉽지 않았기 때문이었다. 딱히 자신을 마음에 들어 할 이유가 없는데도 잘해 주는 시어머니도 신경 쓰였지만, 이 집에서 제일 신경 쓰이는 것은 희원의 존재였다.

저 사람은 누굴까. 예희의 비서인 것 같은데, 왜 저렇게 날을 세우는 걸까. 현중을 좋아하기라도 했나? 그게 아니면, 상냥하게 대하는 태도는 그저 가식일 뿐이고 희원의 태도 쪽이 시어머니의

본심에 가까운 걸까? 어느 쪽이라도, 수경으로서는 무척 신경이
쓰였다.

팬찮을 거다. 여기 영원히 있을 것도 아니고. 처음 만났으니까
더 예민하게 구는 것일 수도 있겠지. 설령 계속 심술궂게 나온다고
해도, 현중이 돌아오면 지금처럼 굴지는 못할 것이다. 논문만
통과되면, 약속대로 돌아올 테니까. 아이가 태어나면, 지금의 이
팬데믹 상황이 끝나면, 그래서 미국으로 돌아가면, 지금 이 모든
일도 그냥 해프닝이 되겠지. 그러면 팬찮을 거야. 수경은 예희가
손에 쥐여 준, 옥비녀가 든 자수 귀주머니를 손바닥으로 쓸어
보았다.

*

연분홍 꽃잎들이 바람에 휘날렸다. 얼핏 보기에는 벚꽃
같았지만 그보다 화사한 것이, 복숭아꽃인 듯했다. 이상한 일이었다.
살면서 복숭아꽃은 한 번도 본 적이 없었는데.

그 꽃보라 속에, 현중이 있었다. 지금보다 어리고 앳되어 보이는,
스무 살도 되지 않은 듯한 얼굴이었다.

"도련님께서는 저를 모르십니까."

말을 해 놓고도 흠칫 놀랐다. 자신의 목소리인데도 무척이나
낯설었다. 마치 녹음된 목소리를 듣는 것처럼.

"나는 진세의 속객이고, 낭자는 천상의 선녀가 아닙니까.
낭자께서는 어찌 저를 찾아오신 것입니까."

"도련님께서는 원래 천상에서 비를 내리는 선관이셨습니다.

어느 날 비를 잘못 내려 인간 세상에 귀양을 오셨지요. 저는 하늘이 정한 도련님의 연분이오니, 머지않아 만나 뵙게 될 것이옵니다."

*

이상한 꿈이었다. 새색시 한복 같은 초록 저고리에 붉은 치마를 입고, 그런 옛날 말투로 현중에게 말을 하는 자신이라니.

'한국 드라마를 너무 봤나.'

한국어를 너무 많이 잊어버린 것 같아서 한국에 오기 전에 넷플릭스에 올라온 한국 드라마를 여러 편 봤는데, 아무래도 그 영향인 것 같았다. 수경은 조금 전 꿈을 다시 떠올리다 피식거리며 웃었다. 하늘의 선관이며 천생의 연분이라니, 너무 촌스러워서 판타지 퓨전 사극 같은 데도 나오지 않을 이야기였다. 어렸을 때 엄마가 들려주던 한국 전래 동화에 그 비슷한 이야기들이 있었던 것 같지만, 정확히 무슨 이야기였는지는 생각나지 않았다. 자식 없는 부부가 천지신명에 빌고 빌었더니, 하늘에서 죄를 지은 자미성이나 관리나 선녀가 이 세상으로 귀양을 오며 그들의 자식으로 태어나더라 하는 이야기가 정말 많았다는 기억만 어렴풋이 남아 있다.

그러고 보니, 인천공항에 도착하자마자 계속 이리저리 끌려다니는 바람에, 현중에게 연락을 하지 못했다. 전화라도 걸려면 이쪽 유심을 끼워야 할 것 같은데. 최소한 인터넷만 되면 메시지라도 보낼 수 있을 것 같았다. 수경은 스마트폰을 꺼내려 자리에서 일어났다. 가방이며 겉옷을 뒤졌지만 수경의 스마트폰은 보이지 않았다. 불을 켜고 다시 샅샅이 훑어보았지만, 흔적도 없었다.

'어디 간 거지.'

가져온 짐은 많지 않았다. 고작 메신저 백 하나와 캐리어 하나인데, 짐을 다 풀어 헤쳐도 그 스마트폰만은 보이지 않았다. 현금이나 여권 같은 것은 전부 제자리에 있는데도.

"어떻게 된 거야…."

속이 상했다. 그저 단순한 스마트폰이라면 새로 사면 된다. 요즘처럼 신제품이 쏟아져 나오는 시대에, 돈만 있으면 내일이라도 새로 개통할 수 있는 게 스마트폰이다. 3년 넘게 썼고, 액정에 금도 가 있는 꼬질꼬질한 스마트폰 따위, 이 기회에 바꾸면 그만이라고 말할 수도 있다.

하지만 3년 넘게 쓴 물건이다. 현중과 만나기 전부터 쓰기 시작해서, 그와 함께한 시간 전부가 기록되어 있다. 사진 같은 것이야 클라우드에 저장이 되었다고 해도, 공항에서 출발하기 직전 함께 찍은 사진은 아직 백업도 되지 않았을 거다. 소중한 기억이 담긴 물건이 사라져 버려서, 속이 상했다.

그런 데다 사라진 것은 스마트폰뿐만이 아니었다.

늘 손에 끼고 있던 반지가 보이지 않았다. 현중이 프러포즈를 할 때 주었던 반지는 미국 집에 두고 왔지만, 함께 고른 소박한 웨딩 밴드는 한시도 몸에서 떼어 놓지 않았던 물건이다. 대체 어디 간 걸까. 불안해져서, 현중에게 전화를 걸고 싶었다. 그의 목소리라도 듣고 싶었다. 정말 지독하게 나쁜 꿈을 꾸고 있는 듯한 기분이었다.

손끝으로 배를 더듬으며, 수경은 심호흡을 했다. 그리고 방문을 조심스럽게 열었다.

복도는 어두웠다. 이만한 부잣집에, 나름대로 저택인데. 복도에 비상등 비슷한 것 하나 켜져 있지 않다는 점이 이상했다. 방의 조명에 의지해 복도를 걸어야 할 것 같아, 수경은 방문을 활짝 열고 복도로 나섰다.

어두운 저편에서, 누군가의 목소리가 들렸다.

"제 것이라고 말씀하시지 않았나요."

무척이나 분한 듯한 목소리였다. 희미한 메아리가 말끝에 따라붙는 것이, 마치 동굴 속에서 하는 말처럼 들렸다.

"언젠가는 전부 네 것이 되겠지. 서두를 것 없지 않니."

"어머님."

"아직은 아니야. 얘, 운명은 자기 손으로 개척하는 거랬다. 전부 다 원한다면 네가 좀 더 적극적으로 나와야지, 내가 이런 일까지 해결해 줘야 해?"

그 목소리들의 주인을, 수경은 어쩐지 알 것만 같았다.

하지만 지금 들은 이야기는 무슨 뜻일까. 수경은 문득 옥비녀가 든 주머니를 만지작거렸다. 무척이나 두려웠지만, 아무래도 현장을 잡아야 한다는 생각이 들었다. 문을 열었을 때 펼쳐질 진실이 무엇이든 간에. 수경은 목소리가 들리던 방의 문 앞에 서서 잠시 심호흡을 했다. 그리고 문을 열어젖혔다.

방 안에는, 아무도 없었다.

사람만 없는 것이 아니었다. 창문 하나가 있을 뿐, 텅 비어 있었다. 아니, 창문으로부터 쏟아진 달빛이 궤적을 남기는 자리에, 작은 탁자 하나가 놓여 있을 뿐이었다.

그 탁자 위에는 금으로 만든 작은 동자 인형 한 쌍이 놓여

있었다. 하지만 그 인형들보다, 인형들 뒤의 벽에 걸린 족자가 더
눈에 들어왔다.

　– 하늘은 이 몸을 굽어살피소서. 5월에 서리가 내리게 하고
10년을 원망할 이 한을 어찌 풀 수 있으리까.

　꽤 오래된 물건처럼 보이는 그 족자에는 초록색 저고리에 붉은
치마를 입은 여자의 모습이 그려져 있었다. 틀어 올린 머리카락에
초록색 옥비녀를 꽂은, 그 여자의 얼굴은 놀랍도록 수경의 얼굴과
닮아 있었다.

　– 제가 만약 불의한 일을 하였다면 이 옥비녀가 가슴에 꽂힐
것이요, 억울한 누명을 썼다면 이 옥비녀가 섬돌에 박힐 것이옵니다!

　머릿속에서 낯선 여자의 목소리가 울려 퍼졌다. 어디선가
아득하게 벼락 치는 소리가 들렸다. 수경은 뒷걸음질 치다가 문득
몸을 돌려 방을 뛰쳐나갔다. 무언가가 수경의 발목을 잡아당겼다.
수경은 앞으로 고꾸라져, 인적 없는 복도에서 정신을 잃은 채
쓰러지고 말았다.

*

　그날 밤의 일은 꿈이었을까.

　그날 이후, 몇 번인가 밤에 일어나 방문을 열어 보았다. 하지만
아무리 복도를 따라 걸어도, 그때 그 복도로 이어지는 길은 없었다.
몇 번인가 혹시 여긴가 싶어 닫힌 문을 열어 보았지만, 그때 보았던
족자나 금으로 만든 인형이 놓인 방은 보이지 않았다. 무엇보다도
수경이 혼자 복도를 돌아다니는 것 자체가 불가능했다. 수경이 혼자

복도로 나왔다가 조금이라도 길을 잃은 듯한 모습을 보이면 누군가 바로 수경을 도우러 나왔고, 아침 7시든 오후 2시 반이든 새벽 3시든, 머리카락 한 올 흐트러지지 않은 모습의 희원이 곧이어 나타나 못마땅하다는 태도로 수경의 상태를 확인했다.

"저… 스마트폰이 없어진 것 같아요. 도착한 날에는 몸이 너무 피곤해서 확인을 못 했는데."

"공항에서는 가지고 있었니?"

"예, 도착해서 희원 씨에게 전화를 했으니까요."

반지가 사라졌다는 말은 어쩐지 하기 어려웠다. 아들이 사 준 반지를 잃어버렸다는 며느리를 탐탁히 여길 시어머니는 없을 테니까. 하지만 스마트폰이 없어졌다는 이야기는 해야 했다. 예희는 그 말을 듣고 딱하다는 듯 말했다.

"네 몸도 홀몸이 아니기도 하고, 도착한 날 공항에서 바로 병원 가느라 얼마나 정신이 없었니. 바쁘게 움직이다가 잃어버린 모양이지. 나중에 잘 찾아보고, 다음에 병원 가는 길에 새로 만들자꾸나."

며칠 뒤 희원은 일단 임시로 쓰라며 선군그룹 마크가 박혀 있는 업무용 스마트폰을 하나 가져다주었는데, 어쩐지 찜찜한 기분이 들어 쓰고 싶지는 않았다. 개인 노트북으로 인터넷을 사용할 수 있도록 와이파이 비밀번호를 받고 나서야 수경은 조금 마음을 놓을 수 있었다. 하지만 잠시 후, 수경은 낯선 카페 같은 데서 공용 와이파이에 연결한 채 중요한 메일을 쓰면 안 된다는 사실을 떠올리고 한숨을 쉬었다. 스마트폰과 반지가 사라진 것부터 해서 이 집에서 겪는 모든 일이 계속 신경에 거슬렸으나, 아무리 그래도

여긴 가정집이다. 의심을 하려면 한도 끝도 없지만, 설마 와이파이로
남의 노트북을 해킹하려 들진 않겠지. 수경은 노트북으로 인터넷에
접속해 현중에게 메시지를 보냈다. 나는 여기 잘 도착했다고.
어머님께서는 무척 친절하게 대해 주셨다고. 누가 봐도 무난한
메시지였다. 사실은 묻고 싶은 말이 많았지만, 물을 수가 없었다.
수경은 노트북에 몇 가지 보안 프로그램들을 설치하다가, 머리를
긁적이며 노트북을 덮었다.

　"신경과민도 아니고… 내가 지금 뭘 하는 거야."

　수경은 자리에서 일어났다. 머리가 복잡해서 조금 걷고 싶었다.

　집 밖으로 나가지 못하는데, 조금 걷는다는 표현이 이상하긴
했다. 하지만 이 집은 정말 넓고, 미궁처럼 복잡하기까지
했다. 숲이며 사냥터, 호수나 놀이 시설까지 갖춘 재력가나
셀러브리티들의 저택들도 있으니, 하루 동안 다 돌아보지 못할
정도라 해도 그렇게 압도적으로 넓은 것은 아니었다. 하지만 묘하게
길을 외우기 어려운 곳이었다. 어디 가서도 길을 잃어버리는 법이
없었는데. 아마도 옛 건물과 새 건물이 혼재된 곳이다 보니, 자꾸만
머릿속 어디선가 혼선이 생기는 듯했다.

　이렇게 넓은 집이, 먼지 한 톨 굴러다니지 않게 관리가 되는데도,
고용인들의 모습은 거의 보이지 않았다. 마치 회장 일가의 눈에
띄지 않고 완벽하게 일하는 것이 그들의 사명이라도 되는 것처럼.
모퉁이를 돌 때 일하는 사람들의 옷자락이, 발걸음 소리가, 희미한
화장품 냄새가 느껴질 때도 있었고, 도움이 필요할 때에는 누군가
나타나 거들어 주었지만, 그들은 용무가 끝나면 마치 이 집 벽에
흡수되기라도 하는 것처럼 조용히 사라져 버렸다. 며칠이 지나도록

수경이 제대로 이야기를 나눌 수 있었던 사람은, 현중의 어머니인 예희와 도무지 정체를 알 수 없는 회원뿐이었다. 수경은 기지개를 켜며 일단 정원으로 나갔다. 바깥 날씨는 더웠지만, 나무가 무성해 생각만큼 뜨겁진 않을 것이다. 게다가 건물 안에서 길을 잃고 헤매다가 회원에게 발견되는 것보다는, 정원을 한 바퀴 돌고 오는 쪽이 어느 모로 보아도 나았다.

*

"많이 놀랐지, 수경아."

메시지를 보낸 다음다음 날, 현중이 집으로 전화를 걸어 왔다. 집에 전화하는 게 너무 오랜만이라 어색하고 엄두가 안 났다면서.

"우리 집 말야. 그게, 숨기려던 건 아니었는데…."

수경은 전화기를 쟁반에 받쳐 들고 온 회원을 흘끔 바라보며 별일 아니라는 듯 대꾸했다.

"조금, 조금 거창하네. 뭐든지."

"응, 그럴 거야. 나도 가끔 우리 집이 낯설거든."

"우리 집 같진 않을 거라고는 생각했어. 당신은 늘 열심히 노력했지만, 그래도 종종 곱게 자란 것처럼 굴 때가 있긴 했거든."

"그랬나?"

"응, 하지만 당신 아버님이 〈포브스〉에 이름을 올리는 분일 줄은 몰랐지."

"아, 우리 아버지…. 응, 사실 좀 그래. 난 내 힘으로 뭐라도 이루고 싶었거든. 그래서 혼자 공부하겠다고 나온 거긴 한데."

수경- 나선 미궁 속의 여자들

전화기 저편에서 현중이 머쓱한 목소리로 변명했다. 평소의 수경은 어떻게든 혼자 힘으로 세상과 맞서려는 듯 열심히 사는 현중의 모습을 좋아했다. 하지만 지금은 현중의 말이, 세상 물정 모르고 어리광을 부리는 도련님의 발언처럼 느껴졌다. 뭐라도 자기 힘으로 이루고 싶어서 집을 떠나, 열심히 살았다니. 누구는 자기 힘으로 해 나가지 않으면 무엇 하나 손에 넣을 수 없어서, 죽을 만큼 필사적으로 살았는데.

"아⋯. 그래도 당신에게 나쁘진 않을 거야. 지금 이 상황이."

"그런 것 같더라. 들어올 때도 어머님께서 많이 도와주셨어."

"그렇지?"

기색을 보아하니 현중이 웃고 있는 것 같았다. 현중은 곧 진지한 어투로 말했다.

"당신이 배신감 느낄지도 모른다는 건 알아. 하지만 맹세해. 당신 속이려던 거 아냐. 난 대한민국 어디에 가도 우리 집 영향력에서 벗어날 수 없는 게 답답했고, 그래서 미국에서 혼자 열심히 해 보려고 한 거야. 그리고⋯"

"논문은 잘되어 가? 어머님께서 걱정하시는데."

"응. 잘되고 있어."

"학위 과정 마치고 돌아오면 여기서 후계자 수업 받는 거야?"

"어머니는 그러길 바라시지."

"그렇구나⋯. 그러면 좋든 싫든 내년 초에는 어차피 알게 되었을 일이겠네."

"미안."

현중은 수경에게 몇 번이나 미안하다는 말을 했다. 정말로 묻고 싶은 것은 따로 있었지만, 수경은 혀끝으로 마른 입술을 축이며 그저 별일 없다는 듯 농담을 주고받았다. 무엇보다도 희원이 바로 건너편에서 수경을 지켜보고 있었기 때문에, 더군다나 희원에 대해서는 아무것도 물어볼 수 없었다.

논문은 어떻게 되어 가고 있는지 조금 더 이야기를 주고받다가, 수경은 문득 왼손을 내려다보았다. 반지를 잃어버렸다는 이야기를 해야 한다. 하지만 대뜸 잃어버렸다고 말하면 현중이 기분 나빠 할 것 같아서, 수경은 조심스럽게 말했다.

"아 참, 내 반지가 안 보이네. 집에 있는지 좀 찾아봐 줄래?"

"끼고 간 것 아니었어?"

"병원에서도 뺀 적은 없는데, 당신 집에 온 뒤부터 안 보여서 그래. 혹시 집에 두고 온 게 아닌가 해서."

"혹시 없어졌어도 걱정하지 마. 유학생 백현중은 돈이 없어서 당신에게 싸구려밖에 못 해 줬는걸."

"싸구려는 무슨…. 내가 나름 아끼던 거였어."

"당신이 아껴 줬으니 난 고맙지. 걱정 마. 내가 잘 찾아보고, 혹시 없으면 한국 들어가서 더 좋은 걸로 해 줄게. 그러고 보니 우리 어머니도 당신 준다고 이것저것 많이 마련해 놓으셨을 텐데."

"벌써 보여 주셨어. 당신 할머니께서 준비해 두신 거라면서."

"할머니?"

전화 저편에서 잠시 어색한 침묵이 흘렀다.

"왜, 할머니가 그런 말씀 안 하셨어?"

"아…. 워낙 옛날에 돌아가셨으니까. 솔직히 기억도 안 나. 그래서."

"그래?"

어린 손자를 보며 손자며느리에게 줄 패물까지 챙기다니, 정이 깊은 분이셨나 보네. 수경은 대수롭지 않게 넘기고 하던 말을 계속했다.

"어머님께서 그걸 다 주신다는데, 그렇다고 염치없이 덥석 받을 수는 없잖아. 당신도 없는데. 그래서 하나만 받겠다고 했어."

"아, 그래…? 잘했어. 뭘 받았는데?"

"비녀."

"비녀? 당신 머리는 짧은데?"

"그냥, 당신이랑 결혼한 핑계로 무난하게 받을 만한 것 같아서. 옥비녀를 골랐는데, 그걸 무슨 명장이 자수를 놓았다는 주머니에 담아 주셨어. 태교할 때는 좋은 것 보고 만지고 해야 한다고."

수경은 건너편에 앉은 희원을 흘끔 바라보며 말했다. 현중은 건성으로 몇 마디 더 하다가, 갑자기 바쁜 일이 생겼다며 전화를 끊었다. 수경은 조금 당황해서 폰을 들여다보았다. 현중은 공부하느라 눈코 뜰 새 없이 바쁘다고 해서, 수경에게 사랑한다는 말도 하지 않고 전화를 끊는 사람이 아니었다.

"눈에서 멀어지면 마음에서도 멀어진다는데, 그런 건가요?"

희원이 얄밉게 끼어들었다.

"무슨 뜻이죠?"

"작은 사모님 혼자서 신나게 떠드시는데, 도련님은 별말씀 안 하시는 것 같아서요."

"남의 부부 대화에 주석 달지 말아요. 희원 씨야말로 제 태교에는 가장 안 좋은 사람 같은데, 대체 왜 여기 있는 거죠?"

"이사장님께서 제게, 작은 사모님의 신변을 돌봐 드리라고 하셨으니까요."

"날 사모님이라고 생각하지도 않으면서."

"예, 하지만 이사장님께서 명령하신걸요."

수경은 희원을 잠시 쳐다보다가 고개를 돌렸다. 예희는 의외로 자상한 시어머니였지만, 자신은 이 집안에서는 아직 낯선 타인이고, 희원은 예희가 신임하는 사람이다. 아무리 자신이 현중과 결혼했고, 예희의 며느리라고 해도, 오자마자 박힌 돌을 뽑아내려 드는 것은 좋지 않겠지. 그때, 희원이 다시 입을 열었다.

"세상 사람들이 이 집안을 두고 이런저런 말을 많이 한다지요."

"무슨 말을….""

"근본 없는 집안이라는 둥, 일제강점기에 나라를 팔아먹었다는 둥, 독재 시대에 돈을 긁어모았다는 둥. 천민자본주의의 표상 같은 집안이라고 욕하는 이들도 많이 있어요. 들어 보신 적 없나요?"

"아뇨, 못 들어 봤어요."

"소문에 늦으시네요."

"소문에는 관심 없어요."

"소문이 아니라 진짜라면요?"

희원이 웃었다. 하얀 얼굴에 선명하게 그려 넣은 붉은 입술이 둥그런 호를 그리고 있었다. 요사스러울 정도로 아름다운 얼굴이라는 생각이 들었다.

"그 100년 사이, 세상이 몇 번을 뒤집혔죠. 나라가 망하고, 외국이 침략하고, 대통령이 끌어내려지고, 군인이 나라를 집어삼키고. 그 모든 난리들 속에서, 선군그룹만은 늘 같은 자리에 있었어요, 놀랍지 않나요? 근본 없는 집안이 아니라, 오히려 뿌리가 깊은 집안이었기에 살아남은 것이랍니다. 이 집안의 선조는 세종대왕 때 장원급제를 하셨고, 천상의 선녀와 지상의 숙녀를 두 부인으로 맞아 해로하다가, 셋이 같이 하늘로 승천하셨다고 하죠. 그런 이야기를 들어 보신 적 있나요?"

"아뇨."

아름다운 얼굴을 하고, 곱지 않게 미친 여자였다. 사람이 하늘로 승천하다니, 어디 고대국가의 건국신화 내지는 《홍길동전》 같은 데나 나오는 이야기였다. 수경은 저런 이상한 사람과 함께 있는 것이 아무래도 불안하여, 자신의 배를 손으로 가리며 희원을 바라보았다. 희원은 미소를 지으며 수경에게 얼굴을 들이밀었다. 수경이 고개를 돌리자, 희원의 숨결이 수경의 귓가에 부딪혔다.

"이 가문은 그만큼이나 오래되었죠. 그러다 보니 따르는 전통이랄까, 그런 것도 많습니다. 도련님께서 제 이야기는 안 하시던가요?"

수경은 고개를 저었다. 빨리 이 미친 여자에게서 벗어나야 한다는 공포가 밀려왔다. 그때 희원이 수경의 손목을 꽉 붙잡았다.

"안잠자기라는 말을 들어 보신 적이 있나요?"

처음 듣는 말이었다.

"조선 시대에는 원래, 높으신 분들이 생활하시는 방 옆에 구들이 딸리지 않은 웃방이라는 방이 있었습니다. 안잠자기란 그 웃방에서 기거하면서 높으신 분들 말벗도 되어 드리고, 잠자리 시중도 해 드리는 여자 하인들을 가리키는 말이지요."

"그러니까 당신은, 어머님의 레이디스 메이드(lady's maid) 같은 건가요? 전속 시녀?"

수경은 희원의 말을 최대한 자기가 아는 개념에 맞추어 보려
애썼다. 하지만 희원은 미소를 지으며 대답했다.

"저는 도련님의 안잠자기였습니다."

"…?"

"역시 외국 출신이셔서 늦으시네요. 보통은 이 정도만 설명해도
알아듣는데."

아니, 짐작은 갔다. 자신이 짐작하는 게 맞지 않기를 바랄
뿐이었다. 이내 희원은 눈 하나 깜짝하지 않고 제가 할 말을 하기
시작했다.

"아시다시피, 한참 자라는 나이의 남자아이들에게는
걸리적거리는 게 많죠. 성욕이라든가. 저는 도련님의 안잠자기로서,
도련님 공부하시는 동안 시중을 들고, 도련님의 욕망이 학업에
방해가 되면 적당히 해소하시는 것도 도와 드리곤 했어요. 어설픈
여자애들이 꼬이지 않게 감시하는 역할까지 했죠. 그 나이대
남자애들이 사랑이니 연애니 하는 건, 사실 사랑이 아니라 욕정에
가깝잖아요? 적절히 풀 곳만 있으면, 공연히 이상한 여자애들과
사고를 치다가 발목을 잡히는 일도 없으니까요. 특히 이런 집
도련님들께는, 그런 여자애들이 흔히 꼬이는 법이고."

"그런…."

아랫배가 덜컹거리듯 움찔거렸다. 벌써부터 태동이 느껴질
리는 없는데, 무언가 뱃속을 격렬하게 두드리는 느낌이 들었다.

"그럼 이제 짐작이 가시나요? 저는 도련님을 어릴 때부터
모셨습니다. 번듯한 가문의 따님을 다음 이사장님으로 모실 때까지,

사고 치지 마시라고요. 그렇게 공을 들였는데도 작은 사모님처럼, 어디서 굴러먹다 오셨는지 모를 분을 데려오실 줄은 몰랐어요."

"뭐라고…?"

"미국에서 공부해 박사까지 되셨죠? 나름 열심히 사신 건 알겠지만, 도련님께는 턱없이 부족하죠. 하다못해 한국어 발음도 똑바로 못하는 분께 좋은 일 하자고 제가 그런 일을 했던 게 아닙니다."

"당신, 무슨 말을 하고 싶은 거야."

희원은 대답하지 않았다. 하지만 수경은 희원의 빈정거리는 듯한 미소에서 답을 읽었다. 순순히 물러나라, 이 집에서 나가라, 그런 뜻인 거야? 당신이 대체 뭔데? 수경은 자리에서 일어나려 했다. 하지만 어지러웠다. 밑이 빠지는 듯이 묵직하고, 무언가가 자신의 배를 열고 튀어 나가려는 것처럼 내장을 거칠게 두드리는 느낌이 났다. 아직 아이가 태어나려면 한참 남았는데. 수경은 그 자리에 주저앉았다.

*

"도련님께서 저를 생각한 나머지 이처럼 병을 얻으시다니, 어찌 제 마음이 편하겠습니까. 도련님의 마음을 위로해 드리고자, 제 화상과 금동자 한 쌍을 가져왔사옵니다. 제 화상을 아침저녁 보시고, 금동자도 곁에 두며 마음을 달래시옵소서."

"숙영 낭자, 그것만으로는 부족합니다. 난 이미 낭자를 만나고 싶어 병이 난 몸입니다. 부디 나를 불쌍히 여겨 주십시오."

또, 그 꿈이다.

꿈속의, 한없이 앳된 현중이 자신을 향해 손을 내밀었다. 한복 차림에, 사극 드라마와 비슷하면서도 무척이나 낯선 말투를 구사했다. 꿈속의 자신이 애원하듯 말했다.

"선군 도련님."

현중이 아닌, 선군이라는 이름이 낯설고도 멀었다. 문득 선군그룹, 네 글자가 머릿속에 떠올랐다. 그리고 몸이, 마치 늪에 빠진 듯 묵직해졌다.

"아직 우리의 인연의 때가 되지 않았으니, 그때까지는 기다리셔야만 합니다. 매월이를 시첩으로 삼아 저를 보듯 어여삐 여기시며, 우리가 다시 만날 날을 기다려 주옵소서."

게다가 뭐? 인연이 되지 않았으니 다른 사람을 첩으로 삼으라고? 이게 무슨 소리야. 수경은 눈을 깜빡였다. 꿈인지 생시인지, 아직도 구별이 잘 가지 않았다.

도망치듯 몸을 돌려 문을 열고 나갔다. 문밖은 다시 그 텅 빈 방으로 이어져 있었다. 옥비녀를 머리에 꽂은 자신의 모습이 그려진 족자와, 금으로 만든 동자 인형 한 쌍이 놓여 있는 방. 수경은 이번에는 탁자 앞으로 다가가 인형들을 집어 들었다.

문득, 복도 쪽에서 인기척이 느껴졌다.

수경은 인형을 내려놓고, 문을 열고 복도로 나섰다. 어두운 저 복도 끝에, 반짝거리는 무언가가 떨어져 있는 것만 같았다.

*

꿈속에서 계속, 어둠 속을 헤매고 있었다. 조금 더 가면 저 반짝이는 것이 손에 닿을 것 같은데. 마치 도깨비불에 홀린 사람처럼 걷고 또 걸었다.

마치 그 반짝이는 것이, 잃어버린 반지 같아서.

– 조금만 더 가면 되는데….

그때였다. 따뜻한 손이 수경의 손을 붙잡았다. 등줄기에 찬물이 쏟아지는 듯한 느낌이 들어 수경은 눈을 떴다. 낯선 중년 여성이 수경의 손등에 주삿바늘을 연결한 뒤 테이핑을 하고 있었다.

"정신이 드니, 수경아."

예희의 자상한 목소리가 들렸다. 수경은 눈만 들어 주변을 둘러보았다. 자신의 손을 잡은 예희의, 끝만 희게 칠한 깔끔한 손톱이 먼저 눈에 들어왔다.

"어머님…."

"윤 박사가 너 쓰러졌다는 소식 듣고, 바로 달려왔단다."

침대 옆 카트에는 수경의 손등에 꽂힌 주삿바늘과 연결된 커다란 수액 주머니가 매달려 있다. 책상 위에 놓인 큼직하고 불룩한 가방 구석에 청진기 끝이 삐죽 튀어나와 있는 것을 보니, 윤 박사라는 사람은 이 집안의 주치의인 듯했다.

"이제 괜찮을 겁니다, 이사장님. 작은 사모님은 조금 안정을 취하셔야 하고요."

"고마워요, 윤 박사."

윤 박사가 인사를 하고 뒤로 비켜나자, 예희는 조금 더 의자를 당겨 앉았다. 그는 수경이 무사한 것을 확인하고 안심했는지 눈물을 비쳤다.

"정말로 걱정했단다. 지금 현중이도 곁에 없는데 너나 아이들에게 무슨 일이라도 있으면…."

예희는 누가 보아도 정이 깊은 시어머니였다. 얼굴 본 지 며칠밖에 안 된 며느리가 쓰러졌다고 해서 눈물까지 보이는 사람이 흔하지 않다는 건 알고 있다. 하지만 이 순간, 수경은 예희를 뭐라고 불러야 할지 잠시 생각했다. 어머님이라고 부를 마음은 들지 않았다. 10대 소년이었던 현중이 아무 여자애나 만나 책임질 일을 저지를까 봐, 희원을 곁에 두었다. 그야말로 욕정을 풀 대상으로. 게다가 희원은 딱히 수경보다 나이 들어 보이지도 않았다. 아마도 현중이나 수경과 같은 또래거나, 나이가 많아 봤자 한두 살 위일 텐데. 현중이 10대 소년이었다면 희원도 마찬가지였을 텐데. 대체 누가 그런 일을 허락했을까. 이 엄격해 보이는 집안에서. 생각하는 것만으로도 아득해졌다.

"희원이 그 아이가 네게 엉뚱한 말을 한 모양이더구나."

"… 아닌가요?"

"네게는 천천히 설명해 주려고 했다. 그 아이는 아무것도 아니야. 너와 현중이 사이를 방해하지 못해. 네가 무사히 후사를 낳기만 하면 말이다."

예희는 자상하게 말했다. 하지만 그 자상한 말이 어쩐지 수경의 목을 누른 채 미지근한 물속으로 밀어 넣는 것 같았다. 숨이 막히고 귀가 울려 왔다.

"그 애는 옛날부터 현중이를 탐냈지. 현중이 주변의 여자들을 몰아내면, 언젠가는 현중이가 자기 것이 될 거라고 믿기라도 하는 것처럼 말야. 영리한 아이인데, 어째서 매번 그렇게 어리석은 선택을 하는지 모르겠어."

"희원 씨는…"

"그 애가 무슨 말을 했든 상관없어. 사실이 아니니까. 정 마음이
쓰인다면 그냥 미친 여자라고 생각하렴."

예희가 단호하게 말했다. 수경의 가슴이 마구 두방망이질 쳤다.
사실일까? 한순간 그 말을 믿고 싶어졌다. 희원은 미친 여자고,
처음부터 자신을 견제했고, 현중을 탐내서 그런 말도 안 되는 소리를
지어낸 거라고. 그렇게 믿고 싶었다. 여기는 현중이 나고 자란
집이고, 예희는 현중을 세상 누구보다도 사랑하는 어머니고, 자신은
아직 이 집에선 낯선 사람이지만 현중의 아내로서 받아들여지는
중이라고, 그렇게 생각하면 모든 일이 간단하겠지만.

그 가정이 맞다면 왜 희원은 여기 있는 걸까.

정말로 제정신이 아닌 여자라면, 예희가 굳이 곁에 둘 이유는
없다. 설령 평범한 부모라도, 어떤 여자가 자기 아들 주변 여자들을
몰아내며 계속 거짓말을 일삼는다면 어떻게든 그 여자를 막으려
했을 것이다. 하물며 예희는 선군그룹 회장의 부인이자, 문화재단
이사장이다. 전 세계적으로 유명한 재벌인 데다, 돈과 권력을 가진
사람이 희원에게 무슨 약점이라도 잡혀서 끌려다니는 것은 아닐
텐데.

그러니까, 거짓말이다.

수경은 자신을 쓰다듬는 예희의 손길에 기대며 눈을 감았다.
예희에게 제 눈빛을 들키지 않으려면, 놀라서 아픈 척이라도
해야만 했다. 하지만 그는 예희의 시선을 피해 슬며시 실눈을 뜨며,
어떻게든 희원의 이야기를 더 들어 보아야겠다고 생각했다. 아무리

끔찍하고 말도 안 되는 것이라 해도, 예희가 희원을 내치지 않는 데는 분명 이유가 있을 테니까.

*

며칠 뒤 수경은 산책을 하다가 정원 뒤편의 낯선 구역으로 접어들었다. 나무들이 잘 다듬어진 다른 구역과는 달리, 이쪽에는 작은 숲이 우거져 어지간해선 사람들이 얼씬거리지 않을 것 같았다.

이런 곳을 혼자 돌아다니고 있으면, 으레 희원이 나타나곤 했는데. 오늘따라 희원의 모습은 보이지 않았다. 조금 낯설고 으스스했다. 하지만 이렇게 희원이 나타나지 않을 때야말로 남의 간섭 없이 이곳을 탐험해 볼 때였다. 그 험한 요세미티를 하이킹한 적도 있는데, 아무리 쌍둥이를 임신했다고 해도 고작 정원에서 길을 잃고 조난을 당하진 않을 거다.

조금 걷다 보니 마음이 편안해졌다. 인구 1000만의 국제도시에 이렇게 한가롭게 거닐 수 있는 넓이의 숲이 개인 사유지로서 존재한다는 것이 조금 마음에 걸렸지만, 혼자 산책을 하다 보니 이 집에 도착하고 내내 곤두서 있던 신경이 조금 누그러지는 것 같았다.

그때였다.

"저보고 어쩌라는 말씀이세요. 지금이 몇 년도인지 아세요? 그런 방식으로는 해결할 수 없어요."

"그러면 그냥 내주든가."

"어머님!"

"난, 내 손으로 답을 얻어 냈단다. 그래도 오래 봐 온 정이 있어서, 네게 정답의 실마리를 주긴 했다만. 내 손자들은 누가 낳든 상관없어. 너든 그 애든. 이런 상황에 네 편까지 들어 달라니 내게 너무 기대는 게 아니니?"

희원과 예희의 목소리였다. 이런 숲속에서는 누가 엿듣지 못할 거라고 생각한 걸까. 희원은 목소리를 낮출 생각도 하지 않고 서럽게 울부짖었다. 그 울음을 엿듣는 수경의 등줄기에 식은땀이 흘러내렸다. 희원은 예희를 어머님이라고 부르고 있었다. 이사장님이 아니라.

가야 했다. 두 사람을 만나 담판을 지어야 했다. 대체 어떻게 된 건지, 나보고 나가라는 것인지, 제대로 말을 들어야 했다. 지금 예희가 하는 말은, 수경을 며느리가 아니라 '태어날 손자들의 어머니'로만 취급하는 것이나 다름없었다.

하지만 그들이 뭐라고 하든, 현중은 수경의 배우자였다. 만약 예희가 희원을 며느리 취급하고 싶어 자신을 홀대한다면, 수경은 그들이 원하는 대로 이 집을 나가 줄 생각이었다. 현중을 당연히 데리고서. 현중이 거절한다면, 그는 아마 평생 자기 자식들을 볼 수 없겠지. 그가 별 볼 일 없는 남자라면 양육비를 빌미로 사람을 협박하려 들겠지만, 수경은 고생을 두려워하는 사람이 아니었다. 무엇보다도 아이를 부양할 능력도 있었다. 몸과 마음을 회복할 때까지 한동안 모아 놓은 돈을 까먹으며 살아야 할지도 모르지만, 아이를 키우기가 불가능하진 않을 거다.

최악의 상황까지 거듭 생각하며, 수경은 소리가 나는 쪽을 향해 계속 걸었다. 하지만 아무리 걸어도 예희와 희원에게 가까워지는 길을 찾을 수가 없었다. 길이 마치 미로처럼 꼬여 있는 것 같았다.

아니, 어쩌면 숲 자체가 꿈틀거리며 제 모습을 바꾸고 있는 것인지도 모른다.

이윽고 한참 만에, 숲 사이로 낡은 기와지붕이 보였다.

"정말 신기한 분이네요, 작은 사모님은."

그리고 사당 앞에, 희원이 있었다. 희원은 평소와는 다른 한복 차림으로, 저고리 소매를 걷어붙인 채 놋그릇을 닦고 있었다.

이 여자는 대체 뭘까. 수경은 마른침을 삼키며 희원을 바라보았다. 푸르스름한 빛이 도는 하얀 모시 저고리에 쪽으로 물들인 듯한 푸른 치마를 입고 앉아 그릇을 닦는 모습이, 마치 옛 그림 속에서 불쑥 빠져나온 것처럼 이질적이었다. 수경은 무성한 소나무 뒤쪽으로 아득하게 이어져 있을, 바깥 풍경을 가리고 있는 드높은 담장을 흘끔거렸다. 저 담을 넘으면, 마치 사이버펑크 소설에 나올 것 같은 도시라는 서울인데. 지금 희원과 마주한 이곳은 어디로 보아도 21세기의 서울 한복판이라는 생각이 들지 않았다. 이 광경은 마치…

"보통은 그런 이야기를 들으면 질색해서 도망치는데."

끈적하고 불길한 생각이 머릿속에 안개처럼 엉기려는데, 수경은 희원의 목소리에 퍼뜩 고개를 들었다. 어떤 실마리를 잡을 뻔했다가 놓친 듯한 기분이 들었다. 이 기분은 대체 뭘까.

"그래요?"

"작은 사모님은 박사 학위까지 따셨다면서 머리가 나쁜 건가요, 아니면 외국 생활을 오래 해서 상황 돌아가는 걸 모르는 건가요?"

"날 화나게 만들면, 희원 씨에게는 무슨 좋은 일이라도 생기나요?"

수경이 차분하게 묻자 희원은 웃었다.

"공부를 많이 하신 분이니 오컴의 면도날이 뭔지 말씀드릴
필요는 없을 것 같고요. 작은 사모님, 드라마를 별로 안 보신 것
같은데, 보통 이런 상황에서는 질투가 문제인 거잖아요? 제가 현중
도련님을 사모해서, 그래서 열심히 음모를 꾸미는 거다. 그렇게
생각하면 간단하지 않나요?"

"제일 단순한 해가 반드시 참이라는 보장은 없죠."

수경은 자수 놓인 주머니에 달린 매듭 술을 만지작거리며
대꾸했다. 이 이야기가 막장 드라마라면, 물론 희원의 말이 정답일
것이다. 희원은 수경의 위치를, 현중과 결혼하고, 현중의 아이들을
임신하고, 예희에게서 집안의 패물을 물려받고 며느리로 대접받는
상황을 탐내고 있으며, 희원의 목적은 수경을 몰아내고 그 자리를
대신 차지하는 것이겠지. 하지만 현실은 그렇게 간단하게 돌아가지
않는다.

"그래서 희원 씨는, 혹시 내 반지 못 봤어요?"

수경이 묻자, 희원은 그제야 입가에서 웃음기를 지운 채 수경을
바라보았다.

"그 질문을, 정말 빨리도 하시네요."

"당신이 훔쳤다는 뜻인가요?"

"누가 갖고 있는지 안다는 뜻이에요."

수경은 그 말의 의미를 이해하고 빈정거리듯 웃었다.

"되게 재미있네요. 어머님께서는 당신을 그렇게 애지중지
아끼시면서도 나한테는 당신이 미친 여자라고 하시지 않나, 당신은
어머님을 그렇게 존경하시면서도 어머님이 반지를 훔치셨다는

이야기를 하려고 들고. 대체 두 사람, 무슨 사이예요? 오래오래 함께해서 정이 깊어, 시어머니와 며느리 사이가 되고 싶었는데, 미국에서 굴러온 돌이 끼어들어서 당황한 사이?"

"어떤 관계는 너무 오래되면 저주가 되는 법이에요."

희원은 몸을 일으켰다. 허리에 두른 앞치마에 손을 닦고, 그녀는 수경에게 가까이 다가왔다. 그녀의 숨결에는 마치 향목을 태우고 남은 매운 재에서 나는 듯한 향기가 섞여 있엇다.

"먼 옛날, 세종대왕 때 경상도 땅에 정씨 성을 쓰는 여인이 살았습니다. 일찍이 백씨 집안의 상 자 군 자 쓰는 군자와 부부의 연을 맺어 20여 년을 한 쌍의 원앙처럼 살았으나, 두 사람 사이에는 자식이 태어나지 않았지요. 정씨 부인은 천지신명께 아들 하나 점지해 달라고 빌고 빌었는데, 과연 아들을 얻었습니다."

"…?"

"남편이 씨받이 처녀와의 사이에서 아이를 얻었지요."

"아, 저런."

"씨받이 처녀가 아이를 배자, 정 씨는 자기가 회임을 한 듯이 입덧을 하고, 열 달 꼬박 태교를 하였습니다. 처녀가 아들을 낳자, 정 씨는 그 아들을 제 친자식처럼 길렀지요. 아들의 이름은 선군, 그 자(字)는 현중이라 하였습니다."

수경의 손바닥에 식은땀이 배어 나왔다. 이건 무슨 이야기지. 설마 예희의 이야기인가? 그렇다고 하기엔 시기가 맞지 않았다. 세종대왕 때의 일이라고 했으니까. 그럼 대체 이건 뭘까. 희원은 어떻게, 수경이 꿈속에서 들었던 이름을 아는 걸까. 수경은 혼란스러웠다.

"비록 제 태로 낳은 자식이 아니라 하나, 얼마나 기다리던 자식입니까. 정 씨는 선군 도령을 훌륭하게 길러 내었습니다. 용모가 수려하고 성품이 온유하며 문재가 뛰어나니, 어디다 내놓아도 흠잡을 데 없는 청년이었지요. 당연히 명가의 요조숙녀를 육례를 갖추어 짝으로 맞아, 남부럽지 않게 살게 하고 싶었습니다. 이 댁에서 멀지 않은 곳에, 가세가 유복하고 덕이 높은 임 진사라는 양반이 있었는데, 이 댁에는 무남독녀 외동딸이 있었지요. 정 씨는 임 낭자를 며느리로 맞아, 아들과 더불어 금슬 좋게 살기를 바랐습니다. 하지만 세상일이란 뜻대로 되지 않는 법이지요. 선군 도령이 공부를 한다고 산세가 수려한 옥연동에 갔다가, 그만 숙영 낭자라 하는 여자를 데리고 돌아와 버렸으니까요."

"지금 그건…"

"사돈이 누구인지도 모르고 육례도 치르지 않은 채 며느리를 맞게 된 정 씨도 정 씨지만, 혼담이 오가다가 일이 이렇게 되어 버리자 임 진사 댁 규수는 이미 사주단자가 오갔는데 다른 데 시집갈 수 없다고 하였습니다. 선군 도령이 혼인하기 전 시첩 노릇을 하던 매월이도 마찬가지였지요. 매월이는 선군 도령을 모시다가, 도령이 혼인을 하여 정실이 들어오면 그늘에서 별당 구석 천첩으로나마 소실 노릇을 하리라 생각하였는데, 선군 도령 눈에는 숙영 낭자밖에는 보이지 않았으니, 비단옷은 못 입어도 고된 일은 아니 하고 살리라는 그나마의 꿈도 무참히 깨어지고 말았던 것입니다."

"…."

"숙영 낭자가 두 아이를 낳은 뒤, 선군 도령은 과거를 보아 급제하였습니다. 정 씨는 이제 마음이 급해졌지요. 선군 도령의 눈에 다시 들고 싶어 했던 매월이에게 사주하여 숙영 낭자에게 누명을 씌우고, 숙영 낭자가 억울함을 못 이겨 자결을 하자 지난번 혼담이 오간 이후 혼인도 하지 않고 늙어 가던 임 진사 댁 규수를 며느리로 맞아들입니다. 하지만 선군 도령은 죽은 숙영 낭자만을 그리워하며 임 낭자를 돌아보지 않았습니다. 일부종사(一夫從事)가 여인이 지킬 절개라는데, 사내가 되어 일부종사(一婦從事)를 하였으니 갸륵하다면 갸륵하지만, 남은 사람들은 딱하게 된 것이지요. 그래도 임 낭자는 숙영 낭자가 낳은 두 아이들을 정성껏 길렀습니다. 제 태로 낳은 자식이 아니라 하나, 어디다 내놓아도 흠잡을 데 없이 길렀지요. 인근의 명가에서 훌륭한 규수를 골라 며느릿감으로 점찍기도 하였습니다. 하지만 소용없었지요."

"대체… 무슨 이야기를 하고 싶은 거예요."

"계속, 반복되었다는 이야기를 하는 겁니다. 계속."

희원은 문득, 이젠 다 지긋지긋하다는 듯한 표정을 지었다.

"저와 이사장님은 수도 없이 생을 반복하며 시어머니와 며느리로 만났지요. 이 집안의 굴레에서 벗어나고 싶었지만, 몇 번을 다시 태어나도 같은 일이 반복되었습니다. 우리는 이 집안의 안주인은 될 수 있어도, 이 집안의 아들을 낳을 수는 없었어요. 마치 개가 목줄에 매여 끌려가듯이, 우리는 매번 이 집으로 이끌렸습니다. 아무리 발버둥 쳐 봐도 예외는 없었으니, 운명을 거스를 수도 없었습니다."

수경은 혼란스러웠다. 그때 희원의 손가락이 수경의 목을 휘감았다. 수경은 뒤로 물러섰지만, 두어 걸음도 못 물러나 발이 나무뿌리 같은 데 걸리는 바람에 피할 수 없는 꼴이 되어 버렸다.

"그리고 이사장님께서, 그 문제를 해결하셨죠."

"문제라니…."

"매번 돌아오는 그 여자를, 숙영 낭자를, 일찌감치 죽여 버리셨습니다."

"…!"

"현중 도련님은, 이사장님이 낳은 아드님이시죠. 그래요, 그게 답이었어요. 숙영 낭자가 두 아이를 낳기 전에 세상을 떠나자, 이사장님은 그제서야 자신의 아이를 낳을 수 있었어요. 그 수많은 생을 거듭한 끝에 처음으로 말입니다. 하지만 제 운명은 바뀌지 않았고, 당신은 또다시 이 집으로 돌아왔네요. 이번에는 두 아이를 한 번에 품은 채로요."

수경은 숨이 막혀 왔다. 하지만 수경의 목을 누르는 손가락 끝에는 힘이 들어가 있지 않았다.

수경은 문득 생각했다. 어쩌면 희원에게는 자신을 죽일 생각은 없었을지도 모른다고. 어떻게든 내쫓아 버리면 된다고 생각해서, 그동안 모진 말들을 했을지도 모른다고. 하지만 그렇다면, 예희는 왜 수경을 내버려 두었던 걸까. 어차피 현중은 자신의 아들이니까, 수경과 희원 둘 중 어느 쪽이 며느리가 되더라도 상관없다는 심산이었나.

아니, 그것만은 아니다.

수경의 머릿속에 희원의 이야기가 다시 한번 되감기듯 지나갔다. 세종대왕 때 태어난 선군 도령, 선군 도령에게 거는 기대가 컸던 양어머니 정 씨, 선군 도령의 정혼자였던 임 낭자와 선군 도령의 첩이 될 꿈에 부풀었던 매월이, 그리고 그들 세 사람의 소망을 박살 낸 숙영 낭자. 그 박살 난 꿈이 몇백 년 동안 거듭되고 반복되며, 미움에 미움을 더하고 죽음과 누명을 쌓으며 이어져 왔을 것이다. 서로가 서로의 고통스러운 굴레가 되면서까지.

그 굴레를, 대체 어떻게 부숴야 하는 것일까.

"…!"

앞일을 생각하려는데, 조금 더 숨이 막혀 왔다. 희원에게 수경을 죽일 마음이 정말로 없다고 해도, 놓아줄 수는 없는 모양이었다. 뿌리치지도 도망치지도 못하고 있던 그때, 문득 수경의 손끝에 자수가 놓인 주머니가 만져졌다. 수경은 뭔가에 홀린 듯이, 주머니의 매듭을 풀고 옥비녀를 꺼내 들었다. 꿈속의 목소리가 머릿속에서 메아리쳤다.

– 하늘은 이 몸을 굽어살피소서. 5월에 서리가 내리게 하고 10년을 원망할 이 한을 어찌 풀 수 있으리까.

수경은 있는 힘을 다해 옥비녀를 높이 쳐들었다. 우거진 나뭇잎 사이로 내리쪼이던 햇살이 힘을 잃고, 서늘한 바람이 사방에서 불기 시작했다. 바닥에 비친 햇살의 자취는 둥근 원형이 아닌, 초승달 모양으로 이지러졌다. 달이 해에 겹쳐지기 시작했다. 꿈속의 숙영 낭자가 억울하게 소리치던 목소리가 귀에 울렸다.

– 제가 만약 불의한 일을 하였다면 이 옥비녀가 가슴에 꽂힐 것이요, 억울한 누명을 썼다면 이 옥비녀가 섬돌에 박힐 것이옵니다!

숙영 낭자는 억울한 일을 당하고도 세상에 하소연할 데가 없어, 하늘에 굽어살피시라 애원했다.

하지만 수경은, 그렇게 울부짖고 넘어갈 수만은 없었다. 힘들게 받은 학위가, 배 속의 아이들이, 모두 살아야 한다고 수경의 등을 떠미는 것 같았다. 수경은 자신의 목을 졸라 오는 희원을 향해 옥비녀를 휘둘렀다. 온 힘을 다해 휘두른 그 옥비녀의 뭉툭한 끝은, 희원의 귓바퀴 위, 관자놀이를 찌르고 튕겨 하늘로 날아올랐다.

옥비녀는 희원의 뒤쪽, 그가 씻고 있던 놋그릇들을 지나, 낡은 사당 입구의 섬돌에 내리꽂혔다. 벼락이 치는 듯한 소리와 함께, 수백 년의 세월이 지나도록 그 자리를 지켰을 섬돌이 쪼개졌다. 그리고 바람이 북악을 둘러싸고 거칠게 불기 시작했다.

수경은 자신의 목을 조르던 희원이, 바람 속에서 천천히 흐릿해지는 것을 보았다. 손끝에서부터 희원의 몸이 고운 먼지가 되어 바스러지다가, 마침내 나무가 타고 난 뒤 남은 매운 재의 냄새를 풍기며 서 있던 자리에 무너지는 것을 보았다. 붉은 재, 초록 재가 되어 바닥으로 무너졌다가, 이내 먼지처럼 흩날려 사라진 희원을 넘어, 수경은 비틀거리며 앞으로 나아갔다. 바람이 부는 서슬에 사당의 낡은 장지문이 활짝 열렸다. 그 안에는 수경이 이미 알고 있는 그림이, 초록색 저고리에 붉은 치마를 입은 여자가 그려진 족자가 걸려 있었다. 그 앞에 놓인 한 쌍의 동자 인형 사이에, 수경의 반지가 있었다. 그 반지 사이에서 사람 손가락처럼 생긴 덩어리가 해묵은 재를 날리며 부서지고 있었다. 수경은 반지를 집어 들었다. 깔끔하게 끝만 희게 칠한 프렌치 네일 스타일의 손톱이 비리고 거무죽죽한 재 사이로 툭 하고 떨어졌다.

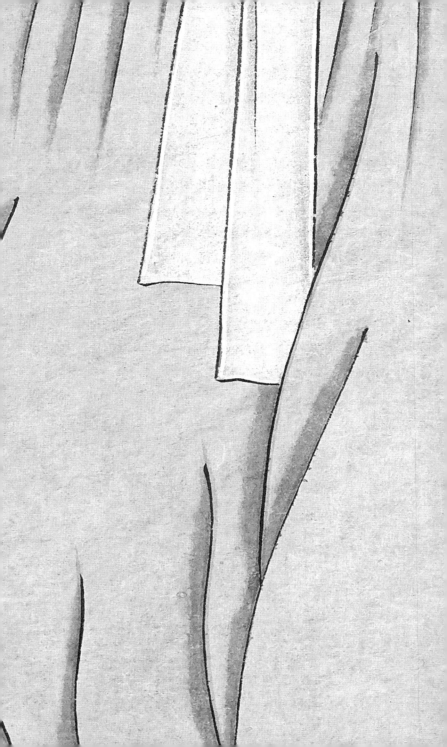

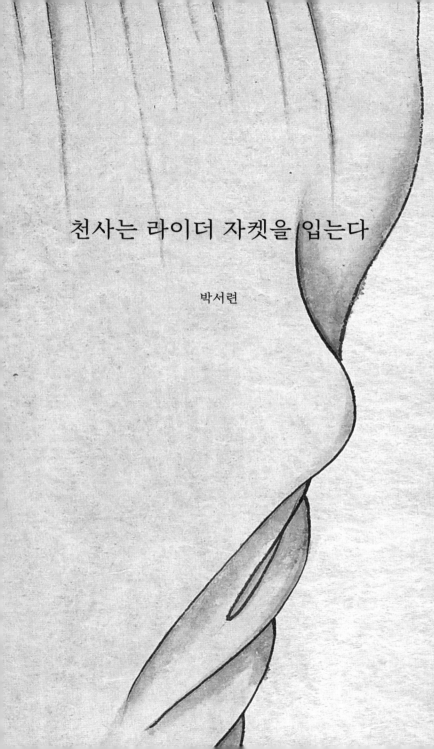

천사는 라이더 자켓을 입는다

박서련

"남혐이야. 남혐이라고."

누군가 큰 소리로 말했다. 승객이 그리 많지 않은 한낮의 공항 철도 객차 안, 열차가 운행하는 소리와 승객들의 침묵으로 이루어진 백색소음을 뚫고 나온 그 말을 한 사람은, 뜻밖에도 50대는 족히 되어 보이는 남자였다. 남자는 노약자석에 앉아 있었다.

"남혐 연쇄 살인이란 말이야."

나를 비롯한 몇몇 승객이 쳐다보자 그는 우리가 앉아 있는 일반 좌석 쪽을 마주 보며 손으로 천장에 매달린 모니터를 가리켰다. 시끄러운 장년 남자를 향했던 눈길들이 그가 가리킨 방향으로 이동했다. 화면에서는 YTN에서 제공하는 이 시각 주요 뉴스가 음소거 상태로 송출되는 중이었다. 화면 하단 파란 리본 위로 뉴스 내용 요약 텍스트가 흘러가고 있었다. 여당 지도부 정치인이 자택에서 숨진 채 발견되었다는 소식이었다. 노약자석에서 큰 소리로 아무도 묻지 않은 자기 의견을 지껄이는 남자 승객과 죽은 정치인은 거의 비슷한 연배로 보였다.

나머지 승객들의 반응은 거의 모두 비슷했다. 크고 못생긴 앵무새처럼 떠드는 남자 때문에 터져 나오려는 비웃음을 참느라 전체적으로 조금 진동하고 있었다. 상황 파악을 전혀 못 한 외국인 승객 하나가 해맑은 표정으로 목소리 큰 남자와 나머지 승객들을 연신 번갈아 쳐다보았다.

요새 뉴스에 그 나이대 남자들의 죽음이 많이 보도되는 것은 사실이었지만, 자택에서 심근경색으로 사망한 사건을 살인 사건으로 보기에는 무리가 있었다. 무엇보다 고인은 저 남자와 나이가 비슷할 뿐 지하철을 타고 다니는 사람이 감정을 이입하기에는 지나치게 유력한 이였다. 한 마디로 남자의 말은 피해 의식 그 이상도 이하도 아닌 것으로 들렸다. 나이깨나 먹은 듯이 보이는 남자 입에서 난데없이 요새 젊은이들이나 쓸 법한 '남혐' 같은 신조어가 튀어나온 것도 제법 우스운 일이라 할 수 있었다. 연속성이 없다고는 못 하겠지만, 연쇄적인, 그러니까 살인이라고 보기에는 지나친 일을 살인이라고 부르는 것도 모자라, 남혐이라니. 하루에 많게는 예닐곱 번까지도 지하철을 타다 보니, 황당한 소리를 하는 괴인들을 너무 자주 보게 되었다. 공항 철도는 그런 사람이 비교적 적어서 좋았는데. 내리기 직전 돌아보았을 때에도 남자는 묘하게 어린애같이 열중한 표정으로 천장 모니터의 뉴스를 쳐다보고 있었다.

디자인 랩에서도 그 사건이 화제인 모양이었다. 패스 태그를 출입구에 찍고 들어가자마자 보인 신입 사원 자리에서부터 제작 1팀 팀장 자리 모니터에까지 속보가 떠 있었고, 파티션 모서리마다 직원들이 삼삼오오 모여 서서 수군거리고 있었다.

천사는 라이더 자켓을 입는다

"무슨 일들이에요?"

"경찰 왔어요."

제작 1팀 팀장이 턱짓으로 회의실 A를 가리켰다. 사무 공간을 둘러싸고 있는 회의실 가운데 가장 큰 A룸은 채나연 이사가 디자인 랩에 들를 때 개인 사무실처럼 단독으로 사용하는 공간이었다. 그 안에 지금 경찰들이 있다는 것인가? 갑자기? 왜? 디자인 랩 직원들의 모니터마다 떠 있는 속보 창이 불길한 암시처럼 눈에 머물렀다.

잠시 후에 못 보던 여자 둘과 이사가 함께 회의실에서 나왔다. 세 사람 모두 웃고 있었다. A룸을 향해 선 채 수군거리던 직원들은 큰 물고기를 만난 송사리 떼처럼 흩어져 자리를 찾아갔다. 경찰이라고 안 했으면 경찰인 줄 짐작도 못 했겠다 싶은, 강력계 소속이라고는 더더욱 생각하기 힘들었을 법한 젊은 여성들은 둘 다 우리 회사에서 만든 외투를 입고 있었다.

"그럼 수사 잘 부탁드립니다."

이사는 두 손을 단전에 모으고 고개를 숙였다.

"친구 아버님이 갑자기 그렇게 되셨다는 소식을 들으니 저도 황망해서요."

젊은 여자 경찰들은 이사의 간곡한, 그러나 절도 있는 인사에 거의 황송해하는 것처럼 보였다.

"협조해 주셔서 감사할 따름이죠."

"잘 알아보겠습니다. 너무 염려하지 마세요."

이사는 방금 내가 패스 태그를 찍은 디자인 랩 입구까지 경찰들을 배웅하고는 곧장 찬바람을 일으키며 A룸으로 돌아갔다. A룸 문이 완전히 닫히는 걸 확인한 직원들이 하나둘 고개를 파티션 위로 내밀었다.

"그러니까 뭐야? 경찰이 왜 우리 이사님한테 와?"

"돌아가신 분이 친구 아버님이라잖아요."

"참고인 조사, 뭐 그런 거겠죠."

"내 말은, 어떻게 감히 이사님한테 바로 올 수가 있냐고."

누군가 아는 척하며 던진 말에 제작 1팀 팀장이 목에 핏대를
세웠다.

"참고인이고 뭐고 일반 기업 사무실에, 그것도 이사씩 되는
임원한테 막 찾아와 가지고 말이야. 그냥 만나자면 만나 주는 줄
아는 거야, 뭐야? 지금 사무실 분위기도 봐, 이사님하고 상관도 없는
일인데 그냥 경찰 한 번 왔다 갔다고 뒤숭숭해진 거 안 보여?"

디자인 랩 분위기가 어수선한 데에는 제작 1팀 팀장의 오지랖도
한몫하고 있는 듯 보였지만 누구든 그런 말을 소리 내서 할 수 있을
만큼 민주적인 분위기는 아니었다. 제작 1팀 팀장은 이사가 방금
겪은 일이 제 일인 것처럼 씩씩거리며 말을 이었다.

"다른 기업 임원한테 수사 협조 구한답시고 이따위로
쳐들어오는 거 봤어?"

직원들은 두리번거리며 서로의 얼굴에 떠오른 잘 모르겠다는
표정을 확인한 후 다시 팀장을 바라보았다. 나를 비롯한 어패럴
사업부의 직원들은 대개 다른 회사에 다녀 본 경험이 없기도 했고,
업장에 갑자기 경찰이 찾아오는 경우는 상상해 본 적조차 없어서 할
말이 없었다.

"우리 어패럴 라인 신생이고 이사님 젊은 여자라고 만만하게
보는 거 아니냐는 말이야, 내 말은."

제작 1팀 팀장의 분개에 동조하듯 직원들은 다시금 웅성거리기 시작했다. A룸 문이 벌컥 열린 것은 바로 그때였다.

"다들 죄송해요. 분위기가 좀 그랬죠?"

누군가가 찬물을 끼얹은 것처럼 모두 숨을 죽였다. 이사는 말을 이었다.

"속보로 나와서 다들 아시리라고 생각하지만, 다시 정리하면 오늘 오전에 제 친구 아버님께서 고인이 되셨어요. 워낙 큰일이기도 하고, 제가 마침 어제 친구를 만나러 집 근처까지 갔던 터라 제게도 수사 협조를 요청해 오신 것 같아요. 무슨 이유로든 경찰이 기업 사무실에 드나드는 게 좋은 그림은 아니다 보니 본의 아니게 여러분한테까지 폐를 끼친 것 같아서 죄송해요."

이사는 잠시 말을 멈추고 생긋 웃었다. 그 타이밍에 나는 제일 목소리가 컸던 제작 1팀 팀장의 눈치를 살피고 있었다. 그럼요 이사님. 아무렴요 이사님. 제가 다 안타까워요 이사님. 팔(八)자로 누인 눈썹을 한껏 모은 제작 1팀 팀장의 표정은 그렇게 말하는 것처럼 보였다.

"그래도 수사에 도움 드리는 일이니까 너무 나쁘게 생각하지는 말아 주셨으면 해요."

이사는 고개를 살짝 기울여 인사한 다음 다시 A룸으로 들어갔다. 둘러보니 나머지 직원들도 제작 1팀 팀장과 비슷한 표정들을 짓고 있었다. 제작 1팀 팀장은 한참을 찡그리고 있다가 갑자기 정신을 차렸다는 듯 호통을 쳤다.

"뭐 해? 일들 봐요."

직원들은 그 신호를 기다렸다는 듯 다들 디자인실로, 회의실로,

자기 데스크로 흩어졌다. 나는 좀 더 오래 엉거주춤 서 있다가 A룸 앞으로 가 문을 두드렸다. 들어와요. 회의실 문을 통과한 이사의 목소리는 조금 희미했고, 어쩐지 피로한 기색이 서려 있었다.

원칙적으로는, 또는 상식적으로는, 텍스처 랩에서 디자인 랩에 전달할 것이 있을 때는 퀵 서비스를 이용하고, 디자인 랩에서 공유 사항이 발생했을 시에는 인트라넷을 이용했다. 텍스처 랩에서 보내는 것은 주로 실물이고, 디자인 랩이 발신처일 경우에는 대개 무형의 디지털 문서를 공유하는 편이니까. 그랬던 기존 방침이 변화한 것은 퀵 서비스 사고가 발생한 뒤부터였다.

사고를 낸 퀵 서비스 기사는 로터리 가운데 내동댕이쳐지듯 크게 굴렀다고 들었다. 천만다행으로 퀵 기사의 부상은 사고 규모에 비해 가벼운 선에 그쳤지만 그가 운반하던 신소재 샘플은 난리 통에 분실되었다. 해외에서 비밀리에 입수해 온 에코 퍼 소재 10여 점과 해당 소재들을 분석해 우리 회사에서 모방 제작한 샘플 3종이 한꺼번에 증발한 것이다. 자체 제작한 상품 샘플이야 여분이 있기는 하지만 회사 기밀에 해당하는 부분이었고, 해외에서 입수해 온 레퍼런스 일부는 여분이 따로 없었기에, 따지자면 피해 액수가 이만저만이 아닌 대형 사고였다. 이런 상황에 우리 회사는 퀵 기사에게 보상을 해 줘야 하는가, 손배소를 걸어야 하는가. 이런 웃지 못할 소리가 한동안 직원들 사이에서 인사이드 조크로 통했다.

그런 배경에서 탄생한 새로운 지침은 아무래도 중의적으로 들릴 수밖에 없었다. 내부 자료 전달은 "안전 문제상" 직접 전달 및 수령을 원칙으로 합니다. 텍스처 랩과 디자인 랩에서 인원을 하나씩

지정해 제작 재료와 자료를 직접 운반하게 되었고, 텍스처 랩의 전달 담당 인원은 내가 되었다. 왜지? 나 핵심 인력 아니었나. 이사랑 같은 학교 나왔다고 좋아해 줄 때는 언제고 심부름꾼 신세를 만들어. 하긴 내가 생각해도 나만 한 적임자가 없었다. 말이 좋아 자료 전달이지 심부름이라고밖에 볼 수 없는 일을 전담해도 좋을 만큼 말단인 동시에 이사와 독대하며 자료 설명을 할 수 있을 만큼 전문성과 이해도가 높은 사람이 텍스처 랩에 나 말고 더 있나.

그리고 텍스처 랩은 인천 검암에, 디자인 랩은 서울 상암에 있었다.

선릉 본사 건물에 속해 있는 영업 부서와 경영지원실에서야 뭐, 검암이나 상암이나 거기서 거기 아냐? 둘 다 암으로 끝나고, 라는 식으로 만만하게 생각할지도 모르겠지만, 하루에도 몇 번씩 공항 철도에 올라야 하는 당사자의 입장으로서는, 조선 시대 파발꾼의 처지도 나보다는 나았겠다는 생각밖에는 들지 않았다. 희망은 오로지 내년으로 예정되어 있는 신사옥 이전뿐이었다. 상암 신사옥이 완공되면 수도권 각지에 드래곤볼 내지 사혼의 구슬 조각처럼 흩어져 있는 어패럴 사업부가 드디어 한곳으로 모이게 된다는 것. 그건 나만의 꿈이 아니었다. 전 직원의 드림스 컴 트루였다.

우리 회사 신사옥의 꿈에 젖어 있는 이들은 직원들 말고도 더 있었다. 신사옥 이전을 앞두고 우리 회사의 주가가 고공 행진을 이어가고 있다는 이야기가 뉴스에서 나왔다. 주가 높다는 얘기가 뉴스를 탄다는 건 끝이라는 얘기야. 더 오를 데가 없다는 말이라고. 주식 좀 한다는 친구들의 평가가 무색하게 우리 회사 주가는 계속 치솟았다.

그 추세에 제동을 건 것은 신사옥 이전을 추진한 장본인인 회장이 발작을 일으켜 병상 신세를 지고 있다는 소식이었다. 그건 뉴스에 나온 것도 아니고 증권가 찌라시에 도는 소문일 뿐이라는데도 기이할 만큼의 효과를 발휘했다. 회장 혼수상태설이 나돈 이후 주가는 종전 최고가의 80% 선까지 떨어진 상태에서 소소한 부침을 반복하는 패턴으로 고정되었다.

각각 F&D 사업부와 전자 사업부의 이사직을 맡고 있는 회장의 두 아들은 그러니까, 그룹 전체의 경영권 승계 후보로 지목되고 있는 만큼 신경 쓸 것이 많은 듯했다. 아버지의 뒤를 잇기에 부족함이 없다는 것을 증명 혹은 과시해 보여야 하는 한편, 아버지의 건재함이 의심받지 않도록 행동하여 회사의 가치를 보전하기도 해야 하니까. 그런 소모적인 신경전으로부터 상대적으로 자유로운 막내딸, 그 사람이 바로 우리 어패럴 사업부를 맡고 있는 채나연 이사였다.

"브리핑 부탁해요."

문을 두드렸을 때 들었던 목소리에서 피로를 느꼈던 건 역시 나의 착각이었을까. 이사는 위엄이 느껴질 정도로 반듯한 자세를 취하고 있었다. 블랙 보타이 블라우스 위에 입은 피치핑크 컬러 파워 숄더 재킷이 '나는 화사하지만, 그리 호락호락하지 않다.'라고 주장하고 있는 것처럼 보였다. 프로페셔널 모델이 아니고서야 이런 옷을 소화할 수 있는 사람이 채나연 정도밖에 없긴 하지. 나는 브리핑해야 할 샘플들을 테이블 위에 늘어놓으면서 생각했다.

"이게 전부인가요?"

"예? 예. 텍스처 샘플 전부 가져왔습니다."

"그거 말고요."

천사는 라이더 자켓을 입는다

"아, 네."

나는 가방 맨 밑에 넣어 두었던 상자를 꺼냈다. 우체국 1호 박스의 절반 정도 되는 부피의 상자. 부피에 비해 가벼워 한 손으로도 건넬 수 있는 물건이었지만 나는 양손을 모아 내밀었다. 텍스처 랩 개발 팀장으로부터 채나연 이사에게 별도 전달을 지시받은 물건이었다.

"고마워요."

이사는 상자를 받아 테이블에 올려 두고 껴안듯 양팔로 감쌌다. 텍스처 샘플 브리핑이 끝날 때까지 이사는 그 자세 그대로 있었다. 대체 뭐가 들어 있길래. 브리핑을 망칠 만큼은 아니지만 꽤 신경 쓰이는 일이기는 했다.

또 다른 사망자가 뉴스에 나온 것은 사흘 뒤의 일이었다.

이번에는 제1 야당 정치인이었다. 직전 타자가 여당 정치인이었다는 공교로운 사실이 사람들의 상상력을 여러모로 자극하는 듯했다. 이건 또 무슨… 농담 같은 건가? SNS에서는 웃기지도 않는다는 반응이 주를 이루었고, 언론은 신이 나서 미치겠다는 듯 직전 사망자와 이번 사망자가 고등학교, 대학교 동문이었다는 둥 사법 고시 합격 기수는 어느 정도 차이가 있다는 둥 과잉 정보를 마구잡이로 내보냈다.

그나마 직전 사망자는 점잖게 자택에서 죽음을 맞이한 반면 이번 고인은 고급 유흥업소 화장실에서 사망한 채 발견되었다는 부분이 여론을 더더욱 나쁜 방향으로 자극하는 것 같았다. 동문이니 정치인이니 하는, 사망 자체와 직접적인 관계가 없는 정보들을 제외하고 남는 공통점은 연령과 사인뿐이었다. 급성 심근경색. 그러니까, 그들의 급작스러운 사망을 안타깝거나 망연하다고 느끼는 유가족이나 지지자들의 심정이 이해가 안 되는 것은 아니지만, 심근경색이라는 것은 도대체가, 50~60대 남성이 집에서 자다가 또는 유흥업소에서 술을 마시다가 돌연히 맞아도 크게 이상할 것 없는 의료적 컨디션이 아닌가.

회의실 A에 예의 강력계 여자 경찰 두 명이 다시 찾아온 것은 늦은 오후의 일이었다. 마침 내가 텍스처 브리핑을 하고 있을 때였다. 이사와 나는 토너먼트를 붙이다시피 하면서 다다음 시즌 메인 소재에 대해 토의하고 있었고, 그 일이 거의 즐겁게까지 느껴지던 순간, 별안간 경찰이 들이닥친 것이었다. 경찰들이 총을 들고 들어오지도 않았는데 나는 갑자기 문이 벌컥 열린 것에 1차로 놀라고, 그들이 일전에 찾아온 적 있는 경찰들인 것을 알아보고 2차로 놀라, 양손을 펼쳐 어깨 높이로 들었다. 이사가 풋 하고 웃음을 터뜨렸다.

"재희 씨. 손 내려요."

경찰들은 전혀 웃고 있지 않았다. 이사에게 거의 황송해하는 태도로 수사에 매진하겠노라 약속했던 기억이 꿈이었나 싶을 만큼 차가운 태도였다. 자리를 피해 줘야 하려나. 들고 있던 샘플을 테이블에 내려놓고 무수리마냥 문 쪽으로 뒷걸음쳐 나가는 나를 이사가 불러 세웠다.

"나갈 필요 없어요."

경찰들은 서로 눈짓을 교환하더니 한숨을 폭 내쉬었다. 나가라는 거야 말라는 거야. 몸 둘 바를 모르고 문 앞에 엉거주춤 서 있는 사이 경찰들 중 한 명이 들고 있던 파일 케이스를 열었다.

"알아보시겠어요?"

화질이나 구도를 보았을 때 블랙박스 화면을 캡처한 듯한 그 사진에는 검은색 마스크를 끼고 검은색 상의를 입은 여자가 찍혀 있었다. 화면이 어둡고 초점이 불분명한 데다 마스크를 쓰고 있어 잘 식별되지 않는 얼굴 생김새보다는 상의 디자인이 먼저 눈에 들어왔다. 약간 번뜩임이 고여 있는 소재며 절개선이 들어간 모양으로 보아 라이더 재킷 같았다.

"이건 라이더 재킷 같네요."

이사의 의견도 마찬가지인 듯했다. 의상 자문이라도 구하러 온 게 아니고서야, 아니 의상 자문을 받고 싶으면 어떤 디자이너든 찾아가면 될 것을, 굳이 채나연 이사한테 확인받아야 할 이유가 있었을까?

"이 사람, 알아보시겠냐고 여쭤봤습니다."

그렇게 찍힌 사람을 어떻게 알아봐? 마스크를 쓰고 있는 데다 화질이 나쁜데. 그 사람 엄마한테 보여 줘도 몰라보겠다. 생각이 여기에 이르자 질문이 다르게 들렸다. 사실상 그건 이 사람 당신 아니냐는 의미를 담고 있는 질문이었다. 이사는 웃었다.

"그런 사진으로 어떻게 사람을 알아보나요."

경찰들은 대답하지 않았다.

"어제 사건 때문에 오신 거면 대충 강남에서 찍힌 자료겠고요."

이사가 신중하게 말을 이었다. 사진의 주인공이 자기인 것으로 의심받고 있다는 사실을 이사도 알아차린 듯했다.

"맞습니다."

"몇 시에 찍힌 거죠?"

"오후 10시경입니다."

"그 시간에 제가 선릉 본사에 있었으니까 지리적으로 가깝기는 하겠는데, 저는 어제 전혀 다른 옷을 입었어요. 스웨이드 재킷은 사진에 이렇게 안 나오죠. 제가 어제 입은 옷을 기억하는 사람도 많을 거고, 구태여 증언 모을 것도 없이 본사 쪽 폐쇄 회로 카메라를 확인해 보셔도 되고요."

"옷이야 갈아입으면 되는 것 아닌가요?"

캡처 화면 자료를 들고 있던 경찰이 말했고 곧 아차 하는 기색이 그 얼굴을 지나갔다. 이것 당신 사진 아니냐는 말을 대놓고 해 버린 것과 마찬가지였다. 이사가 스스로를 변호하기 위해 간접적으로 그 전제를 표현하는 것과, 경찰이 그 전제를 이사 앞에 엎지르는 것은 차원이 다른 문제였다.

"그러면 출석 요구서를 보내세요."

이사가 웃으면서 말했다.

"감당할 수 있으면."

소름이 돋을 만큼 냉정한 태도였다. 말실수를 저지른 경찰을 대신해 다른 한쪽이 들릴락 말락 한 소리로 실례했습니다, 하고는 동료를 끌고 나갔다. 이사는 깍지 낀 손에 이마를 괸 채로 깊은 한숨을 내쉬었다.

어쩌면 저렇게 무례할 수가 있지. 닫힌 문을 멍하니 바라보며 나는 생각했다. 제작 1팀 팀장의 말이 옳았다. 조사 대상이 채나연 이사가 아니라 다른 재벌가 자식이었다면 절대로 이런 식으로 쳐들어오지 못했을 것이다. 정중하게 돌려 쓴 공문 같은 걸 띄워

천사는 라이더 자켓을 입는다

밖에서 따로 만나거나 은밀히 소환하거나 했겠지. 애초에 함부로 의심조차 하지 못했을 가능성, 웬만하면 적당히 쉬쉬했을 가능성도 적지 않다. 아이러니하게도 채나연의 신분은 오히려 약점으로만 작용하는 듯했다. 참고인 조사 형식이랍시고 조사 요청 서류도 없이 찾아오는 것은 이사가 도주하지 않을 사람이라는 확신을 가지고 집적거리는 것이었다. 경찰이 재벌가에게 쫄지 않는다는 것을 보여 주기라도 하고 싶은 걸까. 개중 그나마 만만한 채나연을 보란 듯이 물어뜯으면서.

"재희야."

"네?"

입사한 이후로 이사는 내게 하대한 적이 단 한 번도 없었다. 귀를 의심하며 대답하자 이사는 고개를 숙인 자세 그대로 긴 한숨을 내뱉었다.

"정말 내가 그랬을 것 같아?"

"네? 아니요."

"정말 내가 그랬으면… 어떨 것 같아?"

"네?"

"농담이에요."

이사는 고개를 들었다. 방금 들은 웃음소리가 환청이었나 싶을 만큼 냉정한 얼굴이었다. 무슨 그런 농담을. 당신이 그럴 사람이 아니라는 것은 내가 제일 잘 알고 있어. 나는 이사에게 보이지 않게 뒷짐 진 양손을 서로 단단히 쥐었다. 나는 채나연을 알았다. 이사 채나연 이전의 채나연을. 내가 아는 채나연은, 내가 아는 그 누구보다도 다른 사람을 죽일 리가 없는 사람이었다. 이 문제에 관해서라면 나 자신보다도 언니를 믿을 수 있었다.

　"그 에세이 A 받는 법 알려 줄까요?"

　그것이 언니가 나에게 처음으로 건넨 말이었다.

　나연 언니와 나는 유학 시절에 처음 만났다. 우리가 다닌 패션
스쿨은 실력 있는 교수진으로 유명하고 학비가 어이없을 만큼
비싼 데다, 관련 업계 인사의 추천서 없이는 입학이 아예 불가능한
곳이었다. 이제 막 패션을 전공하려는 참인 보통 학생이 대체 무슨
수로 글로벌 패션 브랜드의 디자이너나 경영인으로부터 추천서를
받는단 말인가. 그건 배경이 뒷받침되지 않는 학생은 받지 않겠다는,
별로 숨길 생각도 없는 의도에서 비롯된 방침이었다. 한 학년에
유색인종 학생을 많아야 서너 명 정도밖에 받지 않는 것 또한
아마 같은 의도에서 나온 방침이었을 것이다. 뭔가를 교묘하게
또는 대놓고 배제하는 방식을 통해서 학교의 브랜드 네임을
유지하겠다는 의도. 당연히 입학생 중 한국인은 더더욱 드물었고,
따라서 그건, 내가 입학하고 처음으로 들은 한국말이었다. A 받는
법을 알려 주겠다는 말. 형식만큼 내용도 매우 한국적인 메시지였다.
처음 보는 사람한테 시험 족보를 알려 주며 대화를 시작하는
동포라니.

　"옷에 대한 동화 중에 제일 좋아하는 걸로 시작해요."

　아마 나는 꽤 미심쩍다는 표정을 짓고 있었을 것이다. 패션
명문교의 1학년 필수 이수 수업 'The History of the Fashion'의 첫
에세이를 동화로 시작하라고?

　"어차피 뭐 쓸 건지 감 못 잡고 있잖아요? 나 믿고 한번 그렇게 써

봐요. 아니면 혹시 동화가 생각이 안 나나?"

언니는 의자를 끌어 내 옆으로 오면서 말했다. 언니의 말이 맞았다. 에세이 주제는 '나와 옷의 역사'였는데, 처음으로 쓰는 영어 과제인 것은 둘째치고 뭐라고 써야 할지, 도대체가 헛소리 한 가닥 생각이 안 나서 끙끙거리던 참이었다.

"옷에 관한 동화 많잖아요. 〈은혜 갚은 학〉이라든가."

"그건 뭔데요?"

"일본 동화인데, 목숨을 구해 준 은인을 위해 자기 깃털을 뽑아서 천을 짜는 학 이야기."

"듣고 보니까 마음에 드는데 일본 동화라니 안 되겠네요. 그걸로 쓰면 일본인인 줄 알 것 같아요."

딱히 농담으로 한 말이 아니었는데 언니는 웃었다.

"그럼 뭐가 좋아요? 우리나라 동화 중에."

"〈선녀와 나무꾼〉으로 써 볼까?"

"그건 사기 결혼 얘기잖아요. 정말 그게 좋아요?"

"아, 생각났다. 〈도깨비 감투〉. 〈도깨비 감투〉 얘기 좋아해요."

"그거 좋아하는 거 보니까 뭔가 큰 비밀이 있나 보네."

"뭐예요, 그건. 심리 테스트?"

"그렇다기보다는 이 에세이 A 받는 요령에 가까운 얘기죠. 어린 시절부터 좋아했던 옷에 관한 동화 요약, 그 이야기에 내가 끌린 이유는 무엇인가 셀프 분석, 동화 분석으로 알게 된 나의 흥미와 관련된 개인적인 에피소드 몇 개 추가, 진출하고 싶은 분야에 대한 생각으로 끝. 참고로 〈신데렐라〉는 쓰면 안 돼요. 최소 다섯 명은 그걸로 쓰고 있을 테니까."

언니는 어디서 그런 요령을 터득했을까. 나는 언니 말대로 에세이를 구성해 마감을 아슬아슬하게 앞두고 제출했고, A 마이너스를 받았다. 교수의 코멘트가 길었다. 미스 채가 썼던 방식 그대로 쓰는 학생이 워낙 많아져서 독창성 면에서는 높은 점수를 주기 어렵지만 정체성과 관련된 자기 문화권의 동화를 인용한 것은 훌륭했고, 2학년 진급 시에는 텍스타일 전공을 고려해 보면 좋겠다. 요약하면 그런 이야기였다.

나는 내 전공에 대한 코멘트보다 점수를 깎은 이유에 흥미를 느꼈다. 어디서 얻어 온 족보에서 본 게 아니라 언니가 창시한 방법이었구나. 패션 전공, 그것도 어지간한 부잣집 자제 아니면 다니기 어려운 학교 학생이면서 너무 아무거나 대충 주워 입고 다니는 것 같아서 솔직히 허술하게 봤는데, 대단한 사람이구나. 나는 차림새만 보고 언니를 마음대로 판단해 버린 것에 새삼스러운 부끄러움을 느꼈고, 언니가 귀국한 다음에야 그 대단한 사람이 재벌가 자식이기도 하다는 사실을 알았다. 이거 봐 재이, 나이욘이 뉴스에 나왔어. 어느 날 동기가 호들갑을 떨며 보여 준 유튜브 영상 속에서 언니는 생로랑 재킷을 입고 인터뷰를 하고 있었다.

"나이욘이 채볼이야?"

경영진이 가족들로 구성되어 있는 한국의 대기업들을 영어로도 재벌(chaebol)이라고 한다는 사실 또한 그때 알았다. 어쩐지 밥을 너무 잘 사 주더라니.

채나연이 살인 같은 걸 할 만한 사람이 아니라고 믿는 첫 번째 근거는 그런 것이었다. 너무 뛰어난 사람은 누구한테 미움을 받을망정 다른 사람을 미워할 일이 없다. 가령 대기업 이사쯤이나

되는 언니는 지하철을 탈 일이 없으니 지하철 광인을 보고 확 죽어
버렸으면 좋겠다는 생각 같은 걸 할 일도 없잖아. 모두가 알고 있듯
부유함이 선량함으로 일대일 환산되지는 않지만, 부유함은 때로 한
사람을 모종의 악의와 적의로부터 완벽하게 차단해 주기도 한다.
어떤 살인에나 동기가 있게 마련이다. 하다못해 사이코패스의
연쇄살인에도 쾌락이라는 동기가 있다. 동기는 곧 콤플렉스고,
콤플렉스는 결핍에서 비롯된다. 내가 아는 한 채나연에게 결핍
같은 것은 없었다. 돈 많지, 유능하지, 그 자존심 강한 뉴욕 패션
스쿨 아티스트들로부터 끊임없이 모델 제안을 받을 만큼 외모마저
매력적. 같이 학교에 다니는 내내 나는 언니의 '옷걸이'가 아까워
미쳐 버릴 지경이었다.

　그렇다고 성품은 별로인가 하면, 다른 장점들이 워낙 눈에
띄어서 그렇지, 언니는 타고난 성품도 매우 선량한 사람이었다.
한번은 내가 눈보라를 뒤집어쓰며 학교에 간 적이 있는데, 언니는
나를 보자마자 얼어붙은 내 양손을 끌어 자기 목에 둘렀다. 눈
깜짝할 새 일어난 일이었다. 나는 너무 놀라서 언니의 손을
뿌리치다시피 하며 언니 목을 놓았다. 내 손이 너무 차가워서 언니
목은 거의 뜨겁게 느껴지기도 했고, 평소에는 스킨십을 극도로
꺼려서 팔짱 한 번 긴 적 없는 언니가 갑자기 목을 만지게 해 준 것이
어색하기도 해서였다.

　이 사람 미쳤나 봐. 내가 별안간 자기 목을 조르기라도 하면
어쩌려고. 나를 그 정도로 믿는 거야, 아니면 누구에게나 이렇게
해 주는 거야? 제발 언니가 누구에게나 그렇게 해 주는 것은
아니기를 바랐다. 손끝에 머문 희미한 열기가 언니의 목에서 전해진

것인지 갑작스러운 일에 가슴이 뛰어 빠르게 도는 피 때문인지를 의식하면서. 정적이 흘렀다. 언니는 조금 사이를 두고 나를 라디에이터 곁으로 데려갔다. 손목을 잡아도 될 것을 굳이 소매를 잡아서. 그제서야 언니가 평소의 언니처럼 보였다. 스킨십이 서툴러 아무리 가까운 사람이라 해도 살을 맞대지 않는 나연 언니.

　우리 학교는 그 비싼 학비를 받으면서도 어쩐지 맨해튼이 아니라 퀸스 쪽에 있었는데, 학교에서 서너 블록만 걸어 나가도 곧바로 치안이 나쁜 구역이 나왔다. 당시 학교 앞을 매일 지나다니던 노숙인은 늘 잡동사니가 잔뜩 든 손수레를 끌고 다녔고 그 뒤를 손수레보다 더 큰 개가 따라다녔다. 손수레 끄는 노숙인은 우리 학교 학생들을 보면, 교복을 입은 것도 아닌데 귀신같이 학생인 것을 알아보고는, 큰 소리로 욕을 했다. 일부러 까불거리며 그를 도발한 다음 도망치는 학생들이 꽤 있었다.

　영원히 학교의 네거티브 명물로 기억될 것 같던 그는 갑자기 죽었다. 나와 언니는 한인 식당에서 밥을 먹다가 그가 나오는 뉴스를 봤다. 노숙인은 서로 다른 인종의 갱들 사이에서 벌어진 작은 분쟁에 휘말려 죽었다. 마주칠 때마다 다 빠진 이빨들 사이로 무시무시한 욕설을 내뱉어 너무 무서운 사람이었지만 그래도 안다면 아는 사람이었는데, 돌연히 사망했다니 기분이 묘해서 언니 눈치를 살폈더니 언니는 울고 있었다.

　플루토.

　언니는 그렇게 말하고 식당 밖으로 뛰어나갔다. 플루토는 노숙인이 키우던 개의 이름이었다. 플루토는 꽤 큰 개라서 주인 없이 떠돌다가는 사살될 가능성이 높았다. 그렇지만 원래도

천사는 라이더 자켓을 입는다

떠돌이 개였을 터라 알아서 잘 생존하지 않을까, 원래 주인이었던 노숙인도 그리 성심껏 돌보지는 않았을 텐데. 내가 그렇게 생각했을 때는 언니는 이미 뛰어나간 다음이었다. 늦은 밤에 학교로 돌아온 언니는 어떻게 구해 낸 것인지 플루토와 함께였다. 언니는 귀국할 때도 플루토를 데리고 갔다. 동기가 보여 준 인터뷰 외의 언니가 나온 영상을 나중에 좀 더 찾아보았는데, 몇 안 되는 영상 가운데 플루토가 나오는 것도 있었다. 언니 뒤에서 빗자루만 한 꼬리를 흔들며 덩실덩실 뛰는 플루토는 행복해 보였다.

언니가 모든 면에서 도덕책 같은 사람이라고 보기는 어려워도, 생명과 관련된 부분에서는 도덕책보다 더한 사람이라고 할 수 있었다. 우리 회사 제품들이 크루얼티 프리 비건 소재들로 제작되는 것 또한 이사인 언니의 뜻에서 비롯된 것이었다. 하물며 노숙인이 돌보던 떠돌이 개도 소중히 여기는 사람이다. 채나연이 살인을 저지를 거라 의심하는 사람들은 정말 채나연에 대해서 눈곱만큼도 몰라서 그런 생각을 하는 거다. 나는 한 치의 의심도 없이 그렇게 믿었다.

퇴근길에 심근경색과 관련된 최근 뉴스들을 검색했다. 심근경색을 피하는 법에 대한 건강, 생활 기사들을 걸러 가며 세어 보니, 최근 사망했으되 사인이 심근경색으로 기사화된 유명인은 다섯 명이었다. 가장 젊은 사람은 30대 후반의 스타트업 대표였고 제일 나이가 많은 사람은 70대의 기업가였다. 스타트업 대표라면 과로로 심장에 무리가 오기 쉬운 조건에 놓였을 것 같았고 70대에 심장 질환이 왔다면 그건 그것대로 이상할 것 없는 일 같았다.

그러니까 이렇게 말하기는 조금 미안하지만… 죽을 만해서 죽은 것 같다는 생각을 지울 수 없었다. 사망자들의 직업은 연예인, 정치인, 기업가. 그중에서도 렌털 서비스 스타트업과 식품 대기업 대표, 여당과 야당 중진, 여기에다 사극 전문 중년 배우. 말하자면 유명하다는 것 말고는 공통점이 없는 사람들이었다.

전부 남성이라는 것도 공통점으로 봐야 할까? 일전에 공항 철도에서 불쑥 어떤 장년 남성이 외쳤던 말처럼, 남혐이 문제였을까? 남혐 살인일까? 이게 살인… 일까?

아니라면, 경찰은 대체 왜 이사를 찾아온 걸까?

목을 길게 빼고 스마트폰을 내려다보고 있던 차에 주식쟁이 친구로부터 메시지가 왔다.

니네 회사 찌라시 또 나왔다

증권가 찌라시에 또다시 우리 회사 이야기가 언급된 모양이었다. 친구는 찌라시 내용을 대강 요약해 들려주었다. 신생 어패럴 사업부를 성공리에 경영하고 있는 젊은 기업인 C가 최근 장년 남성 연쇄 사망 사건과 관련해 경찰 조사를 받았고, 경찰은 참고인 조사를 했을 뿐이라고 둘러대고 있지만 실은 참고인이 아니라 용의자로 의심하고 있다는 설.

머릿속에서 끔찍한 소리가 났다. 끄트머리에 작게 칼집을 낸 천을 아주 빠르게 찢는 듯한 소리가.

어느 모로 보아도 경찰이 이사를 의심하고 있는 것은 분명했다.

천사는 라이더 자켓을 입는다

그런데 대체 무슨 근거로? 닮은 부분이 없는 유명인 남성들이 심근경색으로 숨지는 사건이 발생하고 있다, 그리고 그중 몇 건과 관련해서는 고인의 사망 시각과 비슷한 시간대, 고인과 가까운 위치에 채나연 이사가 있었던 것으로 확인되었다…. 경찰은 채나연 이사가 주변에 있었기 때문에 그들이 죽은 것이 아닌가 의심하고 있다. 생각이 여기에 이르자 어이가 없어서 웃음이 나려고 했다. 적어도 내게는, 차라리 유명인 남성들 사이에서만 확산되는 전염병 같은 것이 존재하며 심근경색이 바로 그 질병의 증세라는 가설이 훨씬 설득력 있어 보였다. 비록 그 가설은 방금 내가 생각해 낸 것이었지만.

설령 경찰의 의심이 진실로 밝혀진다 해도, 이사가 가까이에서 원인을 제공했기 때문에… 그러니까 이사가 그 남자들을 죽인 게 맞다고 쳐도, 이사에게는 마땅한 범행 동기가 없어 보였다. 동기를 짐작하려면 죽은 남자들의 공통점을 먼저 파악해야 할 텐데, 아무리 찾아봐도 그들 사이에는 유명하다는 것과 남자라는 것을 빼면 공통점이 없는 듯이 보였다. 서로 거의 적대적인 위치에 있는 정치인들과 서로 다른 업계의 기업인들과 사극에 자주 나오는 감초 배우? 명성도 재산도 채나연을 압도할 만큼은 아닌 점이 공통점이라면 공통점일까?

며칠 전 공항 철도 안에서 남혐 살인이라고 크게 떠들던 장년 남자가 문득 생각났다. 혹시 그의 말이 맞았을까? 그냥 남자라서 그렇게 된 거였을까?

정말 내가 그랬으면 어떨 것 같아?

이사가 중얼거린 그 말은 자백보다는 자조에 가깝게 들렸다.

경찰이 말도 안 되는 이유로 자기를 의심하고 있음에 너무 피곤해지고 스트레스를 받아, 차라리 정말 자기가 그랬으면 억울하지나 않겠다고 자조한 것 같았다. 그렇게 생각하니 나까지도 화가 나려고 했다. 그렇지만 만에 하나 언니가 뜬금없이 한 그 말이 정말 자백이었다면… 오직 나에게만 털어놓고 싶었던 비밀이 맞다면… 그렇다면, 어떻게 해야 하지?

무언가 미싱 링크가 있는 듯한, 앞뒤를 연결하는 부품 하나가 사라진 듯한 위화감이 들었지만 그게 대체 무엇인지, 나로서는 도무지 짐작할 수 없었다.

언니가 학교를 떠난 지 2년 만에 나도 학업을 마치고 귀국했다. 개인 브랜드 런칭에 도전한 것은 자연스러운 수순이었다. 입학하기 전부터 꿈꾸었고 학교에 다니는 동안에도 내내 구상해 왔으니까. 준비 기간에만 1년이 걸린 첫 브랜드를 접은 것은 런칭 7개월 만의 일이었다. 내 이름을 딴 레이블을 갖는 기쁨 자체는 꿈꾸던 그대로였지만, 막상 사업에 뛰어들고 보니 경영과 디자인을 겸하는 것은 사람이 할 짓이 아닌 것 같았다. 동업자가 간절히 필요했지만 막상 구하려니 믿을 만한 사람이 없었다. 내가 공감할 수 있는 패션 철학을 지닌 사람이어야 경영에 참여시킬 수 있는데, 그런 사람을 경영에 참여시키려면 디자인에도 발언권을 줘야 한다는 점이 싫었다. 그러니까 혼자 다 할 역량은 안 되지만 혼자서 하지 않으면 의미가 없다는 모순 때문에 개인 브랜드 사업은 지속할 수가 없다는 결론에 이르렀다. 단시간이었지만 그사이 확인한 바, 시장 반응이 아주 나쁘지는 않았던 첫 브랜드를 정리하고 대기업 입사에

도전한 것은 바로 그런 이유에서였다. 나는 좀 더 팀업에 대해 배울 필요가 있겠다. 이번에는 협업 위주의 현장 체계 속에서 작업을 좀 배워 보자. 개인 브랜드 운영의 기록이 그대로 포트폴리오가 되었고, 면접에서는 이사님하고 같은 학교 나오셨네요, 라는 질문 아닌 질문을 들었으며, 자연히 맡겨 놓았던 것을 되찾듯 사원증을 받았다. 꼭 나연 언니의 회사여서 지원한 것은 아니었지만 곧 만날 수 있을지도 모른다는 생각에 설레기는 했다.

입사 지원 당시 거의 신생 부서였던 어패럴 사업부는 창의적이고 자유로운 분위기에 대기업 특유의 문화가 녹아 기묘한 공기를 형성하고 있었다. 본사의 경력 직원이 부서 이동을 한 경우가 대다수인 경영 파트와 소통하려면 소위 기업 문화라는 것을 체득할 수밖에 없었는데, 이를 위한 첫 단계로서 어패럴 사업부의 신입 사원들 역시 그룹 전체 신입 사원과 같은 연수를 받았기 때문이었다.

신입 사원 연수 과정에서 쓰인 교재에 실린 '기업사(史)'의 분량은 다섯 쪽 정도에 불과했고 그중에서도 현 회장 일가의 가족사를 언급하는 부분은 네댓 줄이 될까 말까 했지만, 일일 강사로 나서서 기업사 프레젠테이션을 맡았던 임원은 전체 강의 시간 120분 중 50분을 할애해 회장 일가의 가족사를 소개했다. 마치 왕국을 통치하는 일가에 대하여 너희 백성들이 몰라서야 되겠느냐는 듯한 태도였다. 전 회장의 막내 조카로서 계열사 공장을 운영하던 현 회장이 그룹 전체 경영의 중심으로 이동하게 된 사연은 더더욱 그렇게 들렸다. 왕실의 적통을 궁내에서 찾기 어렵게 되자 왕국 전체를 뒤져 왕가의 피를 이은 아들을 기어이 찾아내 왕관을 씌우고 말았던 역사의 한 페이지처럼. 그렇게 왕위에 오른 이들이 나무하러 다니고 짚신 삼으며 살던 과거의 단순한 삶을 그리워하며 시름시름 앓다 죽은 반면, 현 회장은 경영에 완벽하게 적응하여 철권통치를 시작했다는 점이 차이라면 차이일까.

그때 임원이 열정적으로 설명했던 회장 일가 가족사 가운데에는 원래 의대생이었으나 아버지가 기업 경영에 참여하게 되면서 전공을 바꾸어 뉴욕으로 패션 유학을 떠나는 딸에 대한 이야기도 있었다. 반쯤 졸며 듣던 이야기가 갑자기 흥미진진해졌다. 강사는 '큰 그림'이라는 표현을 반복해서 사용했다. 큰 그림. 본과 진입을 포기하고 뉴욕으로 유학을 떠나는 큰 그림. 기업의 알토란 사업들은 오빠들이 나누어 맡게 될 것을 알고 신사업 런칭을 꿈꾼 큰 그림. 유학을 마치고 신사업을 전개할 어패럴 사업부를 만들고 고급 백화점 매장과 SPA 매장에 대한 이원 전략으로 유통망 경영까지 공략한 큰 그림.

"혹시 이 사람 아십니까?"

A룸에 들이닥친 경찰들이 보여 준 것은 또 다른 CCTV 화면 캡처였다. 일전에 보여 주었던 것에 비해 화질이 선명했다. 이제 아주 제집 드나들듯 하는구나. 개발 팀장의 전달 건 때문에 A룸에 와 있던 나는 한 발짝 떨어진 곳에서 이사와 경찰들을 바라보며 그렇게 생각했다.

"안다고 해야 하나…."

이사는 신중한 표정으로 말했다. 옆얼굴만 봐서 단언하기는 어렵지만 경찰들의 표정이 경직되는 것 같았다. 언니가 그 사람을 알면 어떻게 되는 건데?

천사는 라이더 자켓을 입는다

"어떻게 아시는 사이죠?"

"저희 회사 물품을 배송한 적이 있는 퀵 서비스 기사 같은데요."

경찰들은 서로 눈빛을 교환했다.

"이 사람이 왜 이사님을 따라다닐까요?"

"이 사람이 저를 따라다니나요?"

이사는 놀라며 말했다.

"왜 그럴까요? 저희 회사에서는 보상을 충분히 했고, 다행히 인명 사고까지는 나지 않아서 저도 직접 사과드리고 잘 마무리했다고 생각했는데."

아, 그 자식이구나. 사고를 내서 나를 파발꾼으로 만들어 버린 녀석. 그가 크게 다쳤거나 목숨을 잃었다면 나는 원망할 엄두를 내지 못했을 것이다. 그가 입은 피해보다는 우리 회사에 끼친 손해가 더 막심했고 그게 나에게까지 영향을 미쳤기 때문에 나는 마음껏 그를 욕할 수 있었다.

"이후에 이 사람이 이사님께 직접 접촉한 적은 없다는 겁니까?"

이사는 어깨를 으쓱해 보이고는 말했다.

"확실히 말씀을 해 주세요. 사람이 죽을 때마다 마침 근처에 제가 있었고, 우연인지 일부러 따라온 건지는 모르지만 그 사람도 늘 거기에 있었다고. 그런가요?"

경찰들은 다시 한번 서로 눈빛을 교환했다. CCTV 자료를 갖고 있던 경찰이 대답했다.

"이사님이 계셨던 것으로 확인된 현장은 세 군데가 있고, 그중 두 군데에 이 사람도 있었습니다."

"세 군데? 그중 하나는 그 룸살롱인가 가라오케인가 아닌가요.

그건 빼 주셔야죠."

경찰들은 둘 다 입을 꾹 다물고 있었다.

"그분은 일단 직업이 퀵 서비스 기사니까 서울 어디에서 눈에 띄어도 이상할 것 없다고 생각하는데요. 저도 일단은 조심을 하긴 해야겠네요. 제게 앙심을 품고 따라다니는 거라면 저야말로 위험한 상황에 처한 거니까요."

"이 사람이 스턴트 전문 배우라는 것도 알고 계신가요?"

경찰의 말에 이사는 눈을 커다랗게 떴다가 미간을 좁히며 다시 가느다랗게 만들었다. 뭔가 짐작 가는 바가 있다는 듯.

"스턴트 배우라면 사고를 일부러 냈을 가능성도 있겠네요."

그 말을 들으니 내 눈까지 크게 뜨였다. 경찰들은 귓속말을 주고받더니 목례하고 자리를 떴다.

"그 인간 산업 스파이 아니에요? 일부러 사고 내고 샘플 빼돌린 거 아니냐고요."

A룸 문이 닫히자마자 내가 흥분하며 달려들자 이사는 웃었다.

"지난 일이잖아."

적어도 내게는 지난 일이 아니었다. 많으면 하루에 서너 번까지 상암과 검암을 오가는 신세가 된 내게는. 그런데 개인적인 분노를 차치하고 생각해 보아도 이사의 태도에는 미심쩍은 구석이 있었다. 그게 단순히 지난 일이라고 일축할 수 있는 일이었나?

밀봉된 상자를 이사에게 건네고 검암 텍스처 랩으로 돌아가는 내내 그 생각이 머리를 떠나지 않았다. 채나연 이사가 뭔가를 숨기고 있는 것은 분명했다. 그렇지만 대체 무엇을?

그날 밤에도 어떤 유명한 남자의 심장이 멈췄다.

천사는 라이더 자켓을 입는다

내가 개발 팀장한테서 받은 무언가를 이사에게 전달할 때마다, 남자가 하나씩 죽었다.

언니가 복식사 수업 첫 번째 에세이에 어떤 동화를 인용했는지는 물어보지 않아도 알 수 있었다. 〈당나귀 가죽〉. 그건 언니의 별명이기도 했다. 처음에는 그게 너무 나쁜 별명이라고 생각했다. 늘 세컨핸드 의류, 그중에서도 굳이 허름하고 칙칙한 것만 골라 걸치고 다니는 언니를 비꼬는 거라고.

〈당나귀 가죽〉이라는 동화는 구전동화가 아니고 원작자가 있는 이야기다. 〈신데렐라〉의 원저자이기도 한 샤를 페로가 쓴 또 다른 작품으로, 두 이야기에는 손발에 딱 들어맞는 퍼스널 커스텀 아이템으로 인해 주인공의 정체가 밝혀진다는 공통점이 있다. 〈당나귀 가죽〉의 시작 부분에서 주인공 공주는 아버지로부터 달아나는데, 공주의 친아버지인 왕이 공주에게 청혼하기 때문이다. 그것은 원전에서부터 명확하게 밝혀져 있는 갈등의 시작점이다. 여러모로 〈신데렐라〉 이야기와 유사한 이 이야기에서는 〈신데렐라〉에서처럼 요정 대모도 나오는데, 요정 대모는 공주에게 왕이 아끼는 당나귀 가죽을 결혼 선물로 요구하라 조언한다. 왕은 금은보화를 배설하는, 그러니까 국가 재정의 근본이나 다름없는 요술 당나귀를 죽여 공주에게 선물하고, 공주는 그 가죽을 뒤집어써서 흉측한 모습을 가장하여 왕국 바깥으로 달아난다.

왜 〈당나귀 가죽〉이었을까. 무슨 그런 얘기를 에세이에 쓴담. 정말 이상한 사람이다. 너무 이상해서 그에 대한 생각을 멈출 수가 없었는데 막상 언니와 마주치면 잊어버려서 어째서 〈당나귀

가죽〉을 선택했는지 도통 물어보지 못했다. 대신에 언니가 어떤
방식으로 에세이를 썼는지는 복식사 수업에서 교수를 통해 들을
수 있었다. 어떤 의상은 드러내고 싶은 정체성을 표현해 주고 어떤
의상은 감추고 싶은 정체성을 은닉해 준다. 〈당나귀 가죽〉은 어떤
정체성을 입을 것인지가 선택의 영역이라는 것을 처음으로 알게 해
준 이야기다. 언니는 그렇게 썼고, 교수는 언니의 글에 대해 언급한
다음 최초의 의상과 관련된 기록들에 대한 수업을 이어 갔다.

　입고 있는 옷이나 입고 있지 않은 옷 때문에 그 사람의 본질이
변하지는 않는다. 당나귀 가죽을 뒤집어쓰고 있을 때도 공주는
자기가 공주라는 사실을 기억했다. 한참 뒤에 동기가 보여 준 언니의
인터뷰 영상을 감상하면서 나는 문득 그렇게 생각했다. 왜 내
깨달음은 매번 이렇게 한 발짝 뒤늦을까. 그런 생각도 했던 것 같다.

　경찰들이 이사에게 퀵 서비스 기사 겸 스턴트 배우의 사진을
보여 준 날 죽은 남자는 60대에 접어든 가수로 한국 가요계의 큰
별이라 불리는 사람이었다. 10대 아이돌 그룹과 30~40대 트로트
가수들이 연말 시상식 마지막 무대에서 다 같이 입을 모아 부를 만큼
누구에게나 사랑받는 국민 가요를 만들어 불렀고, 여전히 왕성한
활동을 이어 가던 사람.
　그의 죽음은 그전까지의 사망 사건들과 다르게 살인으로
보도되었다. 연예인 2세로서 그 자신도 연예 활동을 하고 있는,
그러나 아버지만큼의 명성은 쌓지 못한 그의 아들이 부검을
요청했고, 시신에서 주사 자국이 발견되었다. 처음에는 약물
주입이 의심되었으나 공기를 주입해 인위적으로 색전을 일으킨

것으로 판명되었다. 그의 사인은 뇌색전이었지만 혈관 공기 주입은 심근경색 또한 유발할 수 있는 행위이기 때문에 경찰은 이전 사망 사건들과의 연관성을 조사하고 있다고 했다.

'공기 주사'라는 말이 실시간 검색어 1위를 기록했다.

상황이 여기에 이르자 회의실에 쳐들어오는 경찰들의 의심을 인정할 수밖에 없게 됐다. 채나연 말고는 이런 일을 할 수 있는 사람이 없었다. 고인들은 워낙에 유력하고 부유해서 사적 공간의 방범은 물론 개인 경호에도 철저할 법한 이들이었다. 비슷하게 혹은 월등하게 유력하고 조금이라도 면식이 있는 사람이 아니라면, 죽이는 것은 고사하고 접근 자체가 쉽지 않을 만한 인물들. 그들에게 자연스럽게 접근할 수 있을 정도의 계층에 속해 있고, 그에 더하여 공기를 어디에 얼마나 주입해야 사람이 죽음에 이르는지를 알 만큼의 의학적 지식이 있는 사람이어야 용의자가 될 수 있었다. 유력함과 의학적 지식, 두 가지 조건을 다 갖춘 용의자가 채나연 이사 말고 또 있을까. 제발 있었으면 좋겠다는 생각이 들었다. 언니가 범인이 아니었으면 좋겠다고 생각했다. 만약 언니가 맞다면, 정말 언니가 그런 거라면, 어디에도 증거가 남아 있지 않기를 바랐다. 그간 사망이 보도된 남자 유명인들의 장례가 어떤 방식으로 치러졌는지를 검색해 보기까지 했다. 다행히 모두 화장이었다. 그런 일을 다행이라고 생각하는 나 자신에게 경악하면서 검색 사이트 창을 닫았다.

언니가 도대체 왜 그랬을까 하는 의문은 그다음에야 떠올랐다. 왜 여야 정치인을 각각 한 명씩 죽였을까. 장년의 대기업 임원과 30대의 스타트업 대표는 왜 죽였을까. 배우 하나, 가수 하나를 죽인 것은 형평성을 감안한 결과이기라도 한 건가. 사망이 보도될 만큼 유명하지 않은 사람은 하나도 죽이지 않았을까? 심지어 죽은 사람들 중 한 명은 친구의 아버지라고 하지 않았던가?

생각에 골몰해 있던 참에 내선 전화가 울렸다.

"재희야."

나연 언니였다.

"지금 사무실에 사람 많아?"

나는 아무도 없다는 것을 알면서도 굳이 텍스처 랩을 한 바퀴 둘러보았다. 인편으로 자료를 전달하는 것보다 중요한 업무가 내게도 얼마든지 있었기에, 야근이 그리 드문 직종이 아닌 것을 감안해도 나의 퇴근 시간은 상당히 늦은 편이었다. 그럼에도 나는 오늘따라 사무실에 나밖에 없는 것 또한 언니의 어떤 수작에 의한 결과가 아닌지 괜스레 의심하며 대답했다.

"나밖에 없어."

언니에게 존대를 쓰지 않고 말하는 것은 정말 오랜만이었다.

"나 지금 잠깐 들어가도 돼?"

"… 응."

언니는 10여 분 후에 나타났다. 텍스처 랩 빌딩은 주차장이 넓은 3층짜리 독채이고 내 책상은 1층 창가에 있기 때문에 나는 언니가 차를 대는 것을 내 자리에서 확인할 수 있었다. 언니의 얼굴은 핼쑥했다. 바깥의 추운 날씨 때문만은 아닌 것 같았다.

"네가 맡아 줬으면 하는 물건이 있어."

나는 동요하는 내색을 하지 않으려 애쓰며 언니가 건넨 쇼핑백을 받았다. 설마 결정적 증거물이 될 물건, 예를 들어 주사기 같은 걸 가져온 것은 아니겠지.

"내일부터 조사받게 되어 있어. 아마 증거 불충분으로 풀려나겠지만 경영에서는 물러나야 할 거야. 그 전에, 경영인으로서 직원이랑 잠깐 만나도 수상할 것 없을 때 좀 보고 싶었어."

"우리 그냥 만나도 수상할 거 없어. 학교 동문이잖아."

급한 마음으로 내뱉은 말에 언니는 웃었다. 언니가 살인자인 것을 알게 되었는데도, 아니 살인자인 것을 알게 되어서일까, 그 웃음에 가슴이 찌릿하게 아파 왔다.

"왜 그랬어?"

"음….."

언니는 고개를 갸우뚱 기울였다. 어디서부터 얘기해야 할까. 그런 표정으로 읽혔다.

"〈벌거벗은 임금님〉 이야기 알지?"

"응."

"벌거벗은 임금님은 정말 자기가 벌거벗었다는 걸 몰랐을까?"

심각하던 분위기가 갑자기 우스워졌다. 벌거벗은 임금님이라니 무슨 뚱딴지같은 소리람. 언니는 웃지도 않고 말을 이었다.

"내 생각은 이래. 가능성은 두 가지. 비록 자기 눈에는 보이지 않지만 착한 백성들의 눈에는 틀림없이, 훌륭한 옷이 보일 거라 믿고 광장에 나갔다. 그러니까 사람들의 선의를 믿는 선한 임금님이었기에 순진하게 속아 넘어간 것이다. 그리고 반대의 가능성. 벌거벗은 권력자를 보고도 백성들이 아무 말 못 하고 고개를 조아릴 것이라는 사실을, 왕은 알고 있었다. 그러니까 자기의 권력을 확인하고 그 맛을 만끽하고 싶어서, 자기가 벌거벗었다는 것을 누구보다 잘 알면서도 그렇게 했다."

언니는 내 옆자리의 의자를 당겨 와 내 곁에 앉았다.

"그게 그냥 허영심에 관한 동화라고 믿는 건 권력을 가져 본 적 없는 사람들만의 관점이라고 생각해. 벌거벗은 권력자는 벌거벗어도 되니까 벌거벗은 거야. 그래도 되니까 그렇게 한다. 그게 권력자의 사고방식."

자기 관자놀이를 검지로 톡톡 두드리면서 언니는 말했다.

"그리고 벌거벗은 권력자의 딸은, 벌거벗은 권력자로부터 자기 자신을 지키기 위해서, 당나귀 가죽을 뒤집어써야만 하는 거지."

나는 병상에 누워 있는 우리 회사의 회장을 떠올렸다. 설마 회장도, 자기 아버지도 언니가 직접….

"유학 가기 전에 내 꿈은 의사였어. 공부 잘하고 효심 지극한 딸인 척하면서 나중에 아무 흔적도 남지 않는 방법으로 아버지를 죽여 버리고 싶었거든. 그때 내가 제일 좋아했던 친구는 나랑 같은 일을 겪고, 같은 생각을 하고 있는 애였어. 그런데 그 친구네 집은 형편이 안 좋았어. 딸이 하도 굶어서 헛구역질을 하면서도 공부에 열심이면 나가서 돈을 벌어 밥을 먹여 주든가 하다못해 칭찬이라도 해 주든가, 그래야 하잖아? 그런데 걔네 아버지는 술을 하도 처마셔서 딸하고 마누라도 구분을 못 했어. 마누라한테도 하면 안 되는 짓을 걔한테 무수히 저질렀어. 그런 환경에서 걔는 의사가 되려고 했어."

언니는 잠깐 말을 멈췄다.

"그러다가 죽었어."

울음을 삼켜 넘기려 하는 것 같았다.

천사는 라이더 자켓을 입는다

"조금만 더 버텨 주지…. 그러면서 엄청 울었지. 나야 아버지가 지방 공장에 있을 때 서울로 대학 오면서 그런 일로부터 잠깐 벗어났지만, 걔는 과외로 돈 벌어서 가족들 부양하느라 계속 그런 쓰레기와 같은 집에 살아서 그런 일을 계속 당하고 있었던 거야. 장례식장에서 만난 걔 동생한테 걔가 무슨 짓을 당했는지 얘기를 했어. 동생은 전혀 몰랐다고 하더라. 자기가 아버지 죽여 버린다고, 지금 당장 죽여 버릴 거라고 하는 걸 잘 타일렀지…. 네 꿈은 배우잖아. 그런 일을 저지르면 네 미래는 사라져 버려. 흔적이 거의 남지 않는 방법을 내가 알아…."

그 뒤로 일어난 일에 대해서라면 조금 알고 있었다. 우리 그룹의 회장이자 채나연 이사의 아버지인 그 사람은, 언니가 대학에 다니던 중에 차기 경영자로 지목되어 지방 공장에서 서울 본사로 자리를 옮기게 되었다. 온 집안이 서울로 이동하면서 언니는 다시 안전하지 않게 되었다. 도망치듯 유학을 결정하면서 언니는 계획을 세웠을 것이다. 딸을 아내처럼 대했던, 아내에게도 함부로 해서는 안 될 일들을 저질렀던 아버지들에게 대가를 치르게 할 계획을.

언니는 배우를 꿈꾸던 친구의 동생을 퀵 서비스 기사로 둔갑시켜 사고를 냈다. 내부 자료를 인편 전달하는 것으로 방침을 바꾸도록 했다.

"언니가 선택한 거지?"

마음이 급해서 목적어도 없이 물었다.

"날… 선택한 거지?"

언니는 고개를 끄덕였다. 내가 전달 담당이 된 것은 우연히 그 일에 들어맞는 위치에 있어서가 아니라 이사가 믿을 수 있는 사람이어서였다. 사내 자료 인편 전달 담당 직원이 운반하는 것은 텍스처만이 아니니까. 개발 팀장이 나를 통해 언니에게 보내고 있는 물건이 무엇이었는지 자연스럽게 짐작되었다.

"주사기…."

나는 신음처럼 중얼거렸다. 옷감 염색에 쓰는 대용량 주사기. 텍스처 랩의 상시 비품이어서 한두 개씩 사라지든 말든 누구도 크게 개의치 않을 만한 물건.

개발 팀장이 이 일에 연루되어 있었다니. 나는 어떤 이가 채나연이라는 사람을 두고 썼던 '큰 그림'이라는 표현을 다시 떠올렸다. 언니의 계획 속에는 나까지, 나도 모르게 포함되어 있었다.

"주사기는 실린더와 바늘을 분리해서 의료 폐기물에 섞어서 버리고 있어."

내가 주사기의 행방을 궁금해한다고 생각했는지, 언니는 그렇게 대답했다.

나는 퀵 서비스 기사를 떠올렸다. 언니의 범행 현장 근처에서 기다리고 있다가 범행 도구를 건네받아 어떤 병원으로 떠나는 역할을, 아마도 그가 맡고 있었을 것이다. 언니의 말은 언니에게 협력하고 있는 사람이 퀵 서비스 기사와 개발 팀장 말고 더 있다는 의미이기도 했다. 나는 한숨을 내쉬었다. 의료 폐기물로 버리고 있다면 증거물 확보가 거의 불가능할 것이다. 주사기를 찾을 수 없는 한 언니가 진범으로 지목될 가능성은 매우 낮았다. 언니의 말대로 언니는 증거 불충분으로 풀려나게 될 것이었다.

"세상에 미친 아버지들이 참 많더라."

언니로 인해 사망에 이른 것으로 추정되는 남자들의 공통점은 그것이었다. 그들 모두에게 딸이 있었다. 언니는 그 아버지와 딸들 사이의 추하고 고통스러운 비밀을 딸만의 비밀로 만드는 일을 하고 있는 것이었다. 지금까지의 모든 일이 큰 의심을 사지 않고 이루어질 수 있었던 이유는 언니가 그 여자들의 비밀을 알고 있는 것처럼 그 여자들도 언니의 비밀을 알기 때문이었다. 그것이 생각보다 많은 사람들의 비밀이었기 때문. 그 많은 사람들이 서로의 비밀을 철저히 지켜 주어서 가능한 일이었다.

언니는 한동안 말없이 있다가 조용히 일어났다.

"갈게. 가 봐야 할 곳이 있어서…."

"설마."

나도 모르게 설마라는 말이 입 밖으로 튀어나왔다. 언니는 웃었다.

"나도 설마, 싶기는 한데, 별건 아니고…. 조사받고 나면 아버지 면회도 못 하게 될까 봐. 마지막으로 인사 좀 드리고 가려고."

마지막으로, 라는 말이 섬뜩해서 나는 돌아서는 언니의 팔꿈치를 잡으려 했다. 그러나 언니의 몸은 언제나처럼 열을 감지하면 오므라드는 생물처럼 아슬아슬하게, 그러나 자연스럽게 접촉을 피했다. 스킨십을 어려워하는 언니의 습성이 어떻게 해서 생겨난 것인지 알 것 같아진 이제는, 언니를 잡을 수가 없었다. 나는 언니의 뒷모습을 망연히 바라보다가 무너지듯 의자에 앉았다. 문을 나서는 찰나 실내의 빛과 실외의 어둠이 언니의 상체에 반반씩 고여 어둡게 빛났다. 마치 라이더 재킷을 입은 것처럼.

어쩐지 짚이는 것이 있어 언니가 두고 간 쇼핑백을 조심스레 열었다. 카멜 브라운 스웨이드 재킷이었다. 언니가 입은 적 있는, 언니의 옷. 경찰들이 CCTV 화면 캡처를 보여 주며 이 사람 당신 아니냐고 물었을 때, 언니가 그날 자신이 입었다고 언급했던 그 옷.

나는 옷을 꺼내지 않고 쇼핑백 속에서 슬며시 뒤집어 보았다. 안쪽이 검정색 픽스 레더 재질로 되어 있었다. 그 질감이 모든 것을 설명해 주는 것 같았다. 리버시블 재킷이었다. 픽스 레더 재질인 안쪽은 틀림없이 라이더 재킷 디자인으로 되어 있을.

이 옷의 안팎을 뒤집어 입고 어떤 남자를 죽였겠지. 일을 마치고 자리를 뜰 때는 다시 뒤집어 입으면서 온화하지만 강단 있는 인상의 대기업 임원으로 돌아왔겠지. 그러니까 이 옷의 리버시블 디자인은 언니 자신을 위한 것이었다. 분 단위 알리바이를 만드는 데에도 어느 정도 쓰임새가 있었겠지만, 그보다는 안팎이 뒤집힐 때 살인자의 자아가 자신으로부터 분리되도록 하는 데에 집중하면서, 언니가 직접 만들었을, 리버시블 라이더 재킷.

범행에 직접 쓰인 결정적인 증거물은 아니라도 다소 위험한 물건임은 분명했지만 언니를 위해서라면 숨겨 줄 수 있을 것 같았다. 언니를 위해서라면, 정말로 그것이 언니를 위한 일이라면 그것을 대신 입을 수도 있었다. 왜 나는 이번에도 조금 뒤늦게야 알아차린 걸까. 내가 언니를 위해서 어디까지 할 수 있는지, 어디까지 하고 싶은지를.

쇼핑백에서 옷을 꺼내 소매에 팔을 힘껏 밀어 넣었다 끝을 잡아당겨 뽑았다. 스웨이드 재킷 안에서 튀어나온 픽스 레더 소매는 어떤 동물의 가슴에서 불쑥 솟아난 악마의 가시처럼 이질적이었다. 완전히 뒤집히지 않은 재킷을 붙든 채 나는 언니를 생각했다. 어둡게

천사는 라이더 자켓을 입는다

빛나던 언니의 뒷모습은 라이더 재킷을 입고 있지 않은데도 라이더 재킷을 입고 있는 것처럼 보였다. 이제 그건 언니가 입기를 선택한 옷이 아니라 벗을 수 없는 옷이 된 것 같았다.

내가 언니의 옷을 벗겨 줄게. 다시는 입을 일 없는 옷으로 만들어 줄게.

절반이 뒤집혀 안감이 드러난 재킷을 나는 힘껏 안았다. 아무 저항 없이 품 안에서 구겨지는 옷으로부터 언니의 살냄새가 희미하게 피어올랐다.

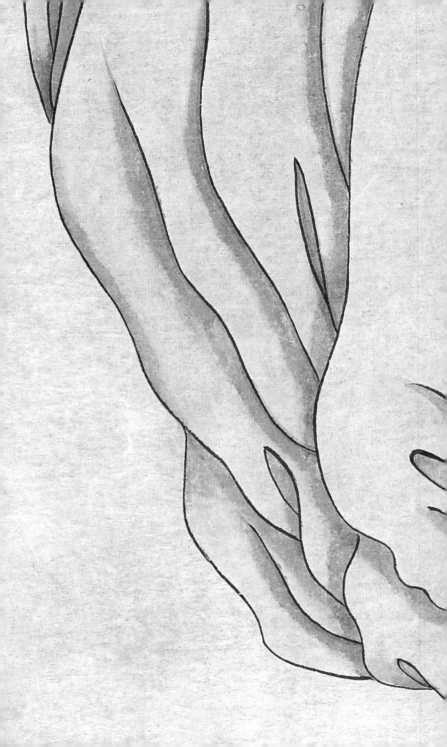

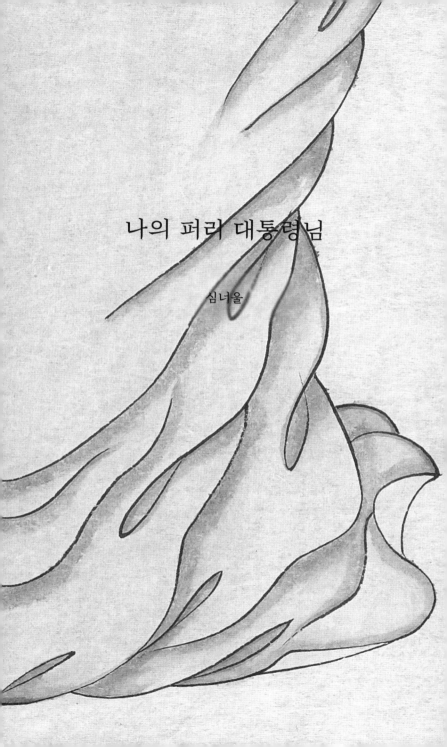

나의 퍼리 대통령님

심너울

개념 요청, 장문 주의) 공포의 K-대통령 왜곡된 성욕

두건장이, 2039년 8월 22일

지금 대통령이 잘하는 게 뭐가 있냐? 하는 일은 아무것도 없고, 맨날 야당 탓만 하고. 그래도 대통령인데 의석 수가 문제냐? ㅋㅋ

근데 쇄신당 빠는 애들은 대통령이 깨끗하다고 밀어 주잖아. 과연 대통령이 진짜 깨끗할까? 진실을 알리기 위해서 내가 공익 제보하려고. 15년 전 일이다. 대통령이 미국에서 박사 과정을 밟고 있을 때였지. 왜, 6년 만에 박사 두 개 땄다고 자랑하잖아? 근데 그때 내가 대통령 가장 가까이에 있었어. 원래 조용히 묻혀 살려고 했는데 ㅋㅋㅋ 정확히 어떤 관계였는진 말하기 힘들고.

2025년 즈음에 양놈들 사이에서는 신체 개조 수술이 유행했다. 말 그대로 신체를 보통 사람들과는 다르게 개조하는 건데, 이게 성형수술이 아냐. 성형수술은 더 예쁘고 보기 좋은 모습을 원해서 받는 거잖아? 하지만 신체 개조는 아예 인간처럼 보이지 않게 몸을 고치는 거임.

손가락에 갈퀴를 단다든지, 발뒤꿈치에 굽을 이식한다든지 하는 식으로. 이게 문신이랑 뭐가 크게 다르냐고 하는 애들도 있는데 당연히 다르지. 마약에 쩔 대로 쩔었거나 아니면 인간의 몸에 만족을 못 하는 미친 변태성욕자들이나 받는 수술이었거든. 그중에서도 특히 퍼리들이 많이 받았는데….

퍼리가 뭐냐 하면, 영미 문화권에는 의인화된 동물 캐릭터가 많잖아? NHL 마스코트들 보면 대부분 짐승이랑 사람이랑 반반 섞은 모습이거든. 이런 캐릭터들을 퍼리라고 하는데, 이 퍼리들한테 친숙함을 넘어서 욕망을 느끼는 애들이 있다. 그런 애들도 퍼리라고 불러. 물론 퍼리들 중에서도 신체 개조를 받으면서까지 퍼리 캐릭터를 '닮고 싶어 하는' 애들은 극단에 속하는 애들이었지.

문제는 박사 과정을 밟고 있던 우리 대통령이 퍼리였고 신체 개조 마니아였다는 거다.

절대 대통령은 훌륭한 학생 따위가 아니었다. 어딜 개조했는지 확실하게 기억은 안 나는데, 하나만은 분명하다. 귀를 당나귀 귀로 바꿔 달고 다녔거든. 뾰족한 귀를 달고 사진도 찍고 퍼리 파티에 다녔는데, 지금은 대통령이 됐네. 그 귀는 뗐는지 숨기고 다니는지 알 수가 없다.

밑에 사진이랑 영상 있다. 참고로 역겹게 느껴질 수도 있으니 스크롤 내리기 전에 주의해라.

장문충 극혐하는 놈들을 위한 세 줄 요약

1) 15년 전 대통령 유학 시절에 가까이 지냈음

2) 깨끗한 척하는 대통령 사실 퍼리충, 미국 유학 시절에 신체 개조 수술도 받음

3) 녬글 올라가면 추가 사진이랑 영상도 뿌림

나의 퍼리 대통령님

나 39세 이한결, 한국의 여당인 대한쇄신당 국회의원 유생강의 지역구 보좌관이다. 4급 공무원 아니냐고? 6급 비서다. 유생강은 대한쇄신당의 4번 비례대표 국회의원이고 지역구 따위는 없다. 내 직함은 유생강의 지역구에 대한 순수한 희망 사항에서 비롯된 것이다.

총선이 이제 1년도 남지 않았다. 다음 해에 치르는 선거에 아직 대중은 별 관심이 없지만, 나는 몸이 다섯 개라도 모자랄 지경이다. 유생강은 내게 지역구 보좌관이라는 직함에 걸맞은 노동량을 요구하는데, 정작 내가 받는 대가는 다른 6급 비서와 같은 수준이다.

사실 거기까진 괜찮다. 과로를 나 하나만 하는 것도 아니고, 그건 우리나라 사람들 노멀 컨디션이지. 진짜로 나를 괴롭히는 건 괴소문이다.

인터넷 커뮤니티에서 '두건장이'란 닉네임을 쓰는 미친놈이 올린 바로 그 당나귀 귀 이야기 말이다. 처음엔 이게 무슨 소린가 싶었다. 1000년도 더 전에 만들어진 설화가 현대에 다시 생명을 얻은 것인가? 하지만 두건장이가 올린, 15년 전의 대통령님이 당나귀 귀를 달고 '섹시하게' 춤추는 영상은 정상이라는 단어의 스펙트럼을 최대한 넓혀도 거기에 속할 수 없는 모습을 담고 있었다. 디지털 송장벌레라고 할 수 있는 기기묘묘한 이름의 언론들과 1인 방송인들이 그 떡밥을 쉴 새 없이 나르면서 소문이 순식간에 웹상에 쫙 퍼졌다.

헛소리였다. 애초에 대통령님이 그럴 사람이 아니란 걸 차치하고서라도, 그런 수술을 했다면 어떻게 몇 년 동안 사람들에게 들키지 않을 수 있나? 요즘 세상에 사진 몇 장과 영상의 증거력이라는 건 아예 없다고 봐야 한다. 하지만 사람들은 그렇게 생각하지 않는 모양이었다. 이 말도 안 되는 사건 때문에 대통령님의 지지율은 놀랍게도 조금씩 떨어졌다. 사람들은 대통령님이 깨끗한 사생활을 영위하는 척하더니 실상은 이토록 추잡하다고 욕했다. 온갖 소셜 미디어에서는 말 같잖은 싸움이 벌어졌다.

뭐, 가짜 지역구 보좌관인 나로서는 전전긍긍하는 것 말고 달리 무슨 조치를 취할 도리가 없었다. 알아서 사람들이 그 말 같잖은 이슈에서 벗어나기를 바랄 뿐이었다. 청와대와 당도 침묵하고 있었다. 그 말을 꺼내는 것 자체가 추잡하다고 여겨졌으니까. 대통령님이 수인이 좋다고 자기 몸을 개조했다는 이야기에 진지하게 논평을 할 수는 없는 노릇이니.

그러니까 유생강한테 뜬금없이 전화가 오기 전까지는 그랬다는 말이다. 외근 업무를 끝내고 편의점에서 비타민 음료를 사 마시며 아주 짧은 여유를 즐길 때였다.

"의원님?"

"어, 한결 씨. 구로 일은 끝났어요? 식사는 했고?"

평소에 잔뜩 허세를 부리던 유생강의 목소리가 우스꽝스러울 정도로 떨리고 있었다.

"무슨 일이신데요?"

"아, 전화론 말하기 힘들고… 내가 보내 주는 주소로 빨리 와요."

전화가 끊겼다. 뭐야. 나는 잠시 휴대폰을 멍하니 바라보았다.

가장 먼저 머릿속을 스쳐 지나간 상상은 역시 해고 선언이었다.
하지만 총선이 1년도 남지 않은 시기에 나를 굳이 자를 이유가
없었다. 게다가 그런 나쁜 소식은 보통 (진짜) 보좌관을 통해 전한다.

휴대폰으로 경기도 외곽에 있는 식당의 주소가 날아왔다. 나는
한숨을 쉬고 택시를 탔다. 이거 나중에 차비 청구는 되려나.

식당은 약 50년 전, 그러니까 1990년대에 지어진 건물의
위태로운 3층에 입주해 있었다. '수리 중' 딱지가 붙어 있는
엘리베이터는 작동하지 않았다. 쇠로 된 대문을 열고 식당으로
들어갔다가 깜짝 놀랐다. 다 허물어져 가는 외견과 달리, 내부는
단출하지만 세련된 스타일로 잘 정리되어 있었다. 누군가 꾸준히
관리를 하고 있는 곳임이 분명했다.

중앙의 탁자 앞에 앉아 있는 유생강의 모습이 보였다. 그는 눈에
띄게 초조해하면서 다리를 달달 떨고 있었다. 그가 나를 바라보더니
말했다.

"아, 한결 씨, 빨리 왔네. 고마워요."

"네, 무슨 일이세요? 여기는 또 어디…"

고맙다고? 이 사람이 죽을 때가 됐나? 큰일인데, 다른 의원실
비서 TO가 나려나? 이 가짜 지역구 보좌관은 완전 물경력이잖아….
그런 생각을 하는 동안 유생강이 문 하나를 가리켰다.

"한결 씨를 찾는 분이 있어요."

"저를요?"

유생강이 고개를 끄덕였다. 유생강이 내 뒤를 졸졸 따라오는
것을 느끼면서 나는 문을 열었다. 소파에 앉아서 손톱을 다듬고 있는
사람을 보자마자 까무러칠 뻔했다. 뉴스에서 유생강보다 훨씬 자주

나오는 인물이 나를 기다리고 있었다. 최진호 민정 수석이었다.

*

　"앉으세요."

　나는 삐걱대면서 최 수석의 맞은편 소파로 걸어가 앉았다. 살면서 단 한 번도 겪어 본 적 없는 저혈압이 온 것 같았다. 대통령님의 핵심 비서이자, 그 권력의 크기가 청와대에서 다섯 손가락 안에 드는 사람. 원래 이 사람은 경제학과 교수였고, 정치와는 전혀 연관이 없는 사람이었다. 대통령님이 자신을 보좌할 사람들을 정치판에 오염되지 않은 전문가들로만 뽑겠다고 한 약속을 지켰기 때문에 갑작스레 그 자리를 꿰차게 된 것이었다.

　왜 이 사람이 나를 찾은 걸까? 최 수석이 손톱에서 시선을 거두고 나를 바라보더니 자세를 조금 느슨히 했다.

　"이한결 씨, 맞지요? 지역구 보좌관이랬나."

　"네. 엄밀히 말하면 비서입니다만…."

　"좋네. 유 의원도 내년엔 자기 터를 잡아야지. 언제까지 비례대표만 할 수도 없고…."

　최 수석은 살짝 두리번거리는 시늉을 하더니 웃었다. 나도 어쩔 줄을 몰라서 따라 웃었다.

　"좀 당혹스럽지요. 미안합니다. 좀 더 괜찮은 곳에서 만나야 하는데, 사안이 엄중해서."

　나는 다급히 고개를 끄덕였다.

　"좋아요. 한결 씨도 최근에 난 VIP 스캔들, 당연히 알죠?"

최 수석이 쓴 VIP라는 단어는 휴대폰 대리점 등에서 오염된 그 단어가 아니었다. 대통령님을 뜻하지.

"아…. 네, 알고 있습니다."

"참 개탄스러운 일이에요. 총선이 1년도 남지 않은 상황에 두 야당이 합심해서 헛소문을 만들어 내고 있는 게 뻔한데, 인터넷의 익명성 뒤에 숨어 있으니 제대로 된 증거가 나오지도 않고 말이죠. 페어플레이를 해야지, 추악한 인간들."

"야당이 그런 소문을 만들어 낸 겁니까?"

"아마 그렇지 않겠어요? 그래서 한결 씨를 찾았어요. 유 의원 밑으로 들어오기 전의 경력을 보니 인터넷 사립 탐정으로 오랫동안 일했더군요. 해킹 능력도 있다고 했고요. 사람을 쫓기도 했다고…."

나는 신음을 흘렸다.

"아니, 그걸 어떻게…."

"다 아는 방법이 있지요. 아, 비난하는 거 아닙니다. 유 의원이 칭찬을 많이 하더군요. 정치적으로 로열하다고. 정치에 뛰어든 이유가 VIP랑 우리 쇄신당의 이념에 감화됐기 때문이라면서요. 인터넷을 통한 협잡의 뿌리를 파헤치는 데는 한결 씨의 능력이 아주 큰 도움이 되겠더군요. 아시겠지만 정치 지형 문제가 있지요. 행정부를 사용하려고 해도, VIP께서 고생이 많지 않으십니까? 여당의 규모가 30석도 채 안 되니까요. BH는 손발이 묶여 있는 상태예요."

BH, 블루 하우스. 나는 고개를 끄덕였다. 근데 유생강이 날 칭찬했다고?

"그래서 비밀리에 일해 줄 사람이 필요한 겁니다. 한결 씨는 로열한 게 입증이 되어 있고, 또 인터넷상 수색에 대한 기반 지식도 있으니 딱 맞는 인재죠."

최 수석은 살짝 자세를 느슨하게 바꾸었다. 내 대답을 기다리는 동안 분위기를 잡으려고 한 모양이었다. 나로서는 묻고 따질 것이 없었다.

"네, 하겠습니다!"

당연하지. 내가 곤경에 처한 대통령님을 도와 달라는 요구를 거절할 리가 있나.

"어, 유 의원 말이 틀리지가 않는군요."

"당에서 직접 대응하기 힘든 헛소문을 처리하는 데에 제 능력이 도움이 될 수 있으면 정말 기쁘겠습니다!"

"좋은 자세예요. 일이 잘 해결되면 당에서도 한결 씨의 노고를 절대 잊지 않을 테니… 내 연락처랑 자세한 건 나중에 보안 메시지로 보내도록 하지요."

최 수석이 씨익 웃고는 일어나 옷걸이에 걸어 놓았던 모자와 마스크를 썼다. 그 상태에서 어깨를 조금 구부정하게 앞쪽으로 내미니까 방금 전의 그 민정 수석과는 전혀 다른 사람처럼 보였다. 그가 방 밖으로 걸어 나가자 바깥에서 유생강이 우당탕거리는 소리가 들려왔다. 나는 소파에 기대 터질 듯이 두근거리는 가슴을 한 손으로 눌렀다. 내게 기회가 온 것이다.

문제는 내가 인터넷 사립 탐정 업계를 떠난 지가 몇 년이 지났다는 것이다. 그 업계는 몇 달만 미적거려도 뒤처지는 곳이었다. 괜찮다. 능력이 있고 입이 무거우면서도 정치에 별 관심이 없고, 또 내 말이라면 뭐든 들어줄 사람이 있으니까. 나는 휴대폰을 들었다.

김케일이 씁쓸한 미소를 지으면서, 한때 내가 좋아하던
목소리로 말했다.

"나 정치랑 관련된 일은 안 하는 거 알잖아."

"이전에 외국 게임 회사랑 같이 일할 때 기억 나? 딥웹에서
DRM* 해제한 게임 뿌리는 놈 찾아 달라던 의뢰 받았을 때 말야.
그때 제주도까지 가서 온갖 삽질을 다 하다 간신히 잡았잖아."

"그 이야기가 지금 왜 나와?"

"세상에 정치적이지 않은 건 없다는 말을 하고 싶었어.
우리는 그때 그 회사 의뢰를 받으면서, 지적재산권이 보호되어야
한다는 정치적 명제에 동조한 거지. 왜, 해적당 지지자들은
지적재산권이라는 개념이 세상에서 없어져야 한다고 믿잖아?"

나는 지긋이 김케일을 바라보았다. 그는 최상급 수준의
해커이자 사립 탐정이었으며, 한때는 나의 동료였다. 내가 정치계에
투신하기 전까지, 우린 사이버 수사대가 포기한 사람들을 이런저런
특수한 방법으로 잡아내며 살았다. 지금은 일단 공식적으로는
타인보다 더 먼 관계가 됐지만.

"내가 한 '정치적'이라는 말은 좀 더 의미가 좁은 표현이야.
정당이나 정치 인사들이랑 관련된 일은 하고 싶지 않아. 그 사람들은
속도 모르겠고, 위험하게 느껴지기도 하고. 과연 내가 진실을 쫓고
있는 게 맞는지, 그 사람들이 원하는 이야기를 만들어 주고 있는 게

---

*DRM: Digital Rights Management. 디지털 자료가 저작권자의 의도에서 벗어난 방식으로 이용되지
않도록 하는 보안 기술.

아닌지 의심이 들어."

나는 한숨을 푹 쉬었다. 테이블 위에 놓인 와인 잔의 표면으로 노란 조명이 미끄러지고 있었다.

"그래도 무슨 일인지 한번 들어 볼 수는 있잖니."

김케일이 천천히 고개를 끄덕였다.

"나귀 게이트, 알아? 하긴 모를 리가 없겠지."

"어. 나로서는 왜 논란이 되는지 잘 이해가 안 가긴 하지만. 어릴 때는 실수할 수 있잖아? 사실 취향이 어떻든 남이 신경 쓸 일은 아니지. 수인이라는 게 세상에 존재하는 것도 아니고, 그걸 좋아한다는 게 남한테 피해를 끼치는 일도 아니고. 아, 그런 표정 짓지 마. 혹시나, 혹시나 사실이라고 해도 말야. 그건 정치랑 상관없는 문제잖아."

"일단 말해 두고 싶은데, 대통령님은 그럴 분이 아냐. 정치는 철저히 인간적인 일이야. 그런 말도 안 되는 거짓말로도 사람들이 대통령님에게 부정적인 시선을 보내도록 유도할 수 있어. 실제로 대통령님의 지지율이 분명히 떨어지고 있단 말야."

김케일이 어깨를 으쓱거렸다.

"이래서 내가 정치 일을 안 하는 거야. 이해할 수 없어."

"이해하기를 바란 건 아냐. 내가 너한테 원하는 건 하나뿐이야. 도대체 누가 이 루머를 퍼뜨리고 있는지 알아내서 그 사람을 같이 잡자. 따지고 보면 이게 그렇게 정치적인 일은 아니지 않니? 그냥 거짓말쟁이 하나 잡는 거잖아. 원래 너는 항상 진실을 찾는 데엔 앞장서 나섰구."

김케일이 마른세수를 한 번 하고는 말했다.

"하나만 물어볼게. 누가 시킨 거니?"

어쩔 수 없이 옛 기억이 의식의 전면으로 차올랐다. 나는 우리가 헤어지게 된 시점을 떠올렸다. 내가 남의 뒤를 캐는 일에 신물이 나서 나라를 바꾸는 데 동참하겠다고 쇄신당에 들어갔을 때가, 지금보다 세 살 더 어렸던 김케일의 얼굴이 마음속에 생생히 그려졌다. 상대를 향해 높아지던 그 목소리도, 결코 서로에게 하지 않던 비난을 참지 못하고 토해 내던 그 순간의 기이한 해방감과 죄책감도.

나는 고개를 가로저었다.

"아니, 나는 이게 정말로 더 나은 세상을 만드는 일이라 생각해서 스스로 하는 거야. 거짓말 하나 때문에 사회가 어지러워지잖아. 진실을 밝히고 싶어."

나는 와인을 한 모금 마시며 눈을 살짝 감았다. 김케일의 목소리가 검은 허공 속에 둥둥 떠올랐다.

"할게. 하지만 네가 원하는 게 아니었으면 결코 안 맡았을 일이라는 것만 알아줘."

그런 말을 들어도 아무런 감흥이 느껴지지 않았다.

그날에는 부천에 있는 김케일의 집에 갔다. 그의 아파트엔 방이 다섯 개가 있었고, 내부는 깔끔한 걸 넘어 황량했다. 인간에게 필요한 최소한도의 가구만 마련되어 있었다.

타인의 침대에 누워, 오랜만에 내가 정치판에 뛰어들었을 때를 떠올렸다.

본래 대통령님은 아예 황무지 상태이던 국내의 VR 산업을 홀로 일으켜 세운 사업가였고, 2035년 마흔한 살이던 시절에 이미 사회적으로 존경받는 구루였다. 젊은 나이에 한 산업계를 평정한 대통령님의 다음 도전 분야는 정치였다. 2035년의 겨울에도 우리나라 정치는 언제나 그랬듯 개판이었는데, 당시엔 특출하게 엉망진창이었다. 1년에 한 번씩 이름을 바꾸는 거대 정당들의 여러 의원이 상상의 범위를 훌쩍 뛰어넘는 온갖 기상천외한 사고를 치고 다녔다. 그걸 뒷수습하고 관련 청문회를 하느라 국회의원들에게는 정작 입법을 할 시간이 없었다. 바로 그때 대통령님이 대한쇄신당을 만들고 정계에 뛰어들었다.

당시에 나는 김케일과 같이 살면서 일했다. 인터넷에 얼기설기 얽혀 있는 여러 정보들을 모으고 탄탄한 보안을 뚫으면서 익명의 가면을 쓴 사람들의 뒤를 캐기. 그 일을 하려면 가끔은 물리적인 수단도 사용해야 했다. 김케일은 그 일을 좋아했다. 온갖 추잡한 일만 하는 끔찍한 인간들에게 고급 정보 기술로 나름 정의의 처벌을 내리고, 덤으로 세상을 더 살기 좋은 곳으로 만들 수 있다면서. 하지만 유언비어로 주가를 조작하는 인간들 뒤를 밟는 정도의 일을 한다고 해서 세상을 더 살기 좋은 곳으로 바꿀 수 있을까? 나는 믿기 힘들었다.

그때 대통령님이 나타나 우리나라를 바꾸리라고 선언한 것이었다. 나는 대통령님을 믿었다. 내게는 다행스럽게도 초기의 대한쇄신당은 인력난에 시달리고 있었고, 나는 유생강의 선거 캠프에서 일을 시작했다. 덕분에 가짜 지역구 보좌관이 될 수 있었던 거다. 쇄신당은 총선에서 20석을 얻었고, 그 승리를 발판으로 하여 대통령님은 대선에서 승리할 수 있었다.

합당한 승리였다. 혹자는 그때 두 명의 유력 대선 후보가 동시에 치명적인 질병에 걸려서 생긴 행운이라고 말하지만, 준비되지 않은 사람은 기회를 쟁취할 수도 없는 법이다. 우리 대통령님만 한 정치인은 이 나라에 없다. 대통령님은 스스로 한 산업을 일으켜 세운 능력 있는 사람이고, 그렇게 많은 돈을 벌어들였으면서도 서민들의 삶을 신경 쓰는 영웅이었다.

이제 나에게 또 다른 전환점이 왔다. 이 일에 성공하여 최 수석의 눈에 들게 된다면, 어쩌면 더 유의미한 자리에 오를 수 있을지도 몰랐다.

어두운 천장을 바라보고 있자니, 빛나는 기회가 내게 손짓하는 것만 같았다.

*

김케일네 집의 홀로그램 TV에 제1 야당 대표 강태영의 비열한 면상이 나타났다. 나는 액정을 향해 무거운 걸 집어 던지고 싶다는 욕망을 간신히 억눌러야 했다. 강태영은 그 찌그러진 입술을 움직여서 심술궂고 추악한 목소리를 뱉어 냈다. 입을 열 때마다 누런 이와 뚝뚝 떨어지는 침이 화면에 비쳤다.

"한 나라의 대통령이 말입니다. 당나귀 귀를 달아요? 그리고 그 추잡한… 말로 옮기기도 힘든 파티는 대체 또 뭡니까? 떨어진 국격에 대한 책임은 도대체 누가 질 겁니까? 이렇게 난리가 나는 동안에도 청와대는 한 마디도 하지 않고 있지요…."

TV를 껐지만 도저히 분이 풀리지 않았다. 나는 TV에 대고 소리쳤다.

"어떻게 저런 새끼를 뽑아 주는 놈들이 있을 수 있지? 저 새끼가 사학 재단으로 수십억 해 먹었다는 거 모르는 인간도 있나? 추잡한 짓은 쟤가 다 하고 다니는데!"

　　일이 이렇게 커졌다. 두건장이는 인터넷 커뮤니티에 대통령님 과거 사진과 영상 서너 개를 올린 이후 더 이상 나타나지 않았지만, 이제 두건장이가 아니라 다른 인간들이 만든 조악한 합성사진과 어처구니없는 내용의 가짜 뉴스까지 세상에 나돌았다. 최소한의 상식이 있는 인간들이라면 모두 무시할 내용이었지만, 야당 놈들은 품위와는 거리가 지나치게 먼 놈들이었다. 그 어처구니없는 당나귀 귀 영상을 국회에 진짜 들고 오다니! 화면의 70% 이상이 모자이크 처리 되어 있는 영상이 본회의장에서 재생되는 꼴은 그야말로 가관이었다.

　　나는 천장을 보고 방 안을 이리저리 걸어 다니면서 말했다.

　　"강태영 저 개새끼가 사주한 게 틀림없어. 그래, 당이 작으니까 이따위로 굴어도 된다 이거지. 어쩌면 그 두건장이란 새끼는 가상 인물일지도 몰라. 그럼 도대체 어떻게 잡아야 하지?"

　　뒤에서 피식 웃는 소리가 들렸다. 부스스한 머리의 김케일이 나를 보고 웃은 것이었다. 그제 대화를 나누고 난 후로, 이틀 동안 그는 밥도 제대로 먹지 않고 컴퓨터 앞에 앉아 두건장이의 정체를 추적하고 있었다. 내가 흥분을 가라앉히고 나자 그가 천천히 말했다.

　　"그런데 난 아직 두건장이가 거짓말쟁이인지 잘 모르겠어. 인터넷에 올라온 다른 사진과 영상들은 전부 뻔뻔한 합성물이지만, 두건장이가 올린 것들에는 조작된 부분이 없거든."

"인공지능이 조작을 100% 잡아내는 건 아니잖아. 아직 잘 알려지지 않은 이미지 합성 알고리즘이 적용되었을 수도 있고."

나는 답답한 마음을 숨기지 못한 채로 말을 이었다.

"어쨌거나 그건 지금 당장은 중요한 게 아냐. 핵심은 두건장이가 누구인지 알아내는 거지. 커뮤를 해킹할 순 없고?"

"해킹이야 일도 아니지. 문제는 두건장이가 자신을 철저히 보호했단 거야. 최대한 추적해 봤는데 IP 공급자가 태평양 공해상에 있는 서버라고 나오던데."

나는 한숨을 쉬었다. 쇄신당 규모가 조금만 더 컸어도 인터넷 커뮤니티에 올라온 글 하나 때문에 이렇게 휘둘리지는 않았을 텐데.

"그럼 다른 방법을 써야지. 두건장이가 신상 정보를 추론해 낼 만한 증거는 안 남겼어? 예를 들면 사진이나 영상을 보고 위치가 어딘지 파악한다든가…."

"15년이나 된 자료들이야. 대통령 빼고는 얼굴이 나오는 사람도 없고. 애초에 영상 내용이란 게 대통령이 당나귀 귀 달고 좀 많이 맛 간 채로 춤추는 거잖아. 어쩌면 마약을 했을 수도 있지 않을까. 난 두건장이가 거짓말을 했다는 추정이 좀 미심쩍어."

"야, 대통령님은 그런 짓을 할 사람이 아니라니까?"

"했을 수도 있지. 근데 아무렴 어때? 내 생각엔 그 사람 성벽이 어떻다는 건 애초에 국정이랑 별 상관 없는 문제 같은데. 젊었을 때 마약을 했다고 해도 이제 안 하면 되잖아. 사람은 바뀌는 존재니까."

"그건 지금 생각할 문제가 아냐. 어쨌든 익명성 뒤에 숨어서 음해만 하는 건 비겁하잖아."

"글쎄, 하지만 대통령 정도 되는 권력자에게 누가 얼굴을 걸고 당당히 맞설 수 있을까…. 그리고, 확보할 수 있는 자료만으로는 추적이 도저히 불가능해."

"야, 그럼 네가 할 줄 아는 게 뭐야! 몇 년 동안 잘 일해 왔다며. 억대 수주도 받아 봤잖아! 마이크로소프트 테스트 센터에서 치명적인 윈도우 보안 취약점을 찾기도 했다며! 근데 미친놈 신상 하나 터는 걸 못 해?"

나한테 욕을 먹은 김케일은 풀이 완전히 죽었다. 한 손으로 코를 매만지고 있는 그가 왠지 비 맞은 강아지처럼 측은하게 느껴졌다. 나는 창밖을 바라보면서 말했다.

"좀 더 인간적인 방법을 쓰는 건 어때."

"응?"

"두건장이가 야당 사람인 것 같지는 않아. 이런 식으로 대통령님 과거 사생활을 야당에서 대놓고 터는 건 지나치게 구질구질하거든. 애초에 이 판, 뒤 안 구린 사람이 드문데 어떻게 똥 묻은 개가 겨 묻은 개를 나무라. 물론 대통령님은 그런 분이 아니지만!

여튼, 개가 올린 글을 보면 정치적 의도보다는 정제 안 된 개인적인 원한이 묻어나잖아. 아예 대통령님을 사회적으로 완전 파멸시키려는 것 같단 말야. 그러니까 그분께 원한을 품은 사람들을 찾으면…"

"대통령한테 원한을 품은 사람은 한둘이 아닐 텐데. 그 사람들을 다 쫓기에는 시간이 모자라. 6개월 정도 걸려서 찾아낼 수 있을지도 모르지만, 이 건에서는 시간이 중요하잖아? 6개월이 지난 뒤에 두건장이 얘기가 가짜란 게 밝혀진다 한들 그때가 되면 사람들은 진실 따위에는 관심 갖지 않을걸. 이래서 내가 정치 일은…."

나는 손을 들었다.

"투정 그만."

당장 닥친 문제를 생각하자.

나는 숨과 생각을 가다듬었다. 인터넷에서 두건장이가 대통령님의 사생활에 대해 개소문을 퍼뜨렸다. 두건장이는 괴상한 증거 자료 몇 개만 올리고 아예 사라졌다. 인터넷에서 그를 추적하는 건 김케일 정도 되는 능력자에게도 불가능한 일이다. 그런데 두건장이는 대통령님에게 개인적인 원한을 품은, 대통령님을 잘 아는 사람이다. 안타깝게도 내가 대통령님의 개인사에 대해 아는 내용은 김케일이 알고 있는 것과 차이가 전혀 없다. 하지만 내게는 든든한 정보원이 있었다.

나는 김케일을 한 번 흘깃 바라보고는, 내가 쓰고 있는 방에 들어가 문을 닫았다. 그리고 보안 전화로 최 수석을 호출했다. 곧 그의 목소리가 들려왔다.

"아, 한결 씨."

"네, 선생님."

최 수석은 내게 바깥에서는 '수석님' 외의 다른 칭호를 이용할 것을 요구했다. 나는 최진호에게 내가 판단한 바를 말했다. 두건장이를 직접 추적하는 작업은 사실상 불가능하니, 대통령님의 과거 측근 중에서 그런 폭로를 할 만한 사람을 찾아내 뒤를 캐는 게 제일 좋은 방식이라고. 물론 김케일 이야기는 따로 하지 않았다.

"음, 알았어요. 오늘 저녁에 아무 일 없죠? 한번 보고 이야기를 나눕시다."

"아, 네, 물론이죠."

"다섯 시간 뒤에 잠시 보시죠. 차를 보낼 테니까."

전화가 끊겼다. 그와 통화했다는 기록은 휴대폰에 남지 않았다. 침을 꿀꺽 삼켰다. 최 수석은 내게 무엇을 시키려는 걸까? 혼란스러워하며 방을 나왔다. 김케일이 나를 쳐다보고 있었다. 나는 헛기침을 하고는 최대한 자연스럽게 말했다.

"야, 배고프다. 일단 밥이나 먹을까?"

*

김케일의 아파트로 최 수석이 얘기한 고급 세단이 찾아왔다.

선글라스와 마스크를 쓴 기사가 앞 좌석에 앉아 있었다. 나는 세단의 뒷자리에 올라탔다. 기사는 아무 말도 하지 않고 차를 몰았다. 차 안에는 비현실적인 침묵이 서려 있었고, 나 역시 아무 말도 하지 않았다. 20분 정도 지나서야 차가 같은 구간을 빙빙 돌고 있다는 사실을 알았다.

"아…?"

놀라서 입을 여니 앞에서 낯익은 목소리가 들려왔다.

"한결 씨."

"아… 민정 수석님?"

얼굴을 꼭꼭 가리고 있던 기사가 바로 최 수석이었던 것이다.

"네, 전화에는 아무래도 불안한 점이 있어서 밖으로 불렀습니다. 오랜만에 운전도 하고 싶고."

왜 이런 짓을 하지? 그냥 대충 얼굴을 숨기고 카페에서 만난다 한들 아무도 못 알아볼 텐데. 하긴 예전에 사립 탐정 일을 할 때도 굳이 첩보 영화를 찍는 척하는 의뢰자들이 꼭 있었다. 생각해 보면 민정 수석은 이 일을 하기 전까진 그냥 교수였다. 그가 갖춘 정치판 지식이라고 해 봐야 드라마에서 본 것 빼고 뭐가 있단 말인가? 그런 생각을 하니 슬몃 웃음이 나왔다.

"그렇군요. 저한테 따로 전할 말씀이 어떻게 되는지…."

"지금 두건장이의 뒤를 쫓고 있는 사람은 한결 씨만이 아닙니다. 앞서 말씀드리지 못해 미안하지만, 그 정도는 이해할 수 있겠죠. 아무래도 사안이 중하다 보니. 다들 비슷한 말을 하더군요. 인터넷 추적으로 그 두건장이란 작자를 잡을 수는 없다고. 한때 VIP와 가까웠던 자들의 뒷조사를 해야 한다는 생각은 괜찮았어요. 설득력도 있고."

나는 고개를 끄덕였다. 최 수석이 차를 길가에 댔다. 그는 앞 좌석에 내버려 두었던 태블릿을 들어 내게 건넸다.

"켜 보십시오."

전원을 켜자 액정 화면에 웬 40대 정도 되어 보이는 사람의 얼굴이 떠올랐다. 딱히 특징을 말하기 어려울 정도로 평범한 얼굴이었다. 그 밑에는 간략한 신상 명세가 적혀 있었다. 휴대폰 번호, 이메일, 주소, 이름. 이름이 이라임이라고? 최진호가 말을 이었다.

"이라임이라는 자입니다. 우리는 이 사람이 두건장이일 거라고 보고 있죠."

"어떻게 알아내신 거죠?"

"그건 말할 수 없습니다."

"그, 그럼 제 일은 끝난 걸까요?"

"그럴 리가요. 한결 씨가 할 일은 아직 많아요. 음, 우리가 바라는 건⋯ 한결 씨가 누구나 곧바로 받아들일 수 있는 직관적인 물증을 구하는 겁니다. 그 사람이 합성 사진을 만드는 장면이라든가, 뭐 그런 거 있잖아요? 그런 회색 지대에 있는 일을 이제까지 해 오신 걸로 알아서요. 그 태블릿을 들고 가시죠. 자세한 정보는 그 안에 있습니다."

최 수석은 고개를 돌려서 나를 바라보았다. 주변을 보니 김케일의 집과 별로 떨어지지 않은 위치였다. 나는 태블릿을 품에 안았다.

"최대한 빨리, 부탁드립니다. 강태영이 오늘도 의회에서 미친 소리를 하더라고요. 벌써 이 루머는 인터넷에서 생명력을 얻어 퍼져 나가고 있습니다. 며칠 안에 제대로 반격하지 않으면, 진실은 아무래도 상관없게 될 거예요. 아, 그리고 방금 말씀드린 건⋯"

최 수석이 잠시 뜸을 들이더니 말했다.

"VIP의 뜻입니다."

"V, VIP요?"

"예."

"며, 명심하겠습니다."

고개를 끄덕이고 나는 차 밖으로 걸어 나왔다. 내가 인도로 올라오자마자 곧장 차가 출발하더니 시야에서 사라졌다.

VIP의 뜻이라고? 혹시 대통령님도 나를 주목하고 있는 걸까? 나의 이름을 알고 있을까? 적당한 물증을 잡아내는 건 일도 아냐. 이 일을 잘 해낸다면, 글쎄, 어쩌면 다음 총선이나 다다음 총선에서⋯. 금배지를 달고 있는 내 모습이 떠올랐다. 몸을 감싸는 희열을 느끼면서 나는 김케일의 집으로 돌아갔다.

*

김케일이 데스크톱에 연결된 다섯 개의 모니터 중 한 개를 내 쪽으로 돌렸다. 모니터에는 이라임의 신상 정보가 일목요연하게 정리되어 있었다. 김케일이 두 시간 만에 캐낸 내용이었다.

이라임은 대통령님과 학부 시절 동기였고, 컴퓨터 기술자였다. 대통령님이 박사 과정을 밟으며 사업을 벌이고 있는 동안 한때는 그 회사의 수석 엔지니어까지 맡았을 정도였으니 사내에서 중요한 인물이었던 듯한데, VR 사업이 상당히 커다란 규모로 성장하기 시작하면서 일을 그만뒀다. 큰 회사에서 일하기에는 그릇이 부족했던 걸까? 그래도 그때 평생 먹고살 돈을 벌어 두었는지, 그는 서울 구석에서 혼자 살고 있었다.

이라임은 자동차와 오디오, 돈 많이 드는 두 취미에 오타쿠 수준으로 빠져 있어 여러 인터넷 동호회에 참여하곤 했다. 같은 취미를 가진 사람들끼리 여럿 모여서 술자리를 가지기도 했던 것 같다. 하지만 그는 인터넷에 자기 이야기를 많이 하는 사람은 아니었다. 딱히 소셜 미디어를 이용하는 것 같지도 않고. 이라임이 작성한 인터넷 게시물을 보면 그는 스피커와 케이블과 자동차에만 관심을 갖는 사람처럼 보였다. 정치에 관한 내용은 아예 올리지 않았다. 그는 그냥 시시하고 돈 많은 아저씨였다.

나는 고개를 끄덕였다.

"확실하네. 같이 일하던 사람이 일국의 대통령 자리까지

올랐으니 질투심에 가득 차서 그런 사진을 만들고 다닌 거야. 한때 친했으니까 대통령님 젊은 시절의 사진이나 영상을 많이 가지고 있겠지. 컴퓨터 전문가였으니까 합성이나 조작에 필요한 충분한 기술도 있을 테고. 그러니까 사진과 영상을 인공지능이 탐지하지 못할 정도로 능숙하게 조작했던 거야."

"하지만 이 사람이 굳이 대통령을 질투할 이유는 없는 거 같은데? 누구나 부러워하는 인생이잖아. 먹고살기 충분한 돈이 있으면서도 다른 사람 눈에 띄지 않는 삶. 근데 뭐 하러 그렇게 피곤하도록 주목받는 사람을 질투하겠어? 그리고 사실 질투란 감정은 나보다 한 단계 높은 데 있는 사람을 향해서 품는 거지, 너무 멀리 있는 사람을 향해선 품을 수가 없다구. 수인을 좋아한다는 그런 이상한 소문까지 덧붙여서 깎아내릴 필요까지야…. 거기에다가 일 때려치운 지 오래된 것 같은데 정말 요즘 인공지능의 눈을 속일 만큼 조작에 능숙할까? 조작을 할 줄 안다고 해도 퍼리 같은 마니악한 성벽에 대해서는 알 것 같지 않은걸."

나는 모니터에 손을 올려 스크롤을 내렸다. 이라임이 여러 인터넷 동호회에 직접 올린 글을 김케일이 정리해 놓았다. 별로 이해가 가지 않거나 이해하고 싶지 않은 마니악한 내용들이었다. 스피커에 연결된 선이 구리로 되어 있든 금으로 되어 있든 음질이랑 대체 무슨 상관이란 거지.

"됐어. 당 수뇌부에서 이 사람을 콕 짚은 이유가 분명히 있겠지. 인터넷에 흔적을 많이 남기지 않았으니, 직접 나설 필요가 있겠네."

"진짜로? 나는… 난 잘 모르겠는데. 확신이 안 서."

이라임이 동호회에 올린 글 중에서 하나가 눈에 띄었다. 그가 애타게 어떤 오디오 장비를 구하고 있다는 글이었다. 나로서는 그런 장비에 돈을 쓰는 이유를 이해할 수 없지만, 덕분에 그를 적당한 시간 동안 집에서 끌어낼 수는 있을 것처럼 보였다.

"도와줄 거지?"

김케일이 내 부탁을 거절할 수 없다는 걸 알고 있었다.

*

다음 날 저녁, 나는 한 디저트 카페에서 무화과 모양으로 만들어진 디저트를 먹고 있었다. 비스킷으로 만들어진 껍질을 썰자 그 내부에서 달콤한 무화과 콩포트와 고소한 무스가 흘러나왔다. 포크로 살짝 집어 입에 넣으니 오렌지의 상큼함이 느껴졌다. 그것은 무화과 모양을 한 행복의 결정체였다. 잠시간은 인터넷 곳곳에 혈액암처럼 퍼져 있는 대통령님에 대한 말도 안 되는 음해도, 핵전쟁이라도 일어난 듯 초토화된 대통령님 팬 카페의 분위기도 잠시 잊을 수 있었다.

물론 여기에 온 것은 업무의 일환이었다. 나는 초소형 카메라가 달린 선글라스를 매만지며 카운터에서 커피를 주문하는 이라임을 주시했다. 이곳은 이라임이 사는 아파트 근처의 카페였다. 인터넷을 통한 수색에 비해 좀 더 원시적이지만 확실한 방법을 쓰기로 한 것이었다. 이 방법은 오래전에 김케일과 함께 일할 때부터 내 전문이었다.

이라임의 커피가 준비되는 동안 저 멀리서 걸어오는 김케일이 보였다. 그는 왼손으로 든 휴대폰에 완전히 빠진 척을 하면서,

카운터 쪽으로 천천히, 불안정하게 걸어갔다. 이라임은 창밖을 바라보며 무미건조한 표정으로 서 있었다. 곧 김케일이 살짝 과장된 소리를 내면서 이라임과 부딪혔다. 가벼운 소동이 일었다.

"아이고, 죄송합니다."

이라임이 웃으면서 괜찮다고 말했다. 나는 그 모습을 보면서 스마트워치를 확인했다. 김케일이 이라임의 옷에다가 붙인 초소형 GPS 추적기 신호가 정상적으로 수신되고 있었다. 추적기는 전자 장치라고는 상상도 못 할 정도로 단순하게 생겨서 설령 나중에 들키더라도 별문제 없을 만한 물건이었다. 김케일은 나를 아주 짧은 시간 동안 바라보더니 카페 밖으로 나갔다.

나는 무선 이어폰을 귀에 꼈다. 세상이 얼마나 좋은지, 이런 물건들만 있으면 누굴 뒤쫓는 데 아무 무리가 없다니까. 이어폰 너머로 김케일의 속삭이는 목소리가 들려왔다.

"잘 들려?"

그는 500m쯤 떨어진, 잠시 빌린 고시원 방으로 향하고 있을 것이다.

"응."

"옛날 생각도 나고 즐겁지 않니?"

나는 답하지 않았다. 스마트워치 화면에 내 위치와 이라임의 위치가 표시된 지도가 떠올랐다. 긴장이 마음속을 채웠다. 나는 손톱을 깨물었다. 김케일이 말을 이었다.

"이렇게라도 오랜만에 보니까 좋다. 정치판은 일하는 보람이 있는 곳이니? 물론 그러니까 힘든 일도 자진해서 맡는 거겠지. 나는 네가 꿈을 좇으면서 어떤 생각을 하고 있는지 궁금해."

"그런 이야기는 나중에도 할 수 있잖아."

"그렇다고 지금 못 할 것도 없지. 긴장을 줄이는 효과가 있잖아?"

그런가. 이라임이 멀어지는 것을 슬쩍 확인한 후, 선글라스를 끼고 이라임이 사는 아파트 단지로 들어갔다. 이라임은 그 존재가 전설로만 내려오던 명품 우퍼를 헐값에 직거래할 준비를 마치고 아마 완전 들떠 있을 것이다. 자신의 파멸이 다가오는 줄도 모르고. 평범한 화장과 선글라스, 그리고 자연스러운 태도를 겸비하면 아무에게도 의심받지 않고 임무를 수행할 수 있다. 아, 추가로 이 아파트 단지에 있는 모든 CCTV들의 각도와 시야를 정확히 파악하고 있는 김케일도 필요하고.

아파트 건물의 출입구는 잠겨 있었다. 하지만 언제나 보안의 핵심 문제는 쓰인 기술이 아니라 사용하는 사람이다. 이라임이 쓰는 비밀번호는 9999였다. 참 독창적이지. 대문이 부드럽게 열렸다. 이라임은 이제 나와 수 km는 떨어져 있었다.

김케일의 목소리가 들려왔다.

"4층까지 계단으로 쭉 올라가. 난간에 딱 붙어서 고개를 45도 정도로 숙이고 가면 CCTV에 얼굴이 잡히지 않을 거야. 네가 나를 필요로 해서 기뻐. 하지만, 서로 좀 더 이야기를 하면 어떨까? 그리고 이 일에 대해서도….”

"일? 일이 왜?"

"나는 아직도 의문이 많아. 대통령이 밀접한 관계를 맺어 온 사람은 수백 명도 더 될 텐데."

나는 계단으로 올라가면서 중얼거렸다.

"좋은 쪽으로 생각하자. 우리가 성공하면 나는 얼마나 큰 보상을 얻게 될까? 어쩌면 비례대표 자리에 공천을 받을 수 있을지도 몰라. 대통령님을 지킬 수도 있고."

"이라임이 범인이 아니면?"

"우리가 이라임을 쫓는 건 대통령님의 뜻이야. 난 그분이 어설프게 결정했을 거라고 생각하지 않아."

"… 이제 401호로 자연스럽게 걸어가면서 몸을 반쯤 숙여."

나는 김케일의 말대로 했다. 곧이어 이라임의 집 현관문 앞에 나는 조금 구부정한 자세로 섰다. 현관문에는 비밀번호나 지문 인식으로 열리는 도어 록이 설치되어 있었다. 바보. 요즘 세상에 지문 보안은 쓸모가 없다. 단 한 번이라도 손가락으로 V 자를 그린 사진을 스마트폰에 남겼다면 그 사진에서 지문을 추출하는 것은 일도 아니다. 나는 이라임의 지문이 인쇄된 가짜 손가락을 지문 패드에 댔다. 그의 지문은 김케일이 인터넷의 구정물 속에서 찾아낸 20년 전 사진에서 추출해 낸 것이었다.

현관문이 부드럽게 열렸다. 나는 그 안으로 들어간 다음, 라텍스 장갑을 꺼내 착용하고 집 안의 불을 켰다.

이전에도 답이 없을 때 몇 번 한 짓이었지만, 이제 주거침입범 확정이라는 생각이 드니 마음이 갑갑해졌다. 나는 속으로 이곳이 두건장이의 집이라고 되새겼다. 확신, 확신을 가지자.

이라임의 집은 18평짜리 아파트로 두 개의 방과 하나의 화장실, 거실이 있었다. 딱히 자기 일상에 커다란 책임감을 지고 사는 것 같지는 않았다. 현관에 들어서니 홀아비 냄새가 콧속으로 파고들었고, 거실을 보니 아무렇게나 널린 종이 상자들이 눈에 들어왔다. 방문은 모두 닫혀 있었다. 나는 현관에서 잠시 고민하다가, 신발을 벗지 않고 집 안으로 뚜벅뚜벅 걸어 들어갔다.

현관에서 가장 가까운 방문 하나를 대뜸 열었다. 방 안에는 소파 하나와 여러 오디오 기기들, 척 봐도 오래돼 보이는 데스크톱이 놓인 테이블이 있었다. 방 하나를 통째로 음악 감상실로 바꾼 것이었다. 저 엄청 커다란 CD는 뭐지? 그냥 음악을 기록하는 도구인가. 저렇게 큰 게 어떤 플레이어에 들어가려나.

김케일도 선글라스의 카메라로 내가 보는 광경을 보고 있었다.

"한결아. 널 좋아하지만… 이 일에 대해서는 정말 모르겠어. 이라임이 설령 원한을 품고 있다고 해도, 고작 사촌 땅 사니까 배 아픈 정도잖아? 그 정도 마음 때문에 일국의 대통령한테 그런 짓을 할 수 있나?"

"우리가 지금 쫓고 있는 사람이 이상한 사람일 수도 있지."

"그럴까. 난 계속 의구심이 들어."

"내가 바라는 일을 해 주는 게 기쁘다고 생각하면 안 될까?"

침묵. 나는 데스크톱을 켰다. 모니터에 익숙한 윈도우 화면이 나타났다. 그리고 비밀번호를 입력하라는 창도. 그 창 앞에서 내가 할 수 있는 일은 없었다. 윈도우를 뚫는 행운 따위는 바라지도 않았다. 나는 컴퓨터를 끄고 방문을 닫았다. 거실 쪽으로 천천히 걸어갔다. 내가 이라임의 정체에 대한 확신을 갖게 해 줄 물증은 어디 있는 걸까.

그때 뒤에서 정체 모를 하이 톤의 소리가 들렸다.

심장이 멎는 줄 알았다. 천천히 뒤를 돌아보았다. 노란 줄무늬의 고양이였다. 우리가 가진 정보로는 미리 알 수 없었던 존재였다. 나는 숨을 깊게 몰아쉬고, 혹시 펫 캠이 집 안에 있지는 않은지

둘러보았다. 다행히 그런 건 없는 듯했다.

"나비야…. 너 때문에 죽을 뻔했잖아."

고양이는 나를 빤히 바라보더니 어딘가로 천천히 걸어갔다. 나도 모르게 고양이를 천천히 따라갔다. 고양이는 내가 아까 닫은 문과는 다른 방문 하나를 박박 긁기 시작했다. 그 귀여운 꼴을 보고 있자니 어쩔 수 없이 미소가 지어졌다.

"안으로 들어가고 싶니?"

나는 웃으면서 방문을 열었다.

그리고 글자로 옮기자면 '푸크헙' 정도로 표현할 수 있는 소리를 내면서 방문을 닫았다.

김케일의 다급한 목소리가 이어폰을 타고 흘러들어 왔다.

"무슨 일이야?!"

"뭔가 대단히… 수상한 걸 본 것 같아."

다시 천천히 방문을 열었다. 나를 놀라게 한 것들이 재차 시야에 들어왔다. 김케일이 경악하는 소리가 들렸다. 벽면에 등을 기댄… 다섯 인간들? 나는 숨을 가다듬고 방의 불을 켰다. 다섯 개의 인형이 벽에 기대고 있었다. 전부 미국 애니메이션에 나오는 수인들을 인간형으로 억지로 끼워 맞춘 물건들이었다. 자세히 보니 그것은 입고 벗을 수 있는, 일종의 인형 탈이었다.

본 적이 있는 물건이었다. 나는 떨떠름하게 말했다.

"두건장이가 올린 영상에서 비슷한 걸 봤어. 퍼슈트라고 불렀던가. 이걸 입고 잠시라도 수인이 된 느낌을 받는 거지."

"그럼 이라임도…."

"맞아. 이라임이야말로 퍼리 성벽을 가지고 있었나 보군.

이거면 충분히 증거가 될 거야."

역시 대통령님이 이 일을 시키신 이유가 있었다. 이야기가 딱 만들어지잖아. 대통령님 때문에 배 아파서 미쳐 버린 옛 친구가 자기 변태성욕을 대통령님한테 뒤집어씌웠다는. 프로이트가 죽기 전에 이 이야기를 들었으면 논문 두 편을 더 썼겠는걸. 가슴을 짓누르던 무게감이 갑자기 확 줄었다. 이마에 번들거리는 땀을 닦았다. 나는 휴대폰을 꺼내 방 안의 퍼슈트들을 촬영했다. 김케일이 뭔가 부족하다고 투덜대는 소리가 들렸지만 나는 깨끗이 무시했다.

*

나는 이라임, 그 두건장이 새끼가 한 짓을 그대로 돌려주었다. 굳이 공식적으로 그 구질구질한 이야기를 할 필요가 없었다. 나는 이라임의 간단한 신상 정보와 일대기, 그리고 그의 방에서 발견된 물건들의 사진을 온갖 인터넷 커뮤니티에 뿌렸다. 당연히 나도 몇 겹의 개인 보안은 둘렀다. 소위 인형의 방과 이라임의 이야기는 딱히 살을 붙이지 않았는데도 순식간에 퍼져 나갔다. 이라임의 은밀한 취미는 곧 대중이 즐기는 이슈가 되었다.

한때 짓눌려 있던 우리 쪽 사람들은 드디어 활기를 얻었다. 대통령님을 지지하는 여러 논객과 1인 방송인들, 그 정의로운 사람들이 대대적으로 나선 것이었다. 이라임이 평소에 대통령과 쇄신당에게 대단히 적대적이었다는 익명의 고발이 줄줄이 이어졌다. 강태영은 언제 자기가 무슨 말을 했냐는 듯 아예 입을 완전히 닥치고 있었다. 다른 야당 의원들도 마찬가지. 법무부,

검찰청 국감에서 이라임의 기소나 인터폴 협조 여부 이슈는 완전 묻혔다. 아무도 굳이 자기 발언 기회를 그런 추문에 허비하지 않았다. 뻔뻔한 인간들, 기대도 하지 않았다.

이라임은 자신의 신상이 노출된 지 일주일도 되지 않은 시점에 더한 치욕을 보기 싫었는지 뉴질랜드로 도망쳤다. 나귀 게이트는 이제야말로 끝을 보는 듯했다.

나는 오랜만에 진짜 휴가를 보내기 시작했다. 유생강이 내게 나흘의 휴식을 선사한 덕이다. 일단 나는 집에 돌아가 20시간을 잤다. 그 뒤에야 사물에 색상이 돌아왔고 세상의 여러 좋은 향기를 다시 맡을 수 있었다. 문제는 김케일이었다. 일이 꼬여 있었을 때는 매일같이 나에게 먼저 연락하던 애가, 일이 잘 풀리게 된 이후로는 아예 아무 메시지도 보내지 않았다.

삐진 건가? 뭐, 기분 좋은 내가 양보해야지. 나는 그와 대화할 준비가 되어 있었다. 밤에 침대에 널브러져 있다가, 김케일에게 전화를 걸었다. 무선 이어폰으로 그의 목소리가 들려왔다.

"여보세요."

"케일! 왜 연락 안 해. 우리 멋지게 해냈잖아. 그동안 나한테 무슨 일이 생겼는지 알아? 최 수석이 날 아끼는 거 같아. 어쩌면 다다음 총선에서 쇄신당 후보로 출마할 수 있을지도 몰라. 와, 그럼 나한테도 보좌관 생기는 건가? 나도 유생강처럼 지역구 보좌관을 들여야 하나. 흐흐."

"난 아직 잘 모르겠어. 그냥 인터넷 여론 싸움에서 이긴 거지, 대통령에 대해서 밝혀진 진실은 아무것도 없잖아. 심지어 두건장이가 올린 사진이 조작된 건지도 아직은 몰라."

"왜, 이라임은 아예 외국으로 떴잖아. 쩔리니까 도망친 거지."

"자기 성벽이 나라 전체에 소문이 나면 그럴 만하잖아."

나는 피식 웃었다.

"그래, 그럼 우리 탐정님. 이제는 무슨 일을 할 생각이야? 당분간 휴식?"

"아직 안 끝났어. 나귀 게이트 일 계속할 거야."

"이제 신경 꺼도 돼."

"… 너 아직 모르는구나?"

"뭘 몰라?"

"방금 전에 두건장이가 또 글 올렸어. 새로운 자료도. 자기는 이라임이 아니라는데."

나는 다급히 베개 옆에 있던 태블릿을 켰다. 한동안 일부러 회피하고 있던 오늘의 정치 뉴스란을 확인했다. 모자이크가 가득한 썸네일들. 기사를 읽으면서 나는 뒤로 넘어갈 뻔했다. 두건장이가 돌아왔다. 이전보다 더 추악한 사진들을 가지고.

힘이 죽 빠졌다.

"와… 진짜…."

김케일의 차가운 목소리가 들려왔다.

"이 두건장이가 뉴질랜드로 간 이라임인지 아니면 정말 다른 인물인지는 알 수 없어. 나는 다른 사람일 거라 생각하고. 개인적으로 계속 파 보려고 해."

"그럼 나는? 내 성공은? 대통령님의 개혁은? 이라임은? 이라임이 두건장이야. 그럴 수밖에 없다고."

"이한결. 널 좋아하지만, 그 생각에는 동의할 수 없어. 네가 바란다고 해서 네 생각이 진실이 되는 건 아냐. 네 의도가 세상을 개혁하는 거든 뭐든, 넌 가상 속으로 도피하고 있어. 우리는 이라임한테 피해만 끼치고 진짜 중요한 정보는 아무것도 밝히지 못했을 수도 있어."

나는 통화를 종료했다. 김케일의 말을 더는 듣고 싶지 않았다.

*

이틀 뒤, 청와대 춘추관에서 기자회견이 열렸다. 승냥이 같은 기자 떼가 대통령님을 기다렸다. 청와대 대변인이 간단한 인사를 마치자 대통령님이 회견장에 들어왔다. 기자들이 박수를 쳤다. 가증스러웠다. 질문 시간이 다가오면 어떻게 대통령님을 물어뜯을지만 궁리하고 있겠지.

한때 사람들은 대통령님에게 당나귀 귀가 있느냐 없느냐로 싸웠지만, 이제는 조금 다른 주제로 싸웠다. 대통령님 지지자들은 대통령님이 당나귀 귀를 다는 수술을 받은 것이 한때의 일탈이나 장난일 뿐이라고 주장했고, 반대자들은 이상한 취향을 가진 변태성욕자가 우리나라의 대표가 될 수는 없다고 했다.

나는 홀로그램으로 비치는 대통령님의 얼굴을 유심히 살펴보았다. 이전보다 더 희끗희끗한 머리. 내 목 아래쪽에 무언가가 꽉 들어찬 듯한 느낌이 들었다.

대통령님이 기자와 국민들에게 인사했다. 지금껏 겪으신 수많은 고통에도 불구하고 대통령님의 목소리와 자세는 여전히 당당했다. 대통령님이 첫 질문을 받겠다고 말하고는 기자단의 간사를 지목했다.

"… 최근 강태영 대표가 제기한 의혹에 국민들께서 집중하고
계신데요. 여기서 낱낱이 늘어놓기에는 아무래도 좀 어려운
이야기입니다만, 청와대는 몇 주 동안 이에 대해 침묵하고 있는
상황인데, 대통령님께서는 해명하실 계획이 있으신지….."

머리가 지끈거렸다.

이건 정말 불평등한 게임이다. 어차피 강태영의 지지자들은
그에게 도덕성 따위는 바라지 않는다. 강태영이 탐욕스럽고
부정직한 자식인 건 너도 알고 나도 알고 우리 모두가 아는 사실이기
때문이다. 강태영 같은 작자들은 천 개의 추잡한 일을 벌이고 만
개의 거짓말을 하고도 태평하지만, 쇄신당 사람들은 한 개의 가벼운
실수로 석고대죄를 해야 한다.

대통령님이 입을 열었다.

"국민 여러분들의 걱정은 이해합니다. 저 개인의 과거에 발목을
잡혀 정작 중요한 민생 문제에 신경을 못 쓰고 의회가 공회전하고
있었지요….."

대통령님이 잠시 뜸을 들이는 짧은 시간 동안 내 머릿속에는
김케일의 얼굴이 스쳐 지나갔다. 어떻게든 강태영을 제압해야 하고,
다음 총선에서 쇄신당이 승리해야 한다. 그렇게 된 세상에서 나는 더
빛날 텐데 어째서. 너, 나를 정말 사랑했니?

"… 일이 커지다 보니 나귀 게이트라는 이름까지 붙었지요.
많이 고민을 했습니다. 시대가 21세기 중반에 가까워지고
있다고 해도 많은 분들이 그런 사진이나 동영상을 받아들이기
힘들어하셨겠지요. 청년 시절의 실수라고 생각하고 묻어 뒀지만,

국민들의 표로 대표자가 된 제가 국민 여러분께 과거를 숨기는 것이 기만적이라고 여기시는 분이 많았을 것 같습니다."

대통령님이 잠시 침묵하더니 담담히 말했다.

"제 과거의 큰 실수입니다. 그 사진과 동영상 속에 있는 사람은 제가 맞습니다."

대통령님이 직접 인정하자, 청와대 춘추관은 정적에 휩싸였다. 찰칵거리는 카메라 소리마저 잠시 멈췄을 정도였다. 대통령님은 입을 굳게 다문 채로, 기자들을 바라보았다.

대통령님이 다시 입을 열었다.

"쫑긋한 귀로 국민 여러분의 목소리를 듣겠습니다."

즉시, 무수한 질문이 쏟아지기 시작했다.

*

그렇게 나귀 게이트는 끝났다. 두건장이는 두 번 다시 나타나지 않았다. 그해의 할로윈에는 당나귀 귀를 달고 나타나는 사람들이 한가득이었다. 우리의 당나귀 대통령. 그 전에도 대통령님은 이미 수많은 별명을 주렁주렁 달고 있었지만, 이제 당나귀를 대체할 만한 별명은 아무것도 없었다.

자, 그럼 쇄신당과 대통령의 지지율은 어떻게 됐을까? 쇄신당은 말 그대로 분쇄되었을까? 탄핵 시비가 공공연히 떠돌기 시작했을까? 쇄신당은 급속히 쭈그러들어 결국 완전한 소멸에 다다랐을까?

아니다. 지지율은 잠시 세차게 진동하다가, 이전과 같은 수준으로 되돌아갔다. 사람들은 다들 젊을 때 말도 안 되는 짓을 할 수도 있다는 것을 알고 있었다. 문명인은 내면에 검은 구석이 없는 인간이 아니라, 검은 구석을 잘 숨기고 혹여 들통나면 빠르게 사과하는 인간이라는 것도. 대통령님이 인정해 버리고 나자 당나귀 귀와 퍼리에 대한 이야기를 더 이상 파헤치는 일은 지지부진해졌다. 총선은 이제 6개월 앞으로 다가왔고, 쇄신당에는 희망찬 미래가 보이는 듯도 하다.

　최 수석은 게이트 사건이 마무리된 지 두 달 뒤 내각 개편으로 물러나 다시 교편을 잡았다. 지금 몸담은 국립대의 차기 총장으로 점쳐지고 있는데 그건 두고 볼 일이겠지.

　지나간 이슈에 아직도 붙잡혀 있는 사람은 강태영뿐이었다. 그는 한때 이라임이 두건장이로 지목된 것이 대통령의 입김 때문이지 않겠냐고 길길이 날뛰었다. 하지만 이라임은 이제 완전히 약발이 다 빠진 인물이다. 아무도 그에게 신경을 쓰지 않았다.

　내 처지도 마찬가지였다.

　나는 다시 유생강의 짝퉁 지역구 보좌관 생활로 돌아갔다. 그 이후 최 수석과 다시는 만날 수 없었다. 최진호는 아마 내 존재 자체를 완전히 잊어버렸을지도 모른다. 나는 지금도 최진호가 진정 바란 것은 무엇이었을까 가끔 고민하고는 한다. 어쩌면 ‘물증을 찾아내라’는 건 그럴싸한 물증을 조작해 내라는 뜻이었을 수도 있다. 그렇다면 이라임이 사진을 합성하는 장면을 내가 만들어서 그에게 바쳤어야 했을지도.

　만약 내 추정이 맞다면 최 수석은 확실히 내게 거짓말을 한 것이다. 최진호는 분명히 내게 VIP가 이라임의 정체를 세상에 드러내길 바란다고 말했지만, 대통령님은 이라임이 모두 뒤집어쓰는 상황을 결코 바라지 않았을 것이다. 그분께서는 선량하시고 정직하시니까. 나귀 게이트를 종결시킨 기자회견을 생각해 보라. 당신이라면 그런 치부를 당당히 공개할 수 있겠나?

*

그 이후 김케일과는 딱 한 번 연락했다. 나귀 게이트가 일단락되고 두 달쯤 후의 어느 날 새벽이었을 것이다. 혼자 국물 떡볶이를 안주 삼아 맥주를 마시고 있는데 전화가 왔다. 나는 누구 번호인지 확인하지도 않고 전화를 받았다. 곧바로 익숙한 목소리가 들려왔다.

"나야, 케일."

당장 끊어 버릴까 생각도 했지만, 왠지 이번 대화가 마지막일 것 같다는 강렬한 예감이 들었다.

"오랜만이네. 뭔데."

"나귀 게이트."

"너 아직 거기 붙잡혀 있니."

"취미 생활이라고 생각해. 하고 싶은 말이 있어."

나는 답하지 않았다. 곧 그의 목소리가 이어졌다.

"대통령은 결백해."

"무슨 뜻이야, 결백하다니? 그분께선 애초에 죄를 지은 적이 없어. 신체 개조 수술은 그냥 사생활의 영역…"

"사진 조작 정황을 찾아냈다구! 아주 영리한 방법을 썼던데. DTT 알고리즘과 무한 연쇄 기법을 교묘하게 섞어서, 최대한 현실과 가까운 사진을 만들어 냈더군. 그래서 모든 조작 감지 기술을 피해 간 거야. 내 눈을 피할 순 없었지만. 그나저나 누가 조작한 걸까? 이라임? 두건장이는 대체…. 어쩌면 강태영이 그랬을지도….”

“헛소리하지 마. 그럼 왜 대통령님께서 그런 기자회견을 했는데?”

“강태영의 프레임에 휘말렸는데 총선이 코앞이라 시간은 없으니 정면 돌파한 거지. 대통령은 참 영리한 사람이야. 성공했으니까.”

김케일의 목소리에 들뜸이 묻어났다. 마치 어려운 수학 문제를 풀고 자랑하는 초등학생 같았다. 이 복잡한 세상에 꼭 하나의 진실만 있어야 하니. 김케일이 그렇게 말하는 듯했다. 어지러웠다. 분명히 맥주 때문은 아니었다. 나는 웃음이 났다.

“아니, 네가 틀렸어.”

“왜? 이건 네 마음에 맞는 증거 아니니? 대통령은 그런 사람 절대 아니라고 잡아뗐잖아. 그런데 이번에는 또 대통령 말이 맞다는 거야? 진실 따위가 아니라 그냥 네가 보고 싶은 세상만 보겠다는 거니?”

나는 깊은 숨을 내쉬었다. 김케일, 내가 숱한 한숨을 쉽게 만드는 사람.

“원하는 대로 생각해. 어쨌든 네가 틀렸으니까.”

아무런 답도 돌아오지 않았다. 전화를 끊고 나는 바닥에 옹송그렸다. 조용했다. 그 정적 속에서, 어떤 가상의 끈이 끊어지는 소리를 들은 듯했다. 어쩌면 김케일이 내게 완전히 질려, 몇 년 동안 질척대며 간직해 왔던 애착의 끈을 끊어 내는 소리를 진짜 들은 건지도 몰랐다. 상관없다. 괜찮다. 나의 퍼리 대통령님이 있으니까.

작가의 말

떡 하나 주면 안 잡아먹지
서미애

2020년 여름으로 기억한다. 후배 작가들을 통해 두어 번 이름 정도만 들었던 '안전가옥'이라는 출판사에서 원고 청탁 메일이 왔다. 일면식도, 작은 연결 고리도 없는 회사의 메일에 선뜻 같이 일해 보고 싶다고 느꼈던 건 《모던 테일》의 기획이 참신하다고 느꼈기 때문이다.

한때 성인판 전래 동화가 붐을 이루던 시절이 있었다. 우리가 아는 동화의 원래 결말이 이렇다며 낯선 버전의 결말을 보여 주거나, 잔혹 동화라는 이름으로 자극적인 내용을 강조해서 담은 책들이 서점에 깔렸다. 몇 권 보다가 흥미를 잃었던 걸로 기억한다. 그럼에도 불구하고 왜 《모던 테일》의 기획은 참신하다고 느꼈던 걸까?

하늘 아래 새로운 이야기는 없다고 하지만 우리는 늘 새로운 이야기를 찾아 헤맨다. 그런데 우리가 익히 알고 있는 전래 동화에서 모티브를 가져와 현재를 사는 우리가 느끼기에도 새로운 이야기를 만든다? 언뜻 쉬운 듯하면서도 어려운 작업이다. 오래도록 살아남은 전래 동화의 힘은 무엇일까? 그 익숙한 스토리를 부수고 어떻게 새롭게 이야기를 구축할 것인가?

전래 동화 중 가장 유명한 이야기 중 하나인 〈해와 달이 된 오누이〉를 골랐다. 호랑이에게 잡아먹힌 엄마와 남겨진 오누이의 이야기는 그때 나의 관심사였던 가정 폭력 사건에 대한 은유처럼 느껴졌다. 2020년 팬데믹이 시작되면서 사회적 거리 두기, 재택근무로 가족들이 집 안에 갇히다시피 머무르게 되자 가정 폭력의 비율이 높아졌다는 뉴스가 나오고 있었다.

경찰에 신고되는 건수만 해도 1년에 20만여 건에 달하는 가정 폭력 사건. 그러나 가해자가 검거되는 경우는 18% 정도에 불과하고 구속률은 1%도 되지 않는다. 신고한 사건의 99% 이상이 가해자와 피해자가 분리 조치되지 않은 채 수사를 진행한다. 가정 폭력을 저지른 아빠 대부분이 경찰서에서 조사를 받고 다시 집으로 돌아온다는 얘기다.

집필을 위해 자료를 수집하고 있던 '강서구 주차장 살인사건'의 경우, 피해자는 20년 넘게 가정 폭력에 시달리다 이혼을 했고, 여섯 번 이사를 했고, 휴대전화 번호를 10여 차례 바꾸었다. 그러나 전남편은 번번이 가족을 찾아내어 괴롭히고 폭력을 휘둘렀다. 피해자에게 두 차례 신고를 당해 경찰 조사를 받았지만 입건되지도 처벌받지도 않은 전남편은 결국 피해자를 찾아가 살해했다. 이 사건으로 엄마를 잃은 딸은 청와대 국민 청원 게시판을 통해 아빠를 강력 처벌해 줄 것을 요청했다. 사건 기록을 찾아볼수록 가슴이 아파 왔다. 어쩌다 이 가족은 이런 끔찍한 결말을 맞게 된 것일까? 평생을 공포 속에 살아온 자녀들은 앞으로 어떻게 살아가게 될까?

〈떡 하나 주면 안 잡아먹지〉는 〈해와 달이 된 오누이〉를 모티브로, 지금 현재 벌어지고 있는 가정 폭력에 대해 다루었다. 하지만 끔찍한 사건의 결말을 쓰기보다는 조금 더 희망적인 이야기를 하고 싶었다. 하늘로 도망쳐 해와 달이 되는 대신에 현실 속의 아이들은 성장하고, 힘이 세어지고, 생각이 깊어져 자신을 위협하는 존재에 맞서 당당하게 싸워 이기기를 바랐다.
나의 이야기 하나가 무슨 힘이 될까 싶지만 그래도 한 줌의 위로라도 되었으면 한다.

《모던 테일》의 기획에 참여할 기회를 준 안전가옥의 스토리 PD님들에게 감사드리며 인터넷을 통해 공개된 데 이어 책의 형태로 출간되는 《모던 테일》의 이야기들이 독자들의 마음에 닿기를 기대한다.

신데렐라 프로젝트
민지형

몇 년 전, 나름 열정을 가지고 맡았던 일이 있었다.

팀원이 둘 뿐이었던 작은 프로젝트였는데, 유일한 남성 상사를 잘 보필하는 것도 나의 중요한 업무 중 하나였다.

그래서 일정이 끝나면 상사의 요청대로 함께 밥을 먹고 술도 마셨다. 굳이 부연하자면 조금의 흐트러짐도 없었던, 완벽히 비즈니스적인 자리였다. 늦은 시간 귀가해서 그날 해야 하는 일들을 처리하고 새벽에 잠드는 일이 반복되었다.

그렇게 열심히 한 달여를 일했더니, 어느 날 그 상사가 나에게 말했다.

"일하는 도중에는 좀 그러니까… 이 일 끝나면 우리 연애하면 되겠네."

그는 나보다 열 살 이상 나이가 많았고, 모 정치인을 대상으로 한

미투 고발이 거짓이라고 꾸준히 주장했으며 그런 말을 할 때 자주 침을 튀기는 사람이었다.

*

많은 독자분이 이런 종류의 '개소리' 목록을 수십 개씩 갖고 계실 거라고 확신한다.(나 역시 비슷한 경험이 처음은 아니었다.)

재미있는 건, 이 목록을 친구들끼리 겹쳐 보면 고만고만 비슷한 멘트들이 참으로 많다는 것이다. 어디 학원에서 배워 오기라도 하는 것인지.

근로 의욕을 그야말로 박살 내 버리는 이런 순간마다, '남성들이 생각하는 로맨스는 대체 뭐길래?'라는 생각이 든다.

단 한 번도 성적인 호감을 가진 적도, 비춘 적도 없는데 그런 당당함은 대체 어디서 나오는 것일까? 그 느끼한 말투 좀 제발. 설마 부하 직원으로서의 예의를 자신에 대한 호감으로 착각했다는 건가? 그 정도로 애정과 관심이 궁하단 말인가?

당시의 나는 무척 분노했고, 혼란스러웠으며, 공적인 절차를 포함해 이 '성희롱' 사건을 처리하는 데 아주 많은 에너지와 시간을 쓸 수밖에 없었다.(이것만큼은 여러 번 겪어도 쉽지가 않다.)

하지만 인간이란 다면적이라, 종종 그 가해자에 대해 생각해 보곤 했다. 그 비대한 자아와 하찮은 착각에 대해. 아무래도 그걸 들여다볼수록 좀 우스워서 그랬던 것 같다. 나는 웃긴 걸 좋아하니까.(물론 아무리 웃긴다고 해도 그자를 떠올릴 때 눈살을 찌푸리지 않기란 어려운 일이지만.)

*

　　나라와 매체를 불문하고, 약간의 사연이 있는 평범한 여자가 돈과 명예를 가진 남자에게 선택받아 해피 엔딩으로 끝나는 이야기는 오랜 옛날부터 지금까지도 쭉 인기가 있는 클리셰다.
　　말하자면 〈신데렐라〉는 그 분야의 가장 유명하고 강력한 원형 이야기인 셈이다.
　　전 세계적으로 지역마다 비슷한 이야기들이 있었던 것을 보면(한국판으로는 〈콩쥐팥쥐〉 이야기가 있다.) 사람들은 옛날부터 정말 이런 얘기를 좋아했던 것 같다.

　　닭이 먼저인지, 달걀이 먼저인지는 모르겠지만 이런 이야기의 오랜 유행과 더불어 우리는 미모와 성품을 갖춘 여성이 부와 명예를 가진 남성에게 선택받는 구도에 익숙하다. 마치 공기처럼, 자연스럽고 편안하게 느낀다고나 할까. 하지만 그런 공기에 늘 숨이 막히는 페미니스트로서, 나는 늘 그놈의 '신데렐라 스토리'에 큰 불만을 가져 왔다. 그 대단한 유명세만큼, 어쩌면 전 세계 여성들에게 미친 악영향이 너무나 큰 이야기 아닌가 하는 생각도 했다.

　　이 소설은 말하자면, 내 멋대로 써 본 '신데렐라 스토리'의

반성문 같은 것이다.

우리 대부분은 '전무의 따님'쯤 되는 위치에 있지도 않지만,
바라건대 조금의 대리 만족과 시원함이라도 느끼셨으면 좋겠다.
이야기라는 것의 역할이 원래 그런 것이기도 하니까, 그리고
우리들을 위한 '사이다'는 늘 너무나 부족하니까.

수경 - 나선 미궁 속의 여자들

전혜진

〈숙영낭자전〉은 조선 세종 때를 배경으로, 천상의 선녀 숙영이 시련 끝에 전생의 연분인 백선군과 맺어지는 이야기다. 어렸을 때도 재미있기는 했지만 마치 아침 드라마 같다고 느껴졌던 이 이야기는, 나이가 들어 다시 읽으니 더욱 대책이 없었다. 사기 결혼의 피해자가 될 뻔한 임 낭자를 제외하면 주요 인물 중 제정신인 인물은 한 명도 나오지 않는 데다, 설령 하늘의 선녀라도 결혼을 잘못하면 목숨이 위태로워진다는 결론을 내리게 만드는 이야기였다. 조선 사회의 변화를 배경으로 했다거나 도교적 세계관을 바탕으로 두고 있다거나 하는 분석은 접어 두고, 현대인들이 아침 드라마를 보고 네이트 판에서 온갖 상상을 초월하는 결혼 및 시가 이야기들을 찾아 읽는 것처럼, 옛날 사람들도 이런 이야기들을 좋아했구나, 사람 사는 것은 다 비슷하구나 하는 생각을 했다.

경상도 안동에서, 부유하지만 자식이 없는 백씨 부부가 빌고 빌어 잘생긴 아들을 얻는다. 이름은 선군, 자는 현중이라 하는 이 아들은, 부모의 바람이나 타고났다고 부모가 주장하는 각종 스펙에도 불구하고 제대로 공부하지 않고, 그 핑계를 꿈속에서 만난 인연, 숙영 낭자에게 돌린다. 한참 공부해야 할 나이의 선군은 시비 매월을 시첩으로 삼는다. 어떤 판본에서는 숙영 낭자가 그리하라 권했다고 하고, 어떤 판본에서는 선군이 하도 숙영 낭자만 그리워하고 공부를 하지 않으니 선군의 부모가 붙여 주었다고도 한다. 어느 쪽이라도 기막힌 이야기다. 하지만 상사병은 끝나지 않아, 선군은 숙영 낭자가 살고 있는 옥연동으로 떠난다. 숙영은 우리가 함께하려면 아직 3년을 더 기다려야 한다고 말하지만, 선군은 그 전에 자기가 죽겠다며 매달린다. 결국 숙영은 "육례를 갖추지 못한 혼인"으로 선군과 맺어지고 집으로 돌아가는 그를 따른다.

사실 객관적으로 선군이 정말 잘생겼고 똑똑한지는 우리가 알 바가 아니다. 현실에는 정말 특별할 것 없는데도, 우리 아들은 잘생기고 똑똑하며 특별하고 큰일을 할 사람이라는 말을 들으며 자란 남자가 한둘이 아니니까. 그리고 그런 말들은 대개 아들을 망치는 지름길이라는 것을 현대를 살아가는 우리는 알고 있다. 선군은 숙영 낭자와 혼인하고 두 아이를 낳도록, 숙영과 다정한 시간을 보내느라 글공부는 제대로 하지 않는다. 3년의 기한을 지키지 않으면 불행해질 것을 알면서 선군만 믿고 시기를 앞당겨 속세로 내려온 숙영 낭자 입장에서도, 아들이 과거를 보고 입신양명하기를 고대하는 한편 인근의 유지 임 진사 댁과 통혼하려 했던 백씨 부부 입장에서도 정말 환장할 일이 아닐 수 없다. 게다가 한때는 선군의 욕구를 받아 주던 시첩이었던 매월은, 이제 아주 찬밥

신세가 되었다. 그리고 보통 이런 문제가 생길 때 한국의 시부모들은 "새로 들어온 사람이 잘못해서" 내 아들이 잘못 처신한다고 생각하기 마련이다. 게으름을 피운 사람은 선군인데, 그에 대한 원망은 숙영 낭자에게 쏠린다.

사실 매월이 숙영 낭자를 내쫓기 위해 굳이 모해하지 않았더라도, 백씨 부부는 선군이 과거에 급제해 금의환향을 할 때 육례도 갖추지 않은 것이 무슨 며느리냐며 숙영 낭자를 내쫓고 임 진사 댁에 혼담을 넣었을 수도 있다. 아마도 이 이야기에서 매월의 역할은, 숙영 낭자에 이입해 '시부모'를 미워하려는 독자들의 눈길을 돌릴 수 있는 '남편의 첩', 분노의 대상일 테지. 무려 21세기에도 시부모의 말도 안 되는 행동을 비난하면 '그래도 남편의 부모인데 어떻게 그런 말을 하느냐'고 가르치려는 사람들이 줄줄이 나타나는 마당에, 하물며 조선 시대에 주인공네 시부모의 어리석음과 이기심을 대놓고 욕할 수는 없었을 테니까 말이다. 어쨌든 이 이야기는 처음부터 끝까지, 자식의 주제 파악을 못 한 부모, 게으르고 이기적이다 못해 과거를 보러 가다가도 자신의 욕망을 참지 못하고 몰래 집에 돌아와 숙영 낭자의 침소에 들어간 선군, 자신은 차지할 수 없는 정실의 자리를 차지한 숙영을 질투한 나머지 죽이려 하는 매월까지, 대책 없는 인간들에게 잘못 휘말려 한 여자가 인생을 망치다 끝내 목숨을 잃는 이야기로 흘러간다.

이야기 속 숙영 낭자는 하늘의 선녀라, 억울한 누명이 벗겨지자 되살아날 수 있었다. 하지만 시부모는 그 전에 숙영 낭자가 죽자마자 아들이 돌아오기도 전에 임 진사 댁에 혼담을 넣었다. 임 진사는 장원급제를 한 사위를 볼 욕심에 이 혼담을 받아들였다. 이제 숙영 낭자가 살아나면 임 낭자가 갈 곳이 없어지고, 임 낭자가 혼인을 하려면 숙영 낭자가 죽어야 한다. 물론 숙영과 임 낭자가 마치 막장 드라마에서처럼 정실 자리를 차지하기 위해 새로운 싸움을 시작하는 것은 아니다. 나라에서는 임 낭자의 정실 지위도 인정하고, 숙영과 임 낭자에게 정렬부인과 숙렬부인이라는 이름을 내린다. 숙영과 임 낭자는 "아황과 여영처럼" 서로 질투하지 아니하고 나란히 한 남자와 결혼하여 함께 살다가 훗날 나란히 하늘로 돌아간다. 과연, 마지막 화 직전까지 서로 죽일 듯이 싸우다가 최종화에서 갑자기 화해하고 모든 갈등을 황급히 봉합한 뒤 온 가족이 모여 하하호호 웃다가 누군가 임신한 듯 입덧해서 다들 기뻐하는 모습으로 끝나는 막장 드라마와 별다를 게 없다. 그 대책 없는 사람들의 즐거운 웃음 뒤에 있을, 그동안의 갈등으로 상처 입은 피해자의 고통은 보이지 않는다. 그런 이야기를 꼭꼭 틀어막고 나라와 하늘이 인정하여 세 사람이 한 가족이 되었으니 해피 엔딩이라고 주장하는 것이다. 역시, 죽은 줄 알았던 주인공이 눈가에 점 하나 붙이고 돌아오는 이야기며, 웹 소설의 도입부에 수도 없이 나오는 막장 가족 이야기들은 그냥 나온 게 아니었다. 현대에까지 내려와 어린이, 청소년용 책으로도 나오는 고전에서부터 현대극에 이르기까지, 한국인의 스토리텔링에는 바로 이런 막장 드라마급 가족 잔혹사, 여성 잔혹사의 스웩이 가득했으니.

시대가 지나도 변함없이 새로운 이야기를 지금 시대에 맞춰 다시 쓰기 위해, 나는 숙영이 그렇게 세상을 떠난 뒤, 두 번 다시 되살아날 수 없었다면 어떻게 되었을지 계속 생각했다. 선군은 어디로 보나 못난 놈이긴 해도 숙영을 오매불망 사랑하기는 하였고,

숙영 낭자의 방에 낯선 사내가 드나들었다는 것이 숙영에게 씌워진 억울한 누명이라는 사실을 알았을 것이다. 하지만 그는 부모를 버리지 못했을 것이요, 아마도 한동안 버티다가 결국은 임 낭자와 혼인을 하기는 하였을 것이다. 사람들이 말하는 순리대로. 그렇다면 임 낭자의 결혼 생활은 어땠을까. 행복하지는 않더라도 존중은 받고 살았을까. 어린 나이에 도련님의 욕구를 받아 내는 대상이 되었어도, 언젠가 첩으로 거두어 주지 않을까 기대했다가 숙영 낭자가 나타나면서 버림받은 시첩 매월의 삶은 어땠을까. 그들이 몇 번이나 다시 태어나며 이 운명을 반복한다면, 그들이 미워하게 될 상대는 백씨 집안과 남편인 선군일까, 아니면 숙영 낭자일까. 다른 세계에서 자기 힘으로 자신의 인생을 꾸준히 쌓아 올린 여성이 하늘의 선녀조차도 살아남기 어려운 이 시월드에서 살아남을 방법을 계속 생각하다가, 나조차도 그만 악몽을 꾸고 말았다.

　　그러니까 간단히 말해, 이 이야기는, 뒤죽박죽이 되어 떠내려오는 꿈속에서 건져 낸 결과물이자, 〈숙영낭자전〉의 21세기 버전인 셈이다. 〈숙영낭자전〉을 좋아하시는 분도, 싫어하시는 분도, 아직 읽지 않으신 분도 흥미롭게 보실 수 있는 이야기였으면 좋겠다.

천사는 라이더 자켓을 입는다
박서련

그 킬러는 TPO를 안다

생각보다 많은 옛이야기에서 인물이 입은 옷의 정보가
나타난다. 이야기에서도 언급한 〈벌거벗은 임금님〉, 〈선녀와
나무꾼〉처럼 의복이 이야기 속 갈등의 중심에 자리한 경우가
있는가 하면, 〈빨간 모자〉, 〈해님과 북풍〉처럼 인물의 개성이나
정체성을(〈해님과 북풍〉의 내기에서 나그네의 역할은 '외투를
입고 있는 사람' 그 자체니까) 드러내는 도구로서 의복을 언급하는
경우도 있다. 옷이 중요하게 나오는 이야기들 가운데에서 〈당나귀
가죽〉이 갖는 뚜렷한 차별점은, 주인공 공주가 자기에게 어울리지
않는 옷을 일부러 선택한다는 데에 있다. 이야기 안에서 이미 말했듯
그 옷을 입어야만 스스로를 지킬 수 있다는 것을 알았기 때문에.

히어로 코스튬에 드레스 코드랄 것이 있다면 아마도 이 조건이
가장 기초가 되지 않을까. 누구도 입지 않을 옷을 선택해 입는다는 것.

대형 히어로 무비 시리즈에서 종종 일반인들이 주인공의 의상을 비난하는 장면을 본다. 구글 검색창에 'why do superheroes wear'라고 입력하면 자동 완성 기능이 그 문장을 여러 가지 방향으로 완성시켜 준다. 왜 슈퍼히어로들은 꽉 끼는 옷을 입지? 왜 그들은 망토를 걸치지? 팬티를 바지 위에 입는 이유는 대체 뭐지?

'왜 그런 옷을 입는가'라는 질문은 '그럼 무엇을 입을까'라는 되물음으로 반박 가능하다.

물론 나는 나의 주인공이 그런 옷을 입기를 원치 않았으나, 그럼에도 그에게 입힐 시그니처 아이템은 필요했다. '당나귀 가죽'을 '레더 라이더 재킷'으로 변용한 것은 좋게 말해 직관적이고 나쁘게 말해 단순한 선택이었다. 발상의 좋고 나쁨을 떠나, 주인공 스스로가 '그 옷을 입을 때에만 수행 혹은 이입할 수 있는 아이덴티티'를 상상하며 직접 만들고 입을 수 있는 패션 초이스로는 무난했다고 생각한다. 내가 알기로 현실에서 레더 라이더 재킷은 꽤 쿨한 옷이니까.

탈고 후 시일이 꽤 흐른 작품의 작가 노트를 쓰는 것이 조금은 쑥스럽고 어색하다. 그렇다고 내가 이 이야기를 쓸 때의 상태를 잊었다는 말은 아니다. 예를 들어, 이 이야기를 쓸 때 어떤 옷을 입고 있었는지 같은 것을 나는 여전히 기억한다. 내게는 허벅지까지 내려오는 상의와 짧은 하의 세트로 된 체크무늬 잠옷이 두 벌 있고, 여전히 즐겨 입는 그 잠옷들을 돌려 입으며 나는 이 이야기를 썼다. 잠옷을 작업복 삼아도 괜찮은 직업을 가졌다는 건 내 은밀한 자랑거리이기도 하다.

나의 퍼리 대통령님
심너울

어릴 때는 내가 존경하는 사람들이, 그렇게 똑똑하고 세상을 잘 아는 사람들이 정치 이야기만 나오면 놀라울 정도로 감정적으로 변하는 것이 흥미로웠다. 나는 그렇게 편협해지지 않을 거라고 생각했다. 정치 문제에 있어 그 누구보다 중립적인 자세를 유지하는 공정한 수호자가 되리라고 믿었다…(여기서 '공정'의 뜻은 현재 한국 정치에서 사용되고 있는 그 뜻이라기보다는 사전적 의미에 좀 더 가까울 것 같다.) 그래, 내가 오만했다!

이제 나의 신념은 이렇다. 정치 고관여자라면 누구나 정치를 이야기할 때 편협해질 수밖에 없고, 인지적 편향에 사로잡힐 수밖에 없다. 정치는 개인의 역사 및 가치관과 지나치게 깊게 연관되어 있는 주제니까. 뭐, 그렇다면 정치를 소재로 쓴 소설에서는 사람들의 인지적 편향을 좀 더 흥미롭게 묘사할 수 있지 않을까…?

작가의 말

이번 소설은 그 첫 번째 시도였다. 앞으로 더 노력해야지.

프로듀서의 말

《모던 테일》은 안전가옥과 〈밀리의 서재〉가 함께한 첫 콜라보 프로젝트입니다. 2021년 1월 18일부터 2021년 1월 29일까지 안전가옥에서 기획한 다섯 작가님의 작품을 〈밀리의 서재〉에 연재하였습니다.

안전가옥에서 처음 시도하는 플랫폼 연재라 독자분들에게 보다 가까이 다가갈 방안을 고민했습니다. 평소 안전가옥의 이야기를 즐겨 보는 독자들과 〈밀리의 서재〉를 애용하는 독자들 모두에게 쉽고 익숙하지만 새로운 이야기를 만들고 싶었어요.

'고전 동화'를 장르적으로 재해석하는 프로젝트를 기획한 이유는 바로 그 때문입니다. 오랫동안 널리 읽힌 '고전 동화'에는 오랜 시간 살아남은 원형의 캐릭터와 보편의 욕망이 존재합니다. '장르'는 한 시대의 열망과 함께합니다. 어떤 특정 장르가 인기를 얻고 있다면, 현재 그 장르가 다루는 주요 대립과 갈등이 현실에서 격렬하게 펼쳐지고 있다는 뜻일 겁니다. 세월을 딛고 살아남은 힘 있는 이야기들이 장르를 대표하는 작가님들과 만날 때, 보편적이면서도 동시대적인 상상력이 뿜어져 나오리라 기대했습니다.

흔쾌히 동참해 주신 민지형, 박서련, 서미애, 심녀울, 전혜진 작가님께 감사드립니다. 기획과 관련해 의견을 나누고, 모티브가 되는 고전 동화를 선택하고, 원고를 받을 때까지, 각 작가님의 개성을 또렷이 느낄 수 있어서 즐거웠습니다. 〈신데렐라〉,

〈당나귀 가죽〉, 〈해와 달이 된 오누이〉, 〈임금님 귀는 당나귀 귀〉, 〈숙영낭자전〉으로부터 재탄생한 현재의 이야기들이 언젠가 탄생할 또 다른 이야기들에 영감이 될 수 있다면 좋겠습니다.

　함께해 준 독자분들께 깊이 감사드립니다.

안전가옥 스토리 PD
이지향 드림

모던 테일

기획   안전가옥
콘텐츠 총괄   이지향
프로듀서   이지향
            고혜원, 김보희, 신지민, 이수인
            윤성훈, 이은진, 임미나, 조우리, 황찬주
퍼블리싱   박혜신, 임수빈
편집   이혜정
디자인   금종각
서비스 디자인   김보영
비즈니스   이기훈
경영지원   홍연화

펴낸이   김홍익
펴낸곳   안전가옥
출판등록   제2018-000005호
주소   04779 서울특별시 성동구 뚝섬로1나길 5,
        헤이그라운드 성수 시작점 201호
대표전화   (02) 461-0601
전자우편   marketing@safehouse.kr
홈페이지   safehouse.kr

ISBN   979-11-91193-54-1 03810
초판 1쇄   2022년 5월 30일 발행
초판 2쇄   2023년 5월 26일 발행